KUWEI
酷威文化
图书 影视

数字搏击

丁奉 著

陕西新华出版传媒集团
太白文艺出版社

图书在版编目（CIP）数据

数字搏击 / 丁奉著. -- 西安：太白文艺出版社，2020.1
ISBN 978-7-5513-1730-6

Ⅰ.①数… Ⅱ.①丁… Ⅲ.①长篇小说－中国－当代 Ⅳ.①I247.5

中国版本图书馆 CIP 数据核字 (2019) 第 249309 号

数字搏击
SHUZI BOJI

作　　者：	丁　奉
责任编辑：	刘宇龙
封面设计：	WONDERLAND Book design 仙境 QQ:34581934
版式设计：	倪　博
出版发行：	陕西新华出版传媒集团
	太 白 文 艺 出 版 社
经　　销：	新华书店
印　　刷：	大厂回族自治县德诚印务有限公司
开　　本：	880mm×1230mm 1/32
字　　数：	230千字
印　　张：	8
版　　次：	2020年1月第1版
印　　次：	2020年1月第1次印刷
书　　号：	ISBN 978-7-5513-1730-6
定　　价：	38.00元

版权所有 翻印必究
如有印装质量问题，可寄出版社印制部调换
联系电话：029-81206800
出版社地址：西安市曲江新区登高路1388号（邮编：710061）
营销中心电话：029-87277748　029-87217872

目 录

CONTENTS

第一章 初识　　001
第二章 重挫　　031
第三章 翻身　　055
第四章 重启　　075
第五章 正题　　107
第六章 合作　　127
第七章 斗争　　158
第八章 世界　　203

第 一 章

初识

弱肉强食的互联网创业大潮中,他、她和他们,就这么不知白天黑夜地奋斗着。

1 "别臭显摆啦!"

林巧、李丽和胖微三人已经喝了不少,自然开启"抢话模式"。

"我跟你们说,"林巧晃荡着胳膊,"我最烦赵峰的一点,就是这个人,电视只看体育频道!我最烦的就是体育频道!"

"行了啊,吃顿饭的工夫,你自己数数,提他几次啦?"李丽又干一杯。

"我是提醒自己,珍爱生命,远离渣男。"

"赵峰算不上渣吧?"胖微说。

"你没听明白。"李丽解释道,"巧儿讲大半天,意思是赵峰让她变得更弱、更没自我了,属于滥情之外的另一种渣。"

"丽丽的总结到位。"林巧表示认可,"当初我在设计院的时候,他就说什么'你永远转不了正,赚那么点儿钱都不够吃饭的,没意思',然后我就走啦。去餐厅上班,他又说什么'档次低、出卖色相、抛头露面'。反正无论你做什么事,他准保以最快速度给你挑出毛病来,好像全世界他最聪明似的。"

"这种人其实比渣男还可恨,专门儿让你泄气。"李丽帮林巧把酒倒满,"可人家单位确实比你好,赚得也多,干吗不调整下自己的心态呢?"

"绝不!我真谢谢他主动提出分手,和这种人待时间长了,你就越来越没自信,失去自信就更加迷茫。"林巧反思道,"我错就错在从来没有认真去考虑过自己的人生,稀里糊涂跟着他瞎混,这几年连专业都快荒废了,真是一事无成。"

"不如再找个小公司练练手。"胖微插嘴道。

"其实和他拜拜之后我也想明白了,什么小公司大公司,干自己擅长的最重要!投!把招聘单位从上到下挨个儿投!你们猜怎么着?"

"说说。"

"没一个要我的!"

"哈哈哈哈哈……"

"哈哈，呜……哈哈……"林巧很想笑，但笑着笑着又很想哭。

"差不多了啊，今儿到这吧，给她扛楼上去。"

"老板！结账！"胖微架起林巧就走。

三人折腾完接近午夜，林巧蜷缩着身体瑟瑟发抖。她抱住胖微，还是姐妹们挤在一块儿更有安全感。

"首长查看查看你最近下了什么好片儿。"李丽捧着林巧的笔记本电脑乱戳。见到未关闭的邮箱界面感叹道："嘀！你可是没少投啊。这帮人也真是，啥眼光，啥素质啊？中央美院的都不要，瞅瞅，都瞅瞅，咱们巧姐这寸照多带劲！"

"那张还是赵峰带我去五道口拍的呢，清纯不？"

"衬衫再解开个扣就完美了。"

"滚吧你！"

"我帮你骂他们，什么玩意儿！"

"算了，惹人家干嘛？"

李丽性格泼辣，仗着酒劲根本不管那些，开始噼里啪啦地打字回复："贵公司名称好像被人从土堆里翻出来一样散发着迷人芬芳，吸引着我发达之后第一时间把你们刨出来！"

二人被李丽的回复逗得哈哈大笑，林巧起了兴致。

"我也来个！"

林巧拿过电脑也噼里啪啦地打起字来："你们老板穿衣服的品位很像某位成名前的影帝，一个有趣的灵魂在城市迪斯科与乡村非主流之间优雅徘徊。"

三姐妹嘻嘻哈哈玩得不亦乐乎，不知过了多久才沉沉睡去。

第二天李丽早早起床上班，胖微赶赴图书馆继续埋头苦学，准备年底公务员考试。对于很多人来讲，置身于这座拥有两千万人口的超级都市之中，碌碌无为属于奢侈。大家需要快速寻找到自己的位置和角色，否则，难以生存。

醒来时已经接近 10 点，林巧风卷残云般洗漱一番慌忙出门，在地铁上瞌睡了三四站后总算到了海淀桥下的必胜客餐厅。刚进更衣室，同林巧交班的小姑娘凑过来小声说："巧姐，听说你要升店长啦！"

"是吗？"林巧浑身没劲，有些无精打采。

"我就说咱们店早晚是你的。"

"搞得我都没什么热情了，"林巧换着衣服，"随缘吧。反正当初来这儿就是想骑驴找马，只不过，驴骑够了，马没找到。"

"也对，毕竟你有学历。店长说白了也就一高级服务员，没什么劲。"

"本科生到处都是，好工作难找啊！"

"哎，当初你怎么不接着考研呢？"

"别提了，"林巧对她摆摆手，"当时我都保研啦，就因为我室友过生日那天我们四个在宿舍打麻将被人举报，背上处分保研也就泡汤了。唉，说多都是眼泪。"

"你们宿舍还有麻将呢？"

"哈哈，"林巧笑着说，"我室友用石膏自制的，边打边掉渣儿。"

"有才。"

"老有才了。"

"举报那人还真贱！"

"也不能怪人家，我们那天喝多了，声音特别大，属于触犯众怒自作自受。"

"命运呀。你学什么专业啊，画画吗？"

"视觉传达。"

小姑娘这辈子没听说过还有一门学科叫作"视觉传达"，和林巧闲聊几句，换好衣服便下班回家了。

忙完手头的工作，距离中午饭点还有段时间，林巧顶着宿醉脑袋赶紧躲到后厨角落里恢复体力。假寐片刻，林巧很怕自己直接睡着，便拿出手机开始摆弄，社交软件、新闻、社区、邮箱……邮箱！她瞪大眼睛盯着邮箱里的一封邮件："方便的话今天下午到我公司来一趟，研讨一下本人的穿着品位。"

林巧对着手机愣了半天，才回忆起昨天晚上发生的事，呵呵傻笑几声后连忙搜索这家公司的名称、资料。看到是科技公司并且注册资本一百万美元之后，多少有些心动。

"兄弟姐妹们开工啦！"

店长催促大家提起精神，林巧急忙揣好电话回去干活儿。

挨过午餐忙时，坐回角落的林巧又开始发呆。实际上她就是对那封突如其来的邮件有点儿不死心。"反正都这样了还能把我怎么样？"虽然怀疑对方可能只是想把自己叫过去数落一顿，或者源自某个员工随手发送的"恶搞邮件"。"希望不大，倒也没什么损失吧？"林巧默念道，接着换好牛仔裤、帆布鞋，还是出去了。

乘地铁五六站，又使用步行导航将近一公里，林巧终于在大学城创业园中找到了这家"BEIN"（比邻）科技公司。她望着周围来来往往的学子，心中既羡慕、又遗憾。

乘电梯至小楼三层，只有背景墙上雕刻着能够识别出公司名称的企业LOGO（标识），前台无人值守。林巧四处打量，向右不远处设有玻璃隔断的办公区，像个大罩子。罩子中密密麻麻排列着十几张办公桌，里面乱哄哄一堆人，吆五喝六根本无秩序可言。整个状态有点儿像电影里证券交易市场的场景，不同的是人家打着领带，这帮家伙还有趿拉着拖鞋走来走去的，林巧也搞不清他们到底在忙什么。

"装修还挺高档。"她心想。

林巧看了半天热闹，一个身材娇小、戴着眼镜、表情困惑的可爱女生走了过来。

"你好，请问有什么事吗？"

"哦，嗯……怎么说呢？"林巧有点儿头疼，说应聘吧，又不是，说有人给她发邮件吧，又需要从头解释。

"那个……啊！你们老板让我帮他参谋下着装造型……"

这句回答多少有些"恶搞"成分。

"哦……"眼镜妞琢磨半天，好像突然想到什么事似的，"是你呀！长这么漂亮嘴那么毒。"

"呃……"

"哈哈，没事，叫你过来的人正开会呢。走，咱俩到会议室门口等他几分钟。"

经过此番对话，林巧开始质疑该单位的正规性，可能是因为BEIN与自己想象中的科技公司差距甚大。不说别的，单单这个接待员根本就是"小呆鸟"一只啊，科技范儿的前台不应该像李丽那种性感大妞吗？

进入大玻璃罩子又穿过嘈杂的办公区，林巧、眼镜妞两人站在会议室门外老实等着。透过百叶窗，林巧看到里面一个穿着衬衫的三十多岁的男子正同人吵架，与其对峙的那几位大哥也不相让，架势像是马上要掀桌子。林巧心想这些员工心可真大，屋里都快打起来了都还跟没事人似的。

时间过去六七分钟，双方看样子达成一致，随即鱼贯而出。眼镜妞不再摆弄手机，迎着那位刚刚消气的"衬衫男"冷不丁来了句："杨总，骂你的那个女生来啦！"

林巧听了脑袋嗡一下，心想："小呆鸟"你也太直接啦！我这可怎么接啊？

这位"杨总"头也不抬直接从兜里掏出张皱皱巴巴的字条，看了一眼，冲着办公室喊道："我网上那个照片删没删呢？太影响我形象啦！"

"让他们撤下来啦！"也不知道从哪儿冒出来一嗓子。

不知道此时自己该说些什么，林巧只能以较为尴尬的状态继续保持镇定。杨总还是不瞅她，自顾自掏出手机设置闹铃，边按边说："我看过你简历，视觉传达，好专业。你被录取了，帮忙审一审图片。"

"可是，那个……"

"没问题明天来上班吧。"

"那个……"

林巧勉强组织语言刚要回话，可这位大哥拒绝与自己继续交流，并快步走向角落的大沙发，伸手随便抓起一条睡袋就往里面钻。林巧看着他像只大蚕蛹似的上下蠕动。

"期待你加入，走吧。"眼镜妞捅捅一头雾水的林巧。

眼镜妞领着林巧出了玻璃罩子之后一屁股坐到前台椅子上开始摆弄手机，并没有再送送的意思。林巧一个人按好电梯，想想不对又折回来,略带谄媚地趴在前台大理石平台上搭话道:"美女,我想问一下,咱们是什么公司啊?"

眼镜妞头也不抬"咻咻咻"按着手机:"互联网公司,高新科技领域,主要方向人脸识别技术和人工智能。"

"刚才那位是?"

"创始人,杨森,这公司他说了算。"

"作息时间呢?"

"上下班啊?没点儿。"

"那……我什么时候来啊?"

"明早起床来就行。"她仍然在按手机。

"还有……那个……像我这样新来的,工资多少钱?"

"哦,对,你不说我差点儿忘了。"眼镜妞从抽屉里掏出一沓纸,"劳务合同给你,工资啊什么的都在上面,杨森亲自定的人,拿回去自己看吧,明天来的时候给我。"

离开小楼,林巧对自己方才一番经历不知如何形容。"邋遢大王历险记吗?"想了半天她觉得还是约李丽和胖微共同研究研究为妙。

"除了工资,我真没觉得有多靠谱,公司里连个管人力资源的都没有!"林巧对当日经历如此总结。

"还行啊,刚获得风投嘛!老板是体制内出来的,当前不正流行互联网这一套嘛!"胖微吃着山楂片。

"你怎么知道?"

"手机刚搜的。"

"别瞎琢磨了,听我的吧。"李丽擦着手坐下说,"创业公司嘛,都那德行,忙得要死,一个人顶十个人用,啥都齐全人家还能搭理你吗?"

"那应该挺累。"胖微插了一句。

"累倒无所谓,"林巧说,"岗位也算匹配,审图、制图都是咱的强项。怕就怕干几天公司倒闭,浪费时间。"

"那就看老板靠不靠谱了。"李丽道。

"老板啊,好像个神经病。"林巧接着说,"不过从当前获得的信息上看,第一,我写邮件讽刺他,人家还能雇我,说明他有气度、懂得自省对不对?第二,能给新员工这么高的工资,表示他还比较重视人才。"

"这个思路就对了!"李丽认可道,"你刚不是说回来前和院里大爷打听他们了嘛,说这公司就一台奔驰商务,又拉人又拉饭。你看,多务实!现在过了风投的公司,哪个不是先换个跑车、大越野。我看还挺靠谱。"

"你俩跟分析案情似的。"胖微笑着说。

"可不是嘛,不至于呀!怎么也比搁餐厅当服务员强,没准儿干两天你就主动撤了呢,瞎操心烂肺子。"

"对啊,而且我看他们研究人脸识别和人工智能什么的,挺有趣的。"胖微附和道。

"就是,现在人脸识别啥的多火啊!那就是传说中的风口,别管人家最后能不能成功,即便你选择离开,但工作经验不就来了?"

"丽姐你什么时候逻辑思维这么强了?"

"唉,大公司就是不一样,前台人员看问题都这么透彻!"胖微说。

"你们不用捧,就是见多了,天天人五人六的总来我们公司嘚瑟,张嘴闭嘴未来、理想、人类,听都听腻啦。反正我觉得这公司还行。"

"那我明天就去!事业重新开始!"林巧下定决心。

"对嘛,回归正轨最重要,至于起点高低,那得看命。点菜了吗?听说他家酸菜鱼不错,今天你请啊。"李丽嚷嚷着。

"点!我请!哈哈,还有点儿小激动呢,工资多多的。"

"别臭显摆啦!"

2 "比一下子啊?"

清晨刚过6点,林巧早早起床,毕竟面对第一份正式工作心中略为紧张。洗漱后她翻出自己较为正式的一套衣服并认真打扮,又给餐厅主管打电话交代清楚。

"想好了吗?"主管明显有些舍不得她,"咱们近期会有人事变动,你很有可能将要承担更大的责任。如果不满意薪水,我可以帮你向公司申请。"

"不是,工资方面我挺满意。"林巧耐心道,"姐,其实特别感谢您一直照顾我,就像对待自己小妹妹一样。可这次我想再试试。"

"理解。年轻人需要找到自己的舞台。"

"是呀,放不下呀。"

"我明白,毕竟学了四年呀。这样,我先给你走年假流程,你去观察几天,不顺心的话早早回来。"

"怎么好意思呢!"林巧拒绝道,"我不想给您添麻烦,也不想有所保留地去新单位上班。真混不下去了,我就回去给您当小工,咱们从头再来。"

"唉!"主管惋惜地说,"长得漂亮,又聪明,嘴巴还甜,这样的店长你让我上哪儿找去?"

"哈哈,都是您教出来的。"

挂掉电话的林巧照着镜子收拾完毕,挎上雨伞匆匆出门。

出了门,外面忽然下起小雨,真是庆幸自己今天相信了天气预报。林巧撑着伞,独自走在园区内的林间小路上,眼前的青青草地与外面的花花世界仅仅一墙之隔。此时此景,林巧回忆起当初和赵峰谈恋爱的那些日子,也是雨天,却有人为自己撑起雨伞,说伤感不准确,更多是遗憾。脑袋正放空着,一名晨跑者踏着雨水朝她而来。林巧定睛一看,这不是昨天面试自己的"杨总"吗?

"比一下子啊?"杨森东北口音很重。

"什么玩意儿?比什么?"

"比谁先到呗,难道比谁能让雨停啊?"

林巧尴尬地四处望望,嘟囔道:"疯了吧?"

"敢不敢吧?"说完杨森不再搭理林巧,小跑而去。

林巧心说这不有病嘛!哪个脑袋正常的在雨天赛跑啊?但看着"杨总"已于不远处停下来看着自己,心中十分不爽。

"点将不如激将,神经病!"

林巧嘀咕完撒腿就跑,今天特意穿的套装,没跑几步就被泥巴、雨水甩了一身,好在自己双腿修长,跑起来不至于太过狼狈。但体能方面女性毕竟处于劣势,撑肯定是撑不上。

二人跑到公司楼下已是气喘吁吁,杨森站在台阶上得意道:"好胜心挺强啊!快成斑点狗了。落后不多,你还拿把伞呢,我占便宜。"

林巧叉腰喘着粗气根本没力气理他。

"不过,是我输了。"

"啊?讽刺我?"

"不是。我还以为你不敢跑,结果你跑了,所以算我输。"说完杨森转身就走了。

二人乘电梯抵达三楼。刚刚7:30,"玻璃罩子"里已经和林巧昨天来时一模一样,里面吵吵闹闹的,跟早市没有区别。有正吃饭的,有扛着哑铃锻炼的,还有坐在电脑前噼里啪啦打字的。杨森一把搂住眼镜妞的脖子,指着林巧说:"把她那个小红伞买几百把,看着喜庆。"

林巧低头瞅瞅手中的雨伞,才意识到它与公司 LOGO 简直一模一样,不免得意:自己这个马屁拍得真是润物细无声。

眼镜妞走过来摆弄小红伞并用手机拍照,林巧趁机忙问道:"小美女,我坐哪儿啊?谁是我领导?"

"协议带来没?"

"给你,签好啦!"

"哎呀,这儿没什么领导只有一个老板,我不说过全都听他的嘛,杨森,跟你比赛那个。"说完眼镜妞朝林巧挤了下眼睛。

"我坐哪儿啊?第一天来该干点儿什么呀?"

"你找一张没人用的桌子就行了,这是你的企业邮箱,密码六个零,记得改密码啊!还有,把它装上,内部办公软件。"

林巧拿手机扫了下纸条上的二维码。

"你有资料吗?我先了解了解公司业务。"

眼镜妞生无可恋地看她一眼。

"大美女，您现在已经上班了，这儿可没实习期。"

没实习期、没入职感言、没任何人搭理的林巧只能战战兢兢地在办公室里找到一个空位坐好。自己面前共有三台电脑：一台苹果台式机，一台惠普台式机，一台笔记本。她担心笔记本是某位同事临时放置于此，于是选择打开那台漂亮的苹果台式机，心想先登录邮箱改掉密码再说，毕竟这是自己上班后得到的第一条指令。没想到一登不要紧，邮箱中未读邮件已达六十多封！邮箱后缀全是公司缩写，足足四页！

林巧瞪大眼睛按时间顺序点开几个，邮件内容出奇一致：一张图片，下面两个英文单词——YES（是）和 NO（不）。

琢磨半天还是没搞明白啥意思，林巧只好通过手机办公软件进行求助，她往内部工作群组中发了一句："YES、NO，怎么处理？"

不到三秒有人回复：觉得好就回复 YES，觉得不好就回复 NO 并加上调整意见，所有回复均抄送给我！

林巧心想此人必为杨森无疑，"还弄一个北极熊照片当头像，真够幼稚的！"幸好大多数邮件都已经抄送给他，也省去林巧再次咨询老板邮箱地址是什么。进入工作状态的林巧打开邮件认真观察图片，她觉得这些东西有的看起来像是广告、有的看起来像页面底色，另外那些俊男美女肖像和纯色画本像是宣传页面或版式底稿。由于并不了解每张图片的拍摄背景和使用方向，她只能凭借自己的直觉和基础审美进行评价。头几封林巧还认认真真、仔仔细细回复，到后来简直只能用 YES 和 NO 加上两句简短评语进行作答，因为没等自己再多看几张，方才被点评"NO"的申请便又改完发回。数个来回后，她脑袋里全是碎片式的信息和判断，思路一团乱麻。再加上不断有人在办公室里喊着"林巧，先过我的！""林敲，把我的过一下！""林俏，我改完了你瞅瞅！"明显是对方不知道自己真实姓名，按照邮箱拼音胡喊乱叫，杂七杂八的要求，林巧根本听不清他们到底讲的是哪一封。

林巧感觉自己永远看不完这些邮件了。

四十分钟过后，她已经把三台电脑全部用上：笔记本用来记录自己刚刚打了 YES 的邮件以及图片大致内容；俩台式机，一台用于记录没看过的，一台用于批 NO 之后修改再次发回来的。分工之后，林巧上下忙活、左敲右点的样子活像酒吧 DJ（唱片骑士）。

马不停蹄清空掉整整四十页邮件之后，她坚持不住了。她决定：未读邮件没到三十封之前不碰电脑。一回头，发现桌上有杯咖啡，她拿过来看没人动过，就猛喝了一口。

正灌着来路不明的饮料，眼镜妞推着小车开始挨个儿送饭。

"给你，烤鸭，便宜坊的。"

林巧接过来打开保温餐盒："整只啊！太奢侈了吧？"

"反正是你点的，吃不了问问谁爱吃吧，我不吃，油太大。"

"我什么时候点的？"

"两个小时前你自己说的呀。"

"我说过吗？现在几点？"

眼镜妞看下手表。

"北京时间 14 点 17 分。"

"我的天哪！"

她根本记不起来自己什么时候对眼镜妞说过想吃烤鸭，不过反正饿着呢，就坦然接受。林巧没吃几口，邮箱又"嘣嘣嘣"响个不停，"天哪天哪！"

服务完员工，眼镜妞开始伺候领导用膳。

"吃饭啦。"眼镜妞钻进会议室将餐盒一一送上。

"行啦，先放放吧。"杨森招呼正在一起研讨的几个工程师，"咱们先填饱肚子。"

"可不，饿得不行了。"核心工程师之一"胖子"嚷嚷道。

大家开始用餐，杨森端着饭盒，透过玻璃隔断朝办公区望去。对于大家的工作状态，杨森一直很满意，专注、专业、能吃苦，而这些，正是他所热爱和追求的。

"真没想到啊，"眼镜妞凑过来对他说，"原以为是个花瓶，现在三台都用上了，聪明得很。"

"先观察观察吧。"

杨森从林巧忙碌的身影中，仿佛看到了年轻时候的自己。

3 "整得还挺玄乎。"

历经两顿餐食之后,窗外已是漆黑一片。办公室也不似白天那么嘈杂,只剩下零星敲击键盘的声响,林巧的邮箱也终于消停下来。

"疯人院一日游啊!"她感慨着靠在椅子上舒展身体,不远处两个睡袋里的哥们儿鼾声大作,旁边几个人端着咖啡小声说话。林巧置身其中,忽然觉得此刻内心深处出奇地平静、安宁,还有那么一点点温馨的感觉。她离开座位,活动着胳膊四处溜达,路过大沙发时,男生们对这位新成员默默竖起大拇指。

林巧缓步穿过休息区,伸手推开玻璃门,进阳台透气,手机显示已然夜里 11 点。命运简直匪夷所思,自己昨天还在餐厅端茶送水,此时此刻却置身于一家来历不明的草台班子公司玩儿命加班。

秋风渐凉,林巧蹲坐在地上没有一丝困意,看着远处万家灯火,她有些想家。

"抱膝灯前影伴身,楚楚可怜啊。"不知什么时候杨森已坐到自己身边。

"大半夜还有心情对诗?"林巧懒得理他。

"能不能对上吧?"

"想得家中夜深坐,还应说著远行人。"林巧答道,"白居易的《邯郸冬至夜思家》。"

"文化人啊!"

"总这样挖苦我有意思吗?"林巧低头用手指戳着地板。

"喝一杯。"杨森递过去,提醒道,"不是咖啡。"

"谢谢。"

林巧接过就喝,喝了便吐。

"酒?"

"对不起对不起,拿反啦,这杯你的。"

"啥破玩意儿啊这么难喝?"林巧气得直擦嘴。

"龙舌兰，促进睡眠。抱歉。"

"奶茶和白酒都分不清！"林巧嘬了一口，"这才对。味道还行，谢谢。"

"我好像又输了。"

"对诗吗？"

"不是。我以为你坚持不了一天，结果你挺住了。"杨森微笑道。

"你这人好胜心怎么这么强？"

"有点儿趣味。"

"就是小看人。"

"你在GAMMA（伽马）的获奖作品，我挺喜欢。"

"啊？"林巧十分惊奇。

简历上虽填了得奖情况，却没有附带作品样式，杨森能够说出这句话，林巧已知此人心细如发，调侃道："你喜欢没用啊，那几个美工不喜欢我。"

"哈哈，她们啊。"杨森笑笑，"文无第一啊，刚开始，正常。那几个美工，算是咱东北最牛的了。尤其是花花和九妹，她们两个大三就给游戏公司画底稿，还在苹果公司美国夏令营获过奖。"

"是吗？"林巧有些不服。

"算是出过点儿成绩吧。"杨森接着道，"所以你上来就审她们成片，人家心里有想法，能够理解。"

"然后她们就连样图的设计背景、使用目的都不说明，直接发给我要我好看？"

"发现啦？"

"我又不是傻子。"

"那你怎么办到的？"杨森也很好奇。

"其实没什么，"林巧道，"网站艺术设计本身就是我的专业课之一，即便信息不全，但经过长期训练，我能够做到自行脑补，通过零散的信息进行设想，重新分类组合。"

"整得还挺玄乎。"

"需要天赋的，明白吗？"林巧自豪地说。

这里简单解释一下：今天林巧所做的都是碎片式工作，也就是说在她收到报审图片之时，其实并不知道这张图的前因后果、组合样式和未来应用，但她将这些打乱了顺序的碎片式信息在自己脑海中像拼图一样进行重新分类、组合，进而引出画面感，最终实现较为完整的判断。这种大局观和对视图的抽象思维，普通人很难达到，因为正常情况下都是先有一个出发点，作品样式也是围绕着出发点来设计，在图片本身的理解上不存在问题。而她却能在大脑完全空白、信息量几乎为零的情况下反推出设计初衷，这种特殊技能实属个人核心优势。

见对方若有所思，林巧怕说错话得罪老板，找补道："她们也挺厉害的，同时设计二百多页的项目，很了不起。"

"算出来了？"

"嗯，粗略估算后感觉差不多是这个体量。"

"基础工作而已，我们研发的产品，涉及的界面远远不止这些。"杨森反应很平常。

"即便工作量大也不用那么赶吧？"林巧反驳道，"两三个月竣工很正常啊。"

"那不行，不但要赶，而且要保证质量！"

"保证质量？你……"林巧捂着嘴。

"对，都看过了。"杨森点点头，"不但你，他们所有人抄送给我的，我都看了。"

"天啊，哥，我抄给你的都快三百封了！"

"不看你的回复，如何判断你的能力呢？"

"那我能力怎么样？"

杨森撇了撇嘴："还行吧。"

林巧听罢噘起嘴，用双手托着下巴。

"要不要这么拼啊？"

"咱们每一分钟都消耗着投资人的资金和耐心。"

注意到他用了"咱们"，林巧心里挺高兴。

"给你。"

杨森掏出一副精美的防辐射眼镜。

"算是入职礼物,别把眼睛看瞎了。"

林巧饶有兴致地接过来把玩,刚要道谢,杨森已经抬屁股走了。她蹲地上简单回顾了刚才与杨森之间的谈话内容,认为自己对分寸的把握还算不错,不卑不亢又彰显个性,总体来说不失为一场成功的对谈。在与人相处以及语言表达方面,林巧有自己的一套。

离开阳台,已经太晚了。幸好 BEIN 设有专门的女性休息室可以借宿,屋子虽小但干净舒适,找了张小床后林巧倒头便睡。睡到第二天 6 点刚过,她的手机又开始乱叫,催命似的提醒主人办公软件中已收到待办事项。林巧用力抓着自己头发叫道:"不让人活呀!"

跟着眼镜妞到公共卫生间洗漱完毕后又喝了杯蛋白粉,林巧气鼓鼓地坐回自己位置:"姑奶奶我今天就不服了,你们发一个我回一个,看谁能耗过谁!"

下定决心之后,林巧开启疯狂工作模式,三台电脑的分工以提高效率为核心进行再次优化:苹果台式机用于处理抄送中附带杨森的"重要工作";惠普台式机用于处理多次催要的"紧急工作";笔记本电脑用于处理既没有抄送老板又没找过她的"次要工作"。工作顺序按上述排列依次进行,随到随办。即便分出等级,可她对每个项目的审批质量丝毫不敢马虎大意,"谁知道那头北极熊啥时候抽风检查!"

临近中午,杨森和几个算法工程师因为进度问题争执不休,继而演变为争吵。

"能不能行?就一个点怎么就突破不过去呢,你们每天都想啥呢?"

"构建拓扑已经解决了,现在已经开始搞传送了呀!"

"你那个途径根本就没选对!"

"我这种方法是最好的方法!"

林巧在一旁正忙着看图,脑袋瓜子都被他们吵成了糨糊,气得扯着嗓门儿大叫:"能不能别在我身边喊!去会议室不行吗?"说完眼珠子盯着显示器直直地看,手指头按着鼠标,像是啥都没发生过。

"是啊,杨老师,你们到里面去吧,我正忙着呢。"

"快走快走。"

"别耽误我干活儿啊!"

杨森众人被骂得一愣,大喊道:"你们要造反啊?"虽然嘴上反驳,但他也只能领着几个工程师移步会议室,门还没关上又开始继续大吵大叫。

傍晚时分,笔记本消停,惠普电脑消停,只剩下抄送给杨森的"重要工作"仍在继续,而且有愈演愈烈的趋势。事实上,显示器另一头的几个美工和林巧较上劲了,这边她刚回复,那边马上出图,就是比谁快,看谁先求饶。林巧此刻已杀红了眼,终于拿出自己看家本领:PS(修图)。你们不是返图快嘛,我这回不但提出问题,还把那些小细节直接帮你们改掉!

几个小时过后,杨森率先服软,因为实在撑不住了。他向群里发了条信息:"给林巧的邮件不用抄送给我!"这也变相宣告今天比赛的获胜者是林巧。

晚上8点,林巧捧着饭盒到茶水区吃饭。花花和九妹正狼吞虎咽地往肚子里塞东西,三人六目相对的场面着实有些尴尬。

林巧灵机一动,伸出自己手中饭盒提议:"鸡爪,你俩吃不吃?"

"想给我们补补手啊?"九妹道。

"这不是骂人嘛!"花花嘀咕着。

"啊,不对!"林巧赶忙否认,"我不是那意思,就是,吃点儿,挺好吃的……"

林巧既着急又窘迫的样子逗得两人哈哈大笑。

"快过来,饿坏了吧?"花花拉她坐下。

"饿得前胸贴后背了。"林巧松口气。

"那么大还能贴回去啊?她的还差不多,都饿缩了。"

"哎呀,你别说了,我本来就小!"

虽然工作中彼此不服,但只要离开电脑,大家实际上并没有什么不可调和的矛盾,良性竞争之后的闲聊更是让林巧觉得十分温馨。她心想:"这些人也挺好的。"

说笑间杨森端着饭菜进来了，花花和九妹意味深长地相视一笑，又瞅瞅林巧，手忙脚乱收拾起饭盒就跑。

"你怎么才吃饭？"林巧倒是挺自然。

"拜你所赐，"杨森坐下说，"你们也不让我消停啊，没完没了地发，看完就这时候了。"

"哈哈，对不起。"

"你还真有本事，PS无敌啊。"

"都说了我是专业的。"林巧一脸傲娇。

"哼，"杨森笑了声道，"硬挺着呢吧？我眼睛都看花啦！"

"累肯定是累，不过也不怎么累，不知道如何表达。"林巧边吃着鸡爪边说。

"那属于高级累。"

"啥玩意儿？"

"累分好几种。最初级的是低级累，就是别人让你干什么，你就干什么，工作量大自然就累；之后是中级累，既需要完成别人的指令，又有自己的思路，两头穿插着干必然累；最后就是你开始做自己喜欢且擅长的事，干得停不下来，这就是高级累。"

"哦。"林巧对他的理论体系不感兴趣，"你是老板，你说什么都对。"

"看来筛选简历这种招聘方式的弊端确实比较明显，"杨森继续吃饭，"差点儿错过你。"

"缘分啊！"林巧学着范伟的口气说。

"环境就是能改变人，很正常。"杨森继续他的长篇大论，"高压模式下，要求自然水涨船高，就像满分一百分的考试，你会纠结于每一分的得失；但如果满分是一千分，就需要更注重答题效率，压力会逼出能力的，就看你能不能挺住。"

"杨大老板，"林巧放下鸡爪，"用不用每一个话题都要说得这么有理有据？不就是想让员工玩命干活嘛！"

"你是较劲。"杨森摇摇头。

"匹夫无罪，怀璧其罪。"林巧闷头继续吃，又觉得自己好像有些失礼，找话道，"现在觉得我可以了吗？"

"目前可以，至少证明我的决定不错，效率高且专业。审美这个东西，有就是有，没有就没有，属于人的核心竞争力。"

林巧听了点点头，叼着筷子说："其实我有个问题一直想问你。"

"问吧。"

"你为什么从之前的单位辞职呢？我很好奇啊！不顺心？"

"不顺心不贴切。"杨森吃完开始喝茶，"就是机会来了，直接抓住。"

"什么机会？"林巧对于这个话题非常感兴趣。

"咱们公司的老车，原来是苹果公司东北地区高校实验室负责人，哈尔滨工业大学内的苹果实验室在人脸识别算法上取得了突破。后来在一次饭局上，老车和老蒋跟我提到他们的技术能力，第二天我就辞职了。"

"这么简单？"

"就这么简单。"

"可我看网站上写的你在原单位已经职位很高了，舍得？"

"其实我很早就想走。"杨森道，"能在一个体系里干好，并不能说明你就适合干这个，主要看内心。"

"哦。"林巧点点头，"就像吹气球一样，吹到临界点之后就爆发了。"

"非常聪明。"

"后悔不？"林巧很想让他继续说下去，"现在每天都超级忙，太多需要操心的事吧？完全是两种生活啊。"

"区别确实非常大，但后悔肯定没有。"杨森已经厌倦了这个话题，起身离去。

在 BEIN 工作一周之后，林巧租的房子即将到期，她琢磨能不能直接搬进公司休息室长期借宿，替自己节约开支。

"住吧，"眼镜妞说，"除了我其他女生都有地方住，咱们俩也能做个伴。"

"那我搬家啦？"

"最好等晚上。你知道，大白天你往公司搬家，多少有点儿影响不好，对不对？"

"还是你聪明。"

林巧将个人物品用大纸箱装好，又雇了一辆三轮车拉到公司库房暂时寄存。白天正常上班，好吃、好喝、好辛苦。将手头工作完成得差不多了，林巧看眼手机已是 9:30，办公室女员工中除自己和眼镜妞之外全部撤退，男员工们开始第一轮睡觉。时机成熟，她赶紧拉着眼镜妞到楼下抬箱子。

俩姑娘上上下下搬了三趟，正拆包装累得满头大汗，杨森扒着门眨巴眼睛道："是准备常住吗？"

林巧和眼镜妞吓了一跳，捂着胸脯说："杨总，人吓人会吓死人的，知道吗？"

"谁同意你住公司了？"杨森问。

"那个……"林巧不想连累眼镜妞，理直气壮地说，"我自己想过来，她就是帮我搬东西。你要是不让，我马上搬走。"

"脾气还不小。"杨森转身就走，扔下句话："别住这屋啊！住对门儿！"

林巧和眼镜妞四目相望。

"什么意思？"

"对面屋是杨总住的。"眼镜妞说。

"不会是……让我和他……一起？"

"妈呀，你脑洞还真大！"眼镜妞听了直接笑了笑，"他房间更宽敞，可能怕咱俩住这屋比较挤。"

"那就好好说呗，烦他神神道道的。"林巧翻个白眼，"你有那屋钥匙吗？"

"有。"

眼镜妞打开房门，屋子窗户朝南，面积比对门大一倍，屋内东西不多但比较凌乱。

"收拾吧，人家把房间都让出来了，咱俩就别端着啦。"

林巧说完开始动手整理，幸好杨森东西不多，私人物品更是少。"这人还真懒，内衣和袜子都用一次性的！"林巧嘴上这么说，心里想着这倒也免除了二人尴尬。
　　行李放好之后，林巧和眼镜妞开始摆放私人物品，她感慨着杨大老板那几件可怜的家当。
　　"他还真是极简主义者，几件衣服加洗漱用品。"
　　"工作狂一个，"眼镜妞道，"东西少但挺考究的。"
　　"有钱人比不了啊，就是没什么趣味。"林巧又问道，"杨总没女朋友吗？"
　　"咋能没有！之前马上结婚了。"
　　"之前？黄了？"
　　"我发现你挺机灵呀，反应这么快。"
　　"哈哈，那当然。"
　　"东北老家的，是大学讲师，可漂亮了。"
　　"怎么分手的？"林巧十分八卦。
　　"好像是生活理念不合，对方比较喜欢平淡的日子。"
　　"也对，"林巧道，"不过老公是企业领导，老婆是大学老师，这样的生活哪儿找去？真能作。"
　　"要不人家能当有钱人呢，心狠呀！"
　　"你怎么认识杨森的？"
　　"我呀？"眼镜妞边挂衣服边说，"以前做杨总秘书，他离开单位我就跟过来了。"
　　"忠心啊！"
　　"其实我挺崇拜他的，不过，仅仅是崇拜。"
　　"他有那么大魅力？"
　　"那是因为你不了解他。"眼镜妞回忆道，"他是我们单位的奇才，不仅我，所有年轻人都崇拜他。"
　　"还奇才？"
　　"他这个人吧，亦正亦邪，好的时候特别好，狡猾的时候比狐狸还精。但工作上，他就是有本事把不可能完成的任务给你搞定，跟着他工作有一种使命必达的快感！"

"没看出来。"林巧撇着嘴。

"慢慢你就知道了。"眼镜妞眨巴眨巴眼睛又加了句，"小心别爱上他啊。"

杨森伏在案头唰唰几笔标注好当天进度及明日目标。他喝了口咖啡，对当前进度基本满意，因为只要掌握了核心算法，自己就非常有把握从投资人手中继续获得大量资金以备下阶段研发。一杯咖啡的时间权当休息，杨森准备熬个通宵将投资方需要的汇报材料弄好。

很多人不理解，除了一些特殊行业，有什么样的工作值得自己去通宵达旦。不过杨森很早便体验过，即使是一名普通员工，即使仅仅为了几个PPT（电子幻灯片），熬夜也是家常便饭。

六年前，杨森的岗位是经营分析员，负责总结、梳理、提炼上一工作周期出现的各类问题以及制订下一工作周期的具体发展计划，这个职位至今仍属于单位核心中的核心。而难点就在于成稿材料既要贴合企业实际运营情况，又要融合主管领导的经营思路和个人风格，更要求观点明确、具备一定的战略眼光。作为青年才俊，杨森对此项工作可谓倾尽全力，他天生对数据敏感，习惯靠数字说话，靠缜密的逻辑推理和大数据演算来解决问题，而恰恰是这些特点使得他心力交瘁、苦不堪言。道理很简单，给领导写材料，一定是领导先提出想法，之后再让具体操作人员按照他的思路进行拓展、阐述。可如此一来，数据便成了服务领导观点的论据和工具，而客观数据本身隐含着的很多问题，非常容易被忽略掉。数据，向来是带有欺骗性的，你为了证明一个问题，一定会在浩瀚的大数据中找到能够支持自己观点的相应数据，关键在于你草率且灵机一动的观点，它真的是正确的吗？

在工作经历无数次激烈碰撞之后，杨森选择离开。他找了一个能够自己说了算的小班组担任班长，想要通过实际行动来证明自己是对的。

休息室中，眼镜妞整理妥当准备上床睡觉。

"对了，"她起身对林巧说，"看样子杨总今晚通宵，12点左右你给他煮碗面条。"

"煮面？"

"熬夜他需要吃点儿东西，今天帮你搬行李我骨头都要散架了，所以就交给你了。"

"行，你睡吧。"

林巧看下闹钟11点刚过，想想距离眼镜妞嘱托还有将近五十分钟，自己总不能坐这里干等，还是先出去逛逛，免得睡着。

穿过电梯和茶水区，林巧透过玻璃罩子看到东北角处BEIN的"技术天团"已经开始第二轮工作，这六个人是杨森的心头肉，每日"吃则同坐、寝则同席"。办公室内噼里啪啦的键盘声不绝于耳，整个BEIN的命运就掌握在他们手中。

林巧四处晃悠了一会儿，觉得时间差不多，于是回到茶水区开始煮面。她翻开柜子，觉得只下一包面难免会给人以讨好领导的嫌疑，不合适，还是都煮了吧。

"咦，怎么是你？"杨森掐表准时到来。

"怕我下毒啊？"林巧心想这人吃饭倒挺积极。

杨森见面量十足，便也不理她，叮叮当当从橱柜里翻出个大盆子，抄起筷子就开始挑面条。

"饿了吧？"林巧问。

杨森还是不理她，一人闷头挑完面条，端着盆子就往办公区走。林巧踮脚望去，看着他把那盆面条直接分给几名技术人员了。

"嘿，"林巧微笑着嘀咕道，"收买人心。"

不一会儿杨森回来，默默坐到椅子上问。

"还有吗？"

"就剩这些了。"林巧递给他。

"再给我只碗。"

"嗯？"

杨森接过碗，用筷子又挑出一半，还倒过去半碗汤。

"生日快乐。"

"啊？"

"快吃吧，多活些年才能给我下毒。"

林巧刚要说话，杨森端着自己饭碗回办公室找那帮人吃去了。

"神经病啊？"林巧低头想下今天确实是自己公历生日，"肯定看我简历了，太有心机！"吃完面林巧又帮大家收拾好碗筷，全部整理停当已是夜里2点。

4 "爱投不投，就这玩意儿！"

第二天林巧将近10点才起床，完美错过早餐时间。洗漱之后刚要进玻璃罩子，只见杨森面色沉重地与她擦肩而过。

"哎，干吗去了？"林巧问眼镜妞。

"刚从投资方那儿回来。"

"啊？他可一宿没睡呀，那么早就去开会？"

"经常这样。"

"脸色好难看呀。"

"估计投资方不是很满意。"眼镜妞小声说。

"咱们都快干死了他们还不满意啊？"林巧顺手从她桌上捡了块饼干吃。

"资本家啊，吃人还得喝血。这个给你。"

"什么呀？"林巧接过小盒子，打开看里面躺着一块精美女士手表。

"生日礼物，公司规矩。"

"不会吧？"林巧喜笑颜开，"名牌呀！谢谢你亲爱的。"

"别谢我，杨总定的规矩，花的也是他的钱。"

"用得着这么出血吗？有点儿夸张啊。"

"创业公司，一起多待一年都是缘分，笑纳吧您就。"

"好嘞！干活儿喽！"林巧转身摆摆手，"给资本家卖命去！"

眼镜妞分析得没错，杨森今天的汇报并不顺利，投资方虽然对阶段性成果表示认可，但对工作进度持保留意见。杨森辩解几句，却逐渐演变为对于 BEIN 是否具备核心竞争力的深度讨论，这使他大为恼火。最终双方不欢而散，资金暂缓发放。其实杨森心里很清楚，每一个能够运转起来的系统都有其立身原理，你想进去，就需要按照它的规律和规则办事。而不同的人触摸并熟练掌握规则的耗时长短就是所谓的天赋、智商、情商。理论上，只要你真正融进那座巨大的造富体系，想不富都难，就看你是要钱还是要脸。

道理虽懂，但与投资方冲突依然令他十分郁闷。上午还算平静，下午杨森开始发飙，几名找他汇报的同事全都被骂。所幸大家深知他肩上的压力，并没有往心里去。林巧也开始主动帮助花花和九妹修图、改图，希望通过努力工作让他少些烦恼。

下午5点，不知是有了悔意还是因为什么，杨森开始撵员工下班。

"这几天太拼了，不行，你们都回家好好休息休息！"

见大家三三两两结伴离开，他又一个人回到办公桌前继续工作。

林巧觉得自己今天不宜在杨森眼前晃悠，虽然心中有些同情，但还是老实回屋为妙。躺到床上，她开始回复李丽和胖微的祝寿信息，也只有这两个姐妹和妈妈还记得自己的公历生日，向三位显摆完新的手表之后，累坏的林巧躺在床上迷迷糊糊睡着了。

"都秋天啦，不能这么睡。"

林巧睁开眼睛，见眼镜妞正在给自己盖毯子。

"谢谢宝贝儿。"林巧醒了，问道："你干什么去了？"

"按杨总指示，给六位大爷买毛毯去了，还得送货到家。"眼镜妞道，"我多买了两条，咱俩一人一条，好看吧？"

"不错不错。"林巧摸着手感非常好，暖融融的特别舒服。

"还剩一条，你给杨总送去吧。"

"你去呗，我和他又不熟。"

"我到和男朋友视频时间了，给你拍马屁的机会。"眼镜妞打开笔记本电脑发起通话。

"杨总人呢？"

"办公室。"

"那你把他房间钥匙给我。"

"脸皮儿还真薄。"

接过钥匙,林巧夹着毯子到对面,用钥匙拧开推门而入。没想到杨森正在换内裤!他光溜溜的只穿了条一次性内裤,正惊诧地瞪大眼睛看着林巧,吓得林巧"砰"一声把门关上赶紧跑回自己房间。

"妈呀……妈呀……要死了,要死了!"

几分钟后,心中余波未平,就听得"当当当"的敲门声。林巧万念俱灰,既尴尬又无奈地打开房门。

"你干啥?"杨森盯着她。

"给你送毯子。"

"毯子呢?"

"那儿呢。"

"呵呵呵。"杨森瞪她一眼,"拿过去吧!"说完朝走廊那边踱去。

林巧战战兢兢地将毯子送到杨森屋里,返回的时候看见他一个人蹲在走廊尽头处的小阳台里抽烟,不由得心中一阵怜惜,很想过去安慰安慰他。

"对不起啊。"林巧蹲到他身边。

"别说话了行吗?"

林巧脑海中突然浮现出方才杨森穿着一次性内裤的滑稽画面,忍不住嘿嘿直笑。

"有病啊你?"

"对不起对不起。"林巧虽然极力克制,但仍然忍不住像抽搐似的咯咯直乐。

"有没有完了?"

"那个……"林巧赶紧找话题,"不顺利吗?"

"哪有那么顺利的事。"杨森猛吸一口烟。

"你得控制自己的脾气。"

"我脾气不好吗?"

"大哥!"林巧一歪头,"咱有点儿自知之明可以吗?"

"爱投不投,就这玩意儿!"

"毕竟是金主啊。"

"那倒是，"杨森叹了口气，"而且是最先帮忙的金主。"

"不过话说回来，当初你是怎么拉到投资的？"

"我不值得投吗？"

"不是，可毕竟是投资公司，总不能看看简历就给你送钱吧？听说普遍都是'投熟不投生'。"

"当然。"杨森感慨道，"难哪。当初我没辞职的时候，跟人谈一些点子他们都说'好''真好'；可当我真辞了再去找他们，就变成'还可以''有希望'。你在职的时候以为自己随随便便就能筹个几百万，真辞了的时候拉十万块钱都费劲。我倒不是在怪他们，这就是现实。"

"当时很失落吧，有点世态炎凉的意思。"林巧抱着自己膝盖望着杨森。

"想通了就不会。"杨森继续道，"是个人，都希望和功成名就的人在一起，或者参与到马上就要成功的项目之中去，借着东风起飞最稳妥，对吧？所以我找他们是我的本能，他们青睐于更成熟的项目，也是他们的本能。"

"是不是有点太现实了，感觉不好啊。"

"那肯定的。我刚开始找钱的时候一直被问'客户多少啦？''日活跃用户多少啦？'，当时我就想，我有一百万活跃客户还找你？不砸钱不开放，哪儿来客户？但人家不听故事，幸亏我手上还攥着王牌，要不根本没人理。"

"虽然我不懂，但听起来好难啊。"林巧想了想又道，"那咱们不是更应该感谢投资方嘛，毕竟他们投入了真金白银。"

"这就是人性和社会性的问题。富人用你，根本目的是通过你来保持或增加自己的财富，但当你也想要进入他们那个阶层的时候，他们内心里其实是抗拒的。先富帮后富没问题，可先富打心眼儿里不希望你成为后富，你得自己先成后富之后才能真正跟他们合作。"

"可我们现在不是已经有成绩了吗？而且早晚会成功的呀，他们为什么这么急呢？"林巧不解。

"四个字：游戏规则。"杨森道，"这个圈子每天都在变，投资人不在乎科技是否进步、什么时候进步，他们在乎的是谁潜在价值更大、谁能尽快变现。如果我们迟了,就会变成第二名,那他们投入的钱很大程度上就会缩水,你说他们能高兴起来吗?"

"还有个问题。"林巧觉得杨森已经恢复正常,各种理论一套套的。

"问。"

"为什么公司已经有很强的美工,你还要雇我呢?不会是为社会创造就业岗位吧?"

"两个原因。"杨森掐了烟说,"首先我很重视美学设计,因为设计在很大程度上直接影响品牌差异度和识别率,不过即便是顶级设计师,也需要存在一个偏差纠正的环节,这就是你那个岗位存在的主要原因。"

"第二呢?"

"问你自己呗。事实证明,以玩笑开局并不意味着就会以玩笑结束。"

"对,谁都不知道明天会发生什么,是吧?"

"原来如此。"杨森明白了,点头道,"行,你的安慰还算有效,回去吧。"

"那我走啦。"林巧站起来,腿有些麻,"对了,睡前别喝那玩意儿了,难喝死了。"

"是龙舌兰,你个弱智。"

杨森听到林巧房门关上之后方才起身离开。职场中摸爬滚打近十年,他早已习惯通过独立思考来解决遇到的一切问题,周围人也愿意为他"留足空间""敬而远之"。可今天不同,这个冒冒失失的小姑娘居然拐弯抹角安抚了自己那颗焦虑不安的心,虽然没有任何具体指导意义,但杨森似乎已经找到了走出困境的方法。

经过数周磨合,林巧算是完全适应了 BEIN 的工作风格和工作强度。这个个性极强的女生入职初期便成功吸引了杨森的注意力,专业、自信、聪明、好勇斗狠,她像那帮技术人员一样以公司为家,疯狂追赶同事们的进度,也习惯了没白天没黑夜、以解决问题为首要原则的工作方式,用杨森引用美军条例中的一句话说是"飞来的子弹具有优先权"。从某个角度来说,她终于找到了那个属于自己的舞台。

很快,到了 BEIN 发工资的日子。

"巧儿啊。"李丽边翻阅菜单边说,"第一份正式薪水,没给家里人买点儿啥呀?"

"把那块表送我妈了。"

"欧米茄啊,你也真舍得。"

"自己妈有啥舍不得的,"林巧得意道,"反正来年还有。"

"公司待遇好,底气就是足。"胖微很羡慕。

"那咱俩更不用帮她省钱了,点硬菜!"李丽道,"要不说人赵峰还是有远见的,当初你要真稀里糊涂找个设计院,也没今天。"

"拉倒吧,就像设计院抢着要我这个带处分的本科生似的。"

"行啦你,我都愧疚死了,再提这事打死你!"李丽打了林巧一拳。

"哈哈,都是命。"胖微说,"俗话说啊,漂亮女生运气都不会太差。巧姐长得这么好看,还真能在餐厅干一辈子呀!"

"富贵又何为?湘江水逝楚云飞。"林巧感叹道,"还是搞点儿好吃的吧。"

"哎哟,自比史湘云啊,最近重温名著呢?"

"都怪我那个老板,"林巧瞪眼道,"动不动就转两句诗词,搞得自己多博学似的,我要是对不上,他就老得意了。"

"变态吧?啥学历啊来这套?"

"北邮计算机和信息工程双学士、哈工大工商管理硕士、中科院在职博士,文化水平肯定是够,就天天跟精神病似的。"提到这儿林巧忽然想起杨森身穿纸内裤的样子,忍不住咯咯直乐。

"你笑什么?"

"没什么,没什么。"林巧认为还是应该给自己老板留点儿面子。

"不对。"李丽不怀好意地笑着,"是不是……钻石王老五?"

"说什么呢?"林巧赶紧否认,"他现在每天也就睡仨钟头,扛着投资方的期待和二十来人的身家性命,压力老大了,我可高攀不起。"

"刚上班就能和老板关系处得那么融洽,我是没这本事。"胖微感慨道。

"巧姐本来就会。"李丽说,"玩儿得明白。"

"得了,请你俩吃顿饭就开始硬捧啊?对了丽丽,你也该留意下个人问题了吧。"林巧岔开话题。

"我不急,"李丽说,"期待我的老马王子。"

"啥玩意儿?"

"不懂了吧?"李丽笑着说,"现在的有钱人都贼精呢,稍微年轻点儿的都追求门当户对,我现在就等着那些第一批离异或者单身的成功人士,岁数不小也不太大,虽然已经不白了,但毕竟还是王子啊。"

林巧心想着,这不就是杨森嘛。于是说道:"告诉你,那种大叔更厉害。"

"是啊。所以呀,电视剧里演得太假了,怎么会有那么多愚蠢的有钱人和白痴富二代等着被傻白甜女主角教育做人呢,幻想!"

林巧听了李丽的话点头附和道:"当然了,人家那是在玩儿命啊。"

第 二 章

重挫

认准理想，认准老大，我们跟着你，定会一往无前。

1 "认准你了。"

林巧蹬着老北京黑布鞋、套着宽松的大卫衣素面朝天就往公司赶。昨晚和李丽她们喝了半宿,索性留在胖微处过夜,放下工作压力,一觉之后精神焕发。进小楼,她手插口袋嘴里嘀嘀咕咕,念念有词。在保安大哥眼中,这位年纪轻轻的小姑娘已经和三楼办公室那帮精神病患者并无二致。

出电梯刚要进大玻璃罩子,眼镜妞一把将林巧拉到跟前小声说:"你昨天走得早,咱们公司出大事啦!"

回过神儿来,林巧发觉办公室里气氛确实与往常不同,少了习惯性的嘈杂,多了很多压抑和说不清、道不明的沉闷。

"怎么啦?"她悄声问眼镜妞。

"昨天下午投资方过来,红山资本,听说是绷不住了,埋怨咱们钱都快烧光了也没拿出突破性进展。还说日常开销过大、浪费,抓住杨森吵架那件事趁机发难了。"

"这么小气,吵两句就生气?"林巧不屑道,"新兴行业哪个不烧钱啊?打德州扑克还得跟几轮呢,大家伙儿天天这么干,不吃点儿喝点儿好的,谁能扛得住?"

"说的就是呢,可人家不听啊!杨森跟他们吵起来了,都骂脏话了,爹妈的。"

"这么严重啊?"

"非常严重。"眼镜妞严肃地说,"行了,发通知全体人员三十分钟之后到会议室开会,看杨森怎么说吧。"

林巧心情一下沉重起来,她没想到创业公司的经营风险居然如此之大,自己好不容易碰到的顺心工作,没干几天就要变动吗?命也太苦了吧?

时间将近,众人陆续进入小会议室。这个房间应该是第一次迎来全员会议,显得十分拥挤,包括林巧在内,部分员工需要站着。她隐约听到前面几个人小声嘀咕:"你说今天是不是得吃散伙饭了?"

"谁知道呢,别问我。"另一个很不耐烦。

"也是,都撤资了,杨森没跑路就不错了,也算有始有终。"

"别乌鸦叫行不行?"

"咱俩还好,那几个跟着他从东北过来的可倒霉啦。"

"快闭嘴吧!"

林巧心想某些员工果然现实,昨天还"杨总""杨老师"呢,公司有难就开始直接对创始人点名道姓,好不讨厌。几分钟后,众人翘首以待的杨老板背个小书包缓步而来,表情依旧是若有所思、深不可测,房间内顿时安静。

"说一个公司决定!"杨森放下书包面向众人,语气异常平和,"我们的主要投资方,也就是红山资本已经决定不再对我公司继续注入资金,因此,BEIN'未来社区'项目及相关解决方案从即刻起无限期暂停!"

即便很多人早有心理准备,但听到"最终判决"依旧非常难过。林巧提前不知内情反应更甚。经过这段时间磨合,她已与 BEIN 融为一体,事业刚刚起步便遭灭顶之灾,心情自然是说不出的复杂。她很难相信,眼前这位工作起来无比疯狂的男人即将在这一刻放弃自己的梦想和大家共同为之奋斗的事业,难道这就是所谓的商场无情?

杨森看一眼下面,发现众人没有太多反馈,继续道:"我今天不和大家谈理想。除了林巧、鲁征、陆华黎、冯远,其他人都是我从东北一路带过来的。你们当中有的是工大最优秀的毕业生,有的是我原单位的老部下,有的是我从别的公司挖过来的。我记得去年邀请九妹加入公司的时候,前后一共去她家请了四次,搞的她妈妈以为我是变态追求者,还要打我。不容易啊。"

众人听了呵呵一笑,但笑中更多是苦涩。

杨森有些动情,继续道:"不过,我现在可以负责任地对大家说,你们每一个人,都已经成为互联网行业中塔尖或是接近塔尖的顶级人才!很多人,今天走出 BEIN,明天直接进超级公司混个温饱不成问题。"

杨森又顿了顿,整个会议室连蚊子打喷嚏的声音都能听清楚,大家仿佛都在等待着杨森说出某一句话。

"所以我今天不想用情怀、理想、梦想去贩卖或者达到我的什么目的。我要感谢大家,感谢你们从开始陪我走到现在,一直走到了距离目标如此近的地方,这是信任,更是我个人最大的成功。不过很现实,我们确实没钱了,撤资对创业公司的杀伤力大伙也都心知肚明。所以,我尊重所有人的任何选择。"说着,杨森弯腰从书包里捧出四大摞成捆的崭新钞票,"N+1肯定是做不到了,这儿有四十万元现金,走的时候一个人拿两万,算是我对大家最后的补偿,剩下的我打欠条,我杨森有一句说一句,日后必还。来吧,千万别整那么伤感,快点儿,赶紧的。"说完杨森身体靠在墙面看着大家。

"我们走了你怎么办?"不知谁喊了一嗓子。

"我啊……"杨森挠挠头发说,"我是不会放弃的,继续来,继续找钱、找人,都这样了还能更差到哪儿,触底反弹呗。"他语气好像是说别人家的公司一样。

"来吧兄弟们,都这么熟,不用抹不开面子,来,拿吧。"

林巧看有两个刚要抬起屁股的,被旁边人一瞪眼吓得赶紧坐下,好像谁都不知道处于目前场景自己应该做什么、怎么做。她虽然没在其他创业公司待过,但BEIN那种充满玩命劲和人情味儿的工作风格、杨森那种敢想敢干的气质着实令人恋恋不舍。过去几分钟,后面传出一声:"我不走!"

三个字好像每个字都带着感叹号从喉咙里发出。大家目光随声而去,原来是胖子。

"老杨,我不走!"胖子站得笔挺,"我这人你知道,平时不爱说话,我也不会说啥。"

"你慢慢讲。"

"老板,我是您从工大图书馆里抓出来的,当时你跟我说'走,跟哥改变世界去'。"

说完,胖子和大家都讪笑起来。

"非常老套、非常庸俗的手段,对吧?可我信了,我跟着老板你干了两年。你说过,大公司自己干自己的,咱们需要一人干两个、三个才能撑上它们,我也信。两年里没日没夜,键盘打烂了三个,累,真累。你把老子女朋友也搞没了,房子也没买,车也没有,公司现在就是我的一切,你就是我最大的资产。以后咋整不知道,我也懒得想,反正我绝对不走。"

胖子说完,大家都沉默了,杨森低着头用脚蹭了两下地板淡淡道:"行,你留下。"

又过去大概二十秒。

"我不走!"

"我也不走。"

"认准你了。"

"杨老师加油啊!"

……

杂七杂八的声音愈发慷慨起来,眼镜妞和林巧也被气氛所感染,跟着喊:"我不走!我不走!"

"好!"听着众人慷慨陈词,杨森终于发声。

"谢谢大伙。"杨森深深鞠躬致谢,起身道:"好,不走,不走咱们也得吃饭吧?这四十万是我个人除东北房产之外的最后资产,再怎么省吃俭用也就能帮助大家坚持三个月。也就是说,我们只有一个月的时间,开发出一款新产品,再用一个月时间来测试,到第三个月就得有收入,这样我们才能活下去,才能有资金继续启动'未来社区'。都说说吧,有什么想法?"

习惯听从杨森指示的众人开始发散思维式。

"开发游戏!"老车说道,"游戏赚钱最快,现金流充足,算法也简单。就这么说吧,有一百万下载量,难度设定为十分之一用户通关,通关总共需要花一百块钱,这营收就是一千万啊,对吧?"有几个人默默点头,老车继续道:"我们只需要把这一百块钱分散至各个关键环节点上,让客户愿意掏,一块、两块攒起来,这就是真金白银。"

"对。"

"对对。"他的建议获得一些人的支持。

"要我说，咱们就来斗地主了，"老蒋接着老车的话继续道，"受众面广，本地市场就足够。还能和小区里的食杂店、小超市合作，咱们前期不是有北京市社区数据嘛，正好能拿来用上。用户玩游戏、打扑克得金币，金币可以到小区超市里换购物卡，换的购物卡我们给超市返点，返点月底再结算。不用别的，有个十万八万客户就够咱们吃的了，商业模式也简单。"

林巧心想这些人怎么这么聪明，对于他们来说赚钱真是以亿为单位计算的。

"这个不行。"王东反对，"游戏币兑换实物是违反互联网管理条例的，尤其是你搞这么大动静，风险太大，我不同意。"

"你怎么这么死心眼儿啊？"老蒋解释道，"不让虚拟货币兑换实物，咱们可以用积分啊，金币换积分，用积分再换电子购物卡或者电子码，相当于客户兑换完积分我们赠送给客户的总行吧？再复杂点儿就走中奖，奖品总行吧？三倒两倒法院上哪儿取证去？"

"那也不行！这是打擦边球！你这么整肯定不行！"王东的立场非常坚定。

"这不行那不行，你说咋整？咱们现在都活不下去了啊大哥，先填饱肚子再唱高调成不成？"

"总之我反对！"

林巧觉得两人你来我往，再说几句非得吵起来不可。

"我同意老车的意见，开发游戏。"杨森插嘴道，"但我也支持王东。我们开发游戏没问题，现在所处的情况我们也只能开发游戏，但我们不能打法律的擦边球。咱是缺钱，需要赚钱，可咱赚钱的目的是什么？是重新获得资金、投资，有钱继续我们的事业，用赌博换来的钱实现计划我不喜欢！"

"那咋整？"老蒋无奈道。

"老规矩，我今天再独裁一把，我们开发一个以西游为主题的消消乐游戏。"杨森认真道，"消消乐是经久不衰的休闲游戏，几年前就有，现在市场上还有，说明此类游戏具有长期受众群体。但现在市场上的消消乐缺乏文化内涵，仅仅属于单纯的闯关、消除。我们可以把每一关设定与《西游记》故事相结合,增加可玩性和乐趣,消除妖魔鬼怪总比消红色蓝色有意思吧?技术上看,我们虽然做的是人脸识别,但算法工程师很厉害,我相信参照开源很快就能上手。而且最重要的是,咱们公司美工是全东北最厉害的,这是开发游戏的关键点,对吧?还有服务器方面,那是咱看家用的,整体来说,做一款消消乐游戏对于我们 BEIN 根本不是什么难事。"

老蒋与王东的脸色终于缓和下来。

"哈哈,我就说嘛,有啥事能难住杨总?"

"杨老师肯定没问题。"

"行了!"杨森大声道,"定了吧?定了就都动起来啊!等着我给你们分工呢啊?"

"开工!"

大家异口同声,之前那个 BEIN 仿佛又回来了,杨森的"散伙会"就像是给公司按下了重启键,办公室瞬间恢复往日生机。

中午,林巧捧着一盒京酱肉丝在阳台填肚子,杨森凑过来要了一些。

"你啊……今天有点儿小帅啊!"林巧笑道。

"是吗?算是渡过一个小难关吧。"杨森边吃边答。

"嗯?不对,"林巧好像想到什么,"你是不是早就想好了要做游戏续命,而且就是做那个'西游消消乐'?"

"聪明。"杨森道,"撤资这么大的事都提前察觉不到,创始人也就别干了。之前不告诉大家是因为一直在做最后努力,其实游戏方面的人才我们完全够。"

"那你今天干吗把家底都拿出来?直接和大家说呗,没投资了,咱们自己做游戏一样能挺下去。你不怕真有拿了你的钱走人的?"林巧不解。

"你不是没走嘛!"杨森笑道。

"我那是没地方去。那些人你也说了,哪儿找不到工作啊!干吗冒这么大的险!"

"你这是执行者思维。"杨森道,"我如果先说开发游戏,之后再说不想干的可以走,那样风险才更大!明白吗?好好琢磨琢磨。"

"嗯?是不是……"林巧想了想恍然大悟,"如果先提游戏的话,大家就会把对游戏的判断变成了对公司前途的判断;而你先说解散后提项目,大家就会把这款游戏当成拯救公司的最后一根稻草,是这个意思吧?"

杨森听了满意地点点头,心里想这小姑娘孺子可教。

"你还真是不傻。"

"还有别的原因吧?"

"红山与我们理念不合,而且看不起BEIN。但这些都很正常,可以理解,靠实力和成绩说话才是真理。不过他们离开也不是坏事,因为前期投资协议里写得很清楚:主动撤资,自动放弃所持股权。以后各自安好呗。"

"啊……原来是这样!"林巧笑着说,"你,阴险,太阴险。"

"哈哈,这可不是阴险,"杨森边擦嘴边说,"把该做的事情按更好的顺序捋好,也是运营企业的一部分。"

"那胖子的一番'表白'也是你策划的吧?"

"气死我了,贼笨,昨天晚上教到1点多背不下来。"说完杨森抹嘴儿走了,留林巧独自在风中凌乱。

"……"

2 "别扯淡了。"

自"西游消消乐"正式立项,大玻璃罩子较以往更嘈杂了。杨森没日没夜地在黑板上写着剧情提纲和关卡设计、美学思路、页面布局,这块黑板就是大家的工作提纲。游戏对于美工来说工作量巨大,林巧这边开启"光速批阅奏折"模式,各式各样妖魔鬼怪、神仙道人的样图纷至沓来,她也开始偶尔用"朕知道了""准奏"等戏谑的评语来活跃紧张气氛。为了进一步领会杨森的工作思路,林巧特意买了本《西游记》,一闲下来就抓紧时间翻看,反复琢磨角色形象,希望能够最大限度地做到尊重原著、还原形象。熬了几个夜晚,黑眼圈叠了三层,她才发现自己已经好久没泡澡,晚上得个空,林巧就近到李丽家借宿,算是给身体充充电。

"丽丽,你也太奢侈啦,合租房里还带浴缸。舒服。"

"对门那个出差了,"李丽一边卸妆一边说,"她在家我才不敢让你来泡呢,那人特矫情,说多少遍了不让外人用!"

"正常啊,人之常情,谁愿意把这隐私的东西和别人分享。"林巧渐渐开始不经意间模仿杨森的语气。

"觉悟有所提高。怎么样,还那么忙啊?"

"别提了,公司差点儿倒闭。"林巧边擦头发道。

"啊?"

"可我们那英明神武的老板——杨森同志,运用他那超强的个人魅力和大忽悠能力使得大伙都跟打了鸡血似的,又'咣咣'猛干呢。"林巧语气中不无崇拜。

"真心?那你们也上当啊?"

"哎呀,成功人士,多少都有些人格魅力的,企业家精神呗。反正上个月工资还没花完,单位还管饭,暂时饿不死。"林巧躺在李丽的大床上彻底放松,又翻个身对李丽道。

"不过我跟你说,当他把一摞子钱'啪'往桌子上一扔说了句'随便拿'的时候,还挺帅的。"

"哈哈,你不是爱上他了吧?"

"别扯淡了。"

"哎哟哟,瞅你那样儿。"李丽基本上收拾妥当,继续说,"对了,赵峰这两天联系你没?前些日子他找我要你电话来着。"

"啊?"林巧一下子坐起来,"原来是你啊,我说最近他怎么总给我发短信呢!"

"你怪我?我还不是看你对他恋恋不舍才给的,之前哭成啥样自己忘了?"李丽无辜道。

"那你提前告诉我一声啊。"

"你自己看我给没给你发微信，你也不回我啊。后来有什么事就给忘了，也不是了不起的大事，都老同学至于吗？"

林巧想想也对。

"当然了，赵峰那个时候跟你分手确实不地道。先和你抱团取暖，自己有着落了，不需要你这个心灵港湾外加免费伴侣了。人要求上来了啊，家里也有钱，在北京那是好车开着，大公寓住着，按条件不得撩个还珠格格啊！"

"那你还给他我的电话？"

"大小姐，"李丽扭过身看着林巧，"你也得从实际出发不是。你现在虽然赚得不少，可刚才也说了，公司差点儿倒闭！女人活一辈子图什么啊？稳定啊！赵峰现在虽然是刚上班不到两年，但混得是真不错，金融小白领，年轻有为，听说那公司都是他家一个什么远房亲戚的。就这条件，现在想吃口你这棵回头草，从哪个角度出发咱也没吃亏啊对不对？"

"那我成什么了，备胎？"林巧不屑道。

"姐呀，又不是让你现在就嫁给他，你就也把他当备胎不就得了。是，那有志气的女生对待前任一定是老死不相往来，咱们说到底都是外地来的，又是同学，没事联系联系怎么了？相互有个照应，喝多的时候那还有个送你回家的人呢，不会掉块肉也没啥额外损失，该干的不早都干了多少回了吗？"

"你快滚吧。"林巧叹气道，"唉……不过联系下确实也没啥，是吧？"

"对呗！"

"哎？"林巧好像突然想到了什么，"不对，你收了赵峰多少好处帮他说话？你桌上那雅诗兰黛哪儿来的？说！"

"管得着吗你？

由于昨晚在李丽家睡得非常好，林巧上午工作效率有所提高，看来身体的确是革命本钱。临近中午，眼镜妞照例端着个小本本登记午餐需求，大伙标准依旧，点的都是又贵又有名的馆子。林巧心想四十万元也不知道能够这帮奢侈的家伙吃几天。没等想到点什么,手机就来了短信,林巧一看是赵峰。

"一起吃饭怎么样?"

林巧琢磨着肯定有人透露军情。

"好吧,我们公司附近吧。我手上还有活儿,地址一会儿我发给你。"

"你不在单位吃了?"眼镜妞问她。

"给杨总省点儿钱。"说完林巧收拾收拾就走了。

林巧抵达餐厅不到五分钟赵峰来了,两人分手后这还是第一次见面,多少有些尴尬,寒暄几句还像从前一样由他点菜。

"你最近怎么样?挺好的?"赵峰喝口水。

"还行吧。"

"听李丽说特别忙,你是在互联网公司上班?"

"是啊,很忙。"林巧有一搭没一搭地回着。

"哪家公司啊?"

"BEIN,园区里那个。"

"啊……"赵峰认真地想了想,"我知道那个。拉投资呢,前两天红山刚宣布停止注资,你们那个杨总还找过我们,好像让负责人给否了。"

"哦。"

"你怎么还在那儿啊?都快倒闭的企业。"

"谁快倒闭了?"林巧有点儿不高兴。

"你别生气。你不知道,红山在创投圈儿属于风向标,它撤了,基本上也就没人再敢投了。"赵峰向前凑着身体,语重心长地说:"我劝你还是赶紧走吧。投资都是买升不买降,我认识几个互联网公司的高管,人家都已经上正轨了,就凭你在 BEIN 这段经历,混口饭吃肯定没问题,有两个马上就要被列为独角兽了。"

"不用,我现在挺好的。"她已经有些不耐烦。

"你别被人忽悠啦!这种事我听过见过的太多了,那些拉出来创业的,个个口才了得,小心盲目崇拜被人洗脑啊!"赵峰说着说着拿起了投资人的范儿，看起来让人很不爽。

"赵峰，"林巧道，"不管我是不是盲目崇拜，单说我们公司，你了解我们公司吗？啊？就凭杨森去过你那儿找过钱，就这么一点点的信息来如此评价一个创业公司、一家企业，你觉得客观吗？"

"这不是客观与否的问题，林巧，我是见得多了，你不了解互联网行业。"赵峰解释道。

"我不了解？"林巧理直气壮地说，"赵峰，你别忘了我就是干这行的！我每天看到的是杨森带着大家没日没夜地干，所有人心甘情愿地跟着他拼命。就凭着撤资之后没有一个员工离开，足以说明他有令人信服的眼光和个人魅力！"

"啊，我不是那个意思……"赵峰想要继续辩解。

"还有，即便不是杨森，你一个刚上班不到两年的学生，你有什么资格如此武断地去评价一个企业家？你了解他吗？你知道他经历过什么吗？你知道他每天会碰到多少难题吗？他坚守了什么、放弃了什么，你知道吗？你不知道！根据暂时的挫折就轻率地评价一个人、给他的公司下定论，我觉得你很不成熟！"

"好，我姑且不评价他现在行不行，但是投资要的是结果，不看过程。过程有多苦多难是你们自己应该去承受的，别人凭什么要为一个未知的产品或者他的梦想去埋单呢？"赵峰虽然奇怪林巧为何突然成长得这么快，讲话逻辑越来越清晰，但自己并不想落到下风。

"结果？告诉你，在你这个年龄，他早就获得了远远超过你的成就，即便是离开原来所任职的单位，他想要做的也是通过科技去改变人们的生活，让这个社会变得更美好。这是他的梦想，也是我们公司的梦想！"林巧越说越激动，"还有，即便是红山撤资了，杨森也没有说过别人一句坏话，只说'理解''正常''人之常情'，单从这一点他就比你们这些商人强！"

"好，不争论，那毕竟是你的选择，我应该尊重。"赵峰觉得这个话题不宜继续。

"气都被你气饱了。"

"算我不对，行了吧。"赵峰笑笑，同时也很好奇，究竟什么样的老板能让林巧一个小员工这么替他说话。当然，林巧也很奇怪，自己为什么会拿杨森来与赵峰对比。

3 "老色鬼，烫死你。"

出餐厅后，林巧拨通李丽电话。

"我怎么越来越看不上赵峰了呢！"

"咋啦大姐？"

"烦他。"

"不会吧，以前可拿他当宝。"

"这家伙根本没有任何变化，还是原来那套！看不上他自以为是的劲，才上班几年啊，就装成救世主似的指点江山。"

"哈哈，你是喜新厌旧。"

"没有新，他也不再是旧。我也不知道怎么回事，觉得他怎么那么幼稚呢！"

"移情别恋了呗。"

"是他骗不了我了。"

"怎么讲呢？"

"你看啊，当初他嫌我累赘，和我分手；现在我自食其力，他又来找我，还摆出一副高高在上的架势。他就是典型的'你不能啥也不是、配不上我，但也不能超过我、必须听我的'这么个心态，跟他在一起，我得既达到他的心理期望又不能威胁到他的两性地位。这算什么呀，巴以和谈啊？"

"嗯，"李丽想想，说，"他已经后悔了，你已经成熟了，总而言之就是开始斗智斗勇了呗！"

"我要是看不出来也行，他以为回头草那么好吃哪！"

"他不一定那么想，你的想法也不一定错。怎么开心怎么来，遵循内心的想法就好。"

"行！我到公司了啊，不说了。"

"快忙去吧。"

挂断电话,李丽叹了口气。其实她一直对林巧、胖微、罗莎三个好友十分愧疚,尤其是对林巧,更是希望她能在北京这座超级都市中找到属于自己的幸福。

有些事情一直在李丽心中萦绕,难以释怀。要不是三年前自己生日那天执意要打麻将,林巧也不会失去保送研究生的机会。由于她们已经涉嫌赌博,学校给四人记大过一次,毕业满一年方可申请撤销。该项处分导致胖微直至今年才能报考公务员;成绩优异的罗莎同样与心仪的故宫博物院职位擦肩而过;林巧则命运多舛,三流设计院、连锁餐厅轮番打工,十分荒唐。所以李丽对于这几位朋友格外关心,尤其在经济上,她是能接济就接济,吃饭埋单从未心疼过钱。

为增加收入,李丽除上班之外,还与国外分公司的同事联合起来充当境外买手,同事负责采购,自己负责境内销售。她们属于第一批从事海外代购的商家。

"丽姐,领导叫你。"

"又干吗啊?"

"晚上有大客户宴会,让你这服装设计师帮着选衣服呢。"

"我一个前台还得给他当秘书。"

"谁让他级别不够没秘书呢,哈哈。"女同事笑着说。

李丽不情愿地进了主管办公室,领导左右手各拎着一套西装仔细端详,见李丽直接推门进来便问她:

"来得正好,你帮我看看,哪套合适?"

李丽净身高一米七,面对主管不敢靠得太近,怕自己像个巨人,便站在门口摆摆手,道:"右边的,看起来没那么傻!"

主管对李丽的毒舌习以为常,哈哈一笑。

"帮我倒杯水。"

李丽白了他一眼,但毕竟官大一级压死人,她还是听话地弯腰从饮水机里接水,即便背对着对方,她也能明显感觉到对方正用目光扫描着自己的超短裙下摆与大腿内侧。李丽端着水摇曳着走了过去,突然手一松,将整杯热水直接扬到了他大腿上,烫得主管哇哇大叫。

"哎呀，对不起、对不起！你看我，毛手毛脚。"说着李丽赶紧抽出纸巾在领导腿上乱擦。那位爷正要动怒，不过看在"美女摸腿"的分上也不好发火。

"行了，没事，你出去吧。"

李丽听完扭头就走。

"老色鬼，烫死你。"

所以各位，你要是看到办公室里的漂亮女下属正帮着上司擦裤子，不一定就是女人卖弄风骚，很可能人家正在实施某种报复。

4 "属白眼儿狼的！"

撤资后的第一个三十天对于 BEIN 所有人来说，时间仿佛都被压缩成以秒为单位，杨森将各项工作的进度要求统一按四小时为周期进行阶段性评估，不允许任何人拖大家后腿。他把整个游戏设置成"九九八十一关"，每关下设三个小关，每小关设置一个小说原著中的妖魔鬼怪作为关主。为了强化思维，杨森一遍又一遍将他的要求写到办公室黑板上，向大家传递思维架构，而且他讲的时候不准别人抬头，该干什么干什么。这就导致杨森需要不断重复说过的话，以至于有时自己也分不清哪句话是否在几十分钟之前已经提过，完全属于机械地强行灌输。林巧早就习惯了杨森这种工作模式，可听着他逐渐沙哑的声音仍不免有些心疼。

为了调动气氛和锻炼身体，杨森学着谷歌的方法，要求进度落后小组为完成最快的小组洗车，仅限一辆，节省时间。老车领衔的算法团队有一次稍稍落后，王东不知在哪儿租了辆丰田坦途车，又到哪个泥沟子里滚了三圈，整个皮卡浑身没有一块干净地方，都是又黑又厚的脏泥巴。老车撅着屁股一个人给王东洗着车，嘴里还骂自己组员："都傻寻思啥呢，看我干啥，干活儿去啊！"

农历八月十五，杨森觉得现阶段各项计划完成得较好，利用中午时间他召开业务部署会，推进下阶段研发工作。

"今天是咱们例会啊,都谈谈各自进度和想法。挑重点别浪费时间。"

由于是第一次参加核心筹划会,所以林巧特别积极地坐到最前面并拿着小本子认认真真听取杨森指示。

"我有个疑惑,"老蒋皱眉道,"你说孙悟空的心理年龄为什么长得那么慢呢?在五指山下压了五百年,心理年龄和大闹天宫的时候没啥两样,他不成熟、不成长的吗?"

杨森接话说道:"老车,白骨精那关最好再设两个小妖,先把这两个小妖消除了,再按消除小妖的量减白骨精的血槽。老蒋你是不是傻啊,天上一日底下十年,他被压的那五百年按神仙时间计算体系,也就不到两个月,两个月成熟啥啊?"

"说的就是呢。"老车答道,"神仙的时间体系和人间的不同是神话故事的基础啊,这都搞不明白。对,老杨,我准备用两个蛇精。"

"蛇精不行,很多人有蛇类恐惧症。嗯……换蛤蟆精吧,小青蛙可爱点儿。神仙时间都搞不明白你太不像话了。哎,对了,红孩儿为啥能会'三昧真火'这么厉害的法术?铁扇公主,专门扇扇子的,牛魔王一个山里的胡子也不会啊,这个不科学。"

"青蛙太普通了点儿吧?还是蝙蝠吧,挺新颖的。"胖子接着道,"哈哈,我看网上说,红孩儿有可能是太上老君和铁扇公主的私生子。你忘了?孙悟空就是在太上老君的炼丹炉里被三昧真火烧出的火眼金睛。对了,打完老虎之后,应该给悟空设置一个虎皮裙的皮肤,小说里有啊,唐僧给缝的。"

"啊!可不是。哈哈,这样啊,老君和铁扇公主。哈哈,谁琢磨的呢。可以,用蝙蝠吧,蝙蝠好看。对了老车,加个虎皮裙,免费皮肤。"

林巧对这种无限制式发散思维加精神分裂型研讨方式实在接受不了,他们的每句话里至少有两至三个内容相互穿插,分别解释,语速奇快,信息量巨大,自己单核的脑仁儿有点赶不上,只能抓重点在本子上记好。林巧用余光发现杨森不时地盯着她就更紧张了,生怕遗漏掉什么重要环节。

整个下午林巧都在忙着消化会议精神,刚过4点,杨森从自己座位走出来,冲着大家嚷嚷道:"今儿个中秋节啊!都注意了,现在起,五分钟之内离开公司。你是回家睡觉也好,出去约会也行,给家里打电话也罢,和朋友、同事聚会那就更好了!总之不准在公司待着,明天早上7点到单位一起吃饭。"说完,杨森发现居然没有一个人响应自己的号召,生气地又大喊一声,"听见没有啊?马上走!你们都没有家吗?给我马上滚蛋,回家!放假!"

伴随着杨森的怒吼大家开始懒洋洋下班,这些人也不知道是真的还想继续工作还是下班后也没地方去,总之很不情愿。林巧收拾好东西想着确实有段日子没和李丽她们聚了,边走边在微信群里邀人攒局。

杨森见自己的动员终于起效果,双腿生风似的准备离开公司。路过前台时,眼镜妞拉住他问道:"杨总,你晚上有饭局没,没的话我们几个定了个地方,要不你也过来?"

"啊,谢了妹子。不用,我有俩北京同学约今天一起吃饭,你们玩儿吧,开心点儿,超过五个人聚会都算公司账上。"

杨森打车马不停蹄赶到"重八牛府"还是晚了。刚刚就座,涮品已经基本就位,杨森二话不说拿起筷子就吃。

"大哥啊,你慢点儿呗,太热进肚子胃能受了吗?"正忙活蘸料的老实劝道。

"别管他了,"纪伟拦着说,"杨总现在哪有时间细嚼慢咽啊,估计都饿抽抽了。说说,老杨,还那么忙啊?"

"忙,忙死了,差点儿倒闭,全撤资了。"

两人听了一惊,纪伟问:"这么严重,那怎么办啊?你慢点儿吃啊。"

"真饿了。没工资,继续干着呢呗,生干,我现在是等着新开发的这款游戏翻身呢。"

"你看看,当初我就劝你留下。在咱们单位当领导多自在,上面有几百亿撑着,下面有几百号员工撑着,俩字儿——舒服。我看你就是作。"

"也不能这么说,"老实怕杨森不高兴,"老杨是能力越大、责任越大。"

"屁！"纪伟否定道，"他就是对企业没有感恩之心，靠着这么好的平台长了本事，翅膀硬了就再见，属白眼儿狼的！"

"哈哈。"杨森边吃边说，"我凭什么感恩公司啊？如果一个企业对员工的要求是十，那做到三的人确实应该感恩公司，感恩公司没开除你！对吧？可你要求十，我都干到二十了，你还不升我，我干吗要感恩你啊？"

"我的亲哥啊，你这升得够快的了，你的哪一步不是咱们系统里同级别最年轻的。就让你再等几年，等几个老的退下来，那职位不给你还能是谁的啊？"纪伟直言。

"这我就得和你掰扯一下了。我为啥要把自己的青春耗费在等待别人老去呢？凭啥他们就不能提前给我腾腾地儿呢？我这几年的时光谁负责？对不对？"

"自私！"纪伟指着杨森笑道，"凭什么整个组织都得围着你转啊？是，你有才，可全公司上下就你有才，就你委屈？行，假设就你委屈最大，可总有对你好的人吧？我都不说当年死心塌地追随你的部下，就说一直提拔你的郭总，你对得起他吗？你上升的每一步，人家都是力排众议、积极推荐，最后倒好，您老长本事了，二话没说拜拜了。哥们儿你做人有没有点儿底线啊？"

"哈哈哈，"杨森边吃边说，"我出来之前已经把郭总说服了，洗脑呗。要说处哥们儿，我这人没底线，怎么着都行；但在职场和商场上，老子的底线是法律，别跟我讲道德。"

"我说什么来着？"纪伟转过头来对老实道，"奸商嘴脸暴露无遗呀！我总结老杨这个人，当兄弟没得说，当同事没得好，当对手没得玩儿，吃人不吐骨头渣子！"

"精辟，哈哈，纪总有才！"老实笑着道，"单位怎么了？要没有单位，我这离了婚的男人就得带着儿子喝西北风去了。"

"可不是！根本没有人对不起他，就是这个地方满足不了他的野心，吃饱了，抹抹嘴颠儿了，还不埋单，什么玩意儿呢，贪婪！赤裸裸的不知足！"纪伟笑道。

"今天我也不买啊,"杨森赶紧接荏儿,"老子最近没钱。"

三个人嘻嘻哈哈地扯淡,这种轻松时光对于杨森来说无疑是奢侈的,借此机会他也能和老同学倒倒苦水、扯扯闲片儿。聊得正起劲,纪伟抬着下巴对二人说:"瞅瞅,现在的小姑娘真敢穿,这身材,真是大个儿门前站,穿啥衣服都好看。"

杨森经不住好奇转过身去扫了一眼,看见林巧和两个女生正站在等候区排队,林巧挎着那位身材高挑、打扮时尚的女孩嘻嘻哈哈聊着什么。

"我公司员工啊。"

"哪个啊?大个儿那个?"纪伟先生非常感兴趣。

"不是,搂着大个儿那个,我们公司美工。"

"那还说啥啊,让人小姑娘干站着等啊,你是什么老板啊?叫过来,叫过来!"

"别这么兴奋行不行,人家小姑娘才多大啊。"老实笑道。

杨森拗不过纪伟纠缠,同时也觉得林巧她们几个等位子确实有些辛苦,前面至少还有十多个排号的,于是掏起电话,低着头边吃边说:"喂,是我啊。"

"哦,你好杨总。"

"看见你了,往右看,一起吃,来吧。"

"啊?"

"啊什么啊,别瞅了,我在九号呢。对,和我同学,不是什么客户,一起吃吧。"杨森说完不容置喙,"啪"一声挂掉电话。

林巧双手一摊:"好了,今天这顿有人买了。"

"我还真想看看传说中的杨总呢。"李丽拽着林巧开开心心地走了过去。

5 "眼光超前呀!"

有林巧她们三个女生在,桌上气氛更加欢快。虽然年龄上是有些差距,但终究没有什么不可逾越的鸿沟,几人之间不乏话题,还可以适当讲讲笑话。尤其是纪伟和李丽,两人性格开朗、谈吐得当,经他们带动,大家仿佛一下子熟络了许多,时空像是从 BEIN 的高度压缩状态切换到日常轻松生活。

"林巧,"纪伟举着酒杯对她说,"知道你们老板当初的丰功伟绩吗?"

林巧笑着摇摇头。

"听说过电信运营商在竞争对手小区里,用人家电话卡互打占用信道、影响信号吗?这损招儿就是你老板上班头一年发明出来的,继而传至全国。"

"哈哈,他琢磨的啊!"李丽捂着嘴乐。

"就搞那么一次,没想到影响那么大,现在属于犯法了。"杨森无奈道。

"还有呢!"纪伟越说越起劲,"当年,你老板盯上了北方集团的信息化项目,和电信竞争。我们通信公司新上线资费或是设备割接都需要拨测,也就是拨打测试电话,包括抽测企业免费对外服务电话。当年你老板找到几个实习生,半夜12点多,开个小车,插上电信的电话卡,就开始给北方集团前台致电,'抱歉,我们是电信的,近期附近基站割接,这里是拨测电话',三十分钟打一次,整整打了一宿,给那帮值班员气的呀。第二天北方集团就把电信领导叫过去一顿臭骂:'你们什么破信号,一晚上拨测那么多次,能不能行了,啥水平啊?'项目生生就让他给搅黄了。你说,你老板是人吗?"

"我们杨总为达目的不择手段,法不禁止即自由。"林巧只能替自己老大打圆场。

"当地听说老杨辞职的消息,那是一片欢呼哇,另外两家公司领导和员工放鞭炮、聚餐,说'这孙子终于滚蛋了!'"

大家听完哈哈大笑。

"那他都是旁门左道吗?"李丽问。

"怎么可能?"纪伟放下酒杯,"我们虽然是一个系统的,不过公司太大,外省消息非常少。可就说工作能力吧,老杨虽然远在黑龙江,可他的成绩那是总部领导都清楚的。当时老杨辞职报告打上来,一直批到最上头才放人,光挽留谈话就开展了三回,几个大领导还感叹'我们企业现在留不住人才啦'。他呀,下决心了八匹马也拉不回来。"

"何止啊,他这人就是天生搞互联网的。"老实插嘴道,"上学的时候我们常在一家饭店吃饭,老纪你忘了?我们杨总还帮饭店老板写了一个外卖网站呢,可以网上订餐、下单什么的,然后按时间给男生宿舍送餐,我记着后来咱们全系都用上了。"

"对呀!外卖软件雏形啊,稍微包装一下咱们早发了,谁知道现在能这么火。"纪伟惋惜道,"最痛心的就是老杨在公司的时候递上来的那个提案。"

"多少年老皇历,别提啦。"杨森拦着。

"说说,说说。"李丽和林巧都很好奇。

"我们公司不是有一款即时通信软件嘛,"纪伟为自己倒杯酒,"那时候3G(第三代通信技术)技术刚刚进入商用,老杨就提出应该立即将这款PC(个人电脑)软件移植到手机上,并增加语音短消息功能,充分发挥公司用户规模优势,钉死移动端的社交领域。"

"是不是微信呀?"李丽问。

"比微信原始。"纪伟道,"基本上与KIK(社交软件)前后脚。老杨当时就意识到,公司需要继续推出类似'短信息'的杀手级产品,他认为语音短消息可以完全取代短信。"

"眼光超前呀!"

"并没有什么用!当时对于公司来说,短信收入是一块非常大的蛋糕,谁也不敢动它,否定你的理由多了去了。"纪伟说,"随后小米和腾讯几乎同时开展了类似项目研发,白玩儿。"

"没白玩儿,省里还发给我一个创新奖呢。"杨森笑道,"床上四件套,还有一个高压锅。"

"当时我在公司研究院上班,他那提案挂研究院网站上之后,下面全是否定,基本上没有人认可。"

"老杨这辈子的奇思妙想,就算实现一半儿,身家都不知道几百亿了。"老实这话虽然夸张,但并非完全胡说。

"早习惯了。"杨森道,"我相信,无论在公司,还是在全中国,比我聪明、比我有远见的数都数不清，但关键点就在于想法并不重要，重要的是能将想法转化为既定事实的能力。假如你身处体系之中，当然是级别越高越方便；级别越低，你需要说服的人越多、越难。当前世界上不存在那种能够准确把握住所有机会的完美管理制度，这很容易理解。"

"当然。"纪伟和老实表示认可。杨森继续道：

"体系里，你需要说服无数个领导；而从商，你只需要搞定一个投资人。所以作为个体来讲，无论在哪儿，把握好自己的心态很重要。人在二十来岁的时候要多想想自己能做什么，做加法，多长本事。等到三十岁，就要多想自己不能做什么，做减法。世界上赚钱的门道多了去了，你不能什么都想干，对吧？四十岁做乘法，谨小慎微，从小事中抒问题，以小见大、规避风险。五十岁之后就要做除法，让生活更加简单、直接、通透。这就是一辈子，不复杂。"

"说得太好了。"李丽非常识趣地带头鼓掌。林巧插嘴道："像我们杨总这样有能力的优秀管理人才，就应该不断为社会创造就业机会，求职者也才更有奔头。"

"可不是嘛。"李丽笑着说，"如果知识精英们再不创造就业机会、一门儿心思都往好单位里钻，把我们这些泥腿子真逼急了，全都白手起家去，你家孩子就等着替俺们打工吧。"

"哈哈哈哈。"

纪伟暗想，现在这些年轻人看眼色和聊天的本事真是不得了。

几个人谈天说地难得的惬意快活，林巧下意识帮杨森擦了擦桌子上快要滴落的芝麻酱，引得李丽和纪伟好一顿挤眉弄眼。

酒足饭饱之后大家走出火锅店，纪伟笑提议道：

"老实，就你开车了，你把这些女士送回家吧。"

"得得得，"杨森连忙阻拦，"第一次吃饭送什么送？过度热情了啊！首都治安有啥好担心的，自己打车回去得了。"

"对对，不用那么麻烦。"李丽笑着说。

"行，那我们几个先撤了啊，注意安全。"

"注意安全啊。"杨森小声地对林巧嘟囔了句。

"我说老杨,你天天守着这么个天仙也真忍得住啊?"纪伟一上车就搂住杨森。

"能不能有点儿出息了,我这一天忙得跟孙子似的,能忙活过来不?"

"现在年轻人真是不一样,比咱们那时候可成熟多啦。"老实边开车边道,"你俩回去早点儿休息啊,晚上就不接茬儿了,明天早晨得给儿子做饭再送他上学。"

"总体来说社会在发展嘛,再过五六年,○○后就开始上班儿,你要不学会和年轻人聊天儿,以后连员工都没法管,没办法沟通。你说对不对?"纪伟显得有点无奈,继续抱怨道,"现在社会多少有点儿浮躁,十年前领导跟你说'好好干个三五年你肯定有希望',那得是多大的动力,不得给你干起飞了?现在呢?人只要取得一点儿成绩或者略微提升,你当管理者的就必须得提供相应的待遇、职位或者精神上的肯定,要不他们马上失去耐心,而且都没吃过苦,也不差钱儿,直接就给你撂挑子。大环境,效率第一。"

杨森打断纪伟问:"老实,你早晨给孩子做什么啊?"

"简单的呗,不过不能太油腻,蛋类必须有,牛奶、豆制品、蔬菜,还有全麦面包,营养得跟上去。"

"非常正确。"纪伟表示认可,"什么叫赢在起跑线上啊!我家楼下就是中学,每天早晨上班我都看见一帮孩子在小摊儿那买煎饼果子当早点。你说这家长得多懒啊?孩子一上午的功课,肚子里除了碳水化合物没别的,还有粉面子,只剩果腹感。你说孩子用脑他能不累吗?累就得犯困睡觉,睡觉了成绩不好,成绩不好再花钱去补习。你说你有那钱把孩子营养跟上去,浑身的能量没地方释放,他想睡觉也睡不着啊!这不本末倒置吗?"

"有道理。"杨森点头附和。

"我看网上写林书豪小时候把牛奶当水喝,要不他那身体倍儿结实呢,能量守恒定律啊!别的咱花不起,牛奶我儿子必须得管够!"

车子在夜幕下的北京城内高速穿行,杨森脑袋靠着窗口,思绪早已回到自己的工作之中。

林巧和李丽、胖微坐出租车里闲聊。

　　"巧儿，我看你们杨总可挺有范儿啊！你看他那神态、那表情，话不多可人找的那些个点，又到位、又准确、又幽默。"李丽比画着，"我看啊，他心里不知道装着多少事呢，有点儿深不可测。你再看他那朋友，叫纪伟的那个，这顿张牙舞爪啊，还领导呢，哈哈。"

　　"你别那么歪啊，人家那是热情哄你小姑娘开心呢，难道大家就直眉瞪眼地尬吃啊？"林巧答道。

　　"可不是嘛，"胖微接着说，"那个实哥也挺好的，还说要帮我联系公务员考试的培训学校呢。"

　　"啊？"林巧和李丽异口同声。

　　"怎么了？"胖微瞪大眼睛看着她俩，"刚才我去洗手的时候碰见了，听我说正在准备'国考'，他有个朋友开了家这类的学习班，可以让我免费听课。"

　　"老男人也太可怕了吧，饭还没吃完就开始撩上啦？"李丽气愤道。

　　"你别这么说，"胖微急忙拦着，"人家真没说什么，就给我一个电话号码，让我有时间和对方联系，嫌麻烦不找也无所谓，他都没问我手机号。"

　　"我说也是，"林巧道，"热心肠在你那儿也犯毛病。"

　　"不信你们就给我看着，看看这个老实人到底老不老实。我话放这儿，他以后要不联系你我把脑袋揪下来！"

　　司机大哥听见忍不住笑出声。

　　"笑啥啊？你还在这捡个乐儿。"李丽白了司机师傅一眼。

第 三 章

翻身

漂漂亮亮的翻身仗背后,是记不清多少天的彻夜未眠。

1 "轻点儿吹行不行?"

老实驾车将二人送至纪伟住所才恋恋不舍回家。杨森进到单位替纪伟安排的公寓里,与他面对面就着花生米喝啤酒。

"咱哥俩可有日子没这么空闲聊天了。你说你到北京之后,有几天是闲着的?"纪伟一边喝一边问。

"可不是嘛。今天喝好,行了吧?"

"这才对嘛。"纪伟猛灌两口,放下易拉罐对杨森语重心长地说,"哥们儿,回来吧。就凭你老兄这些年的工作业绩,找领导谈谈,官复原职没啥不可能的。咱不是有规定嘛,离职不到多长时间来着,可以返聘回来。"

"怎么可能?"杨森笑了笑,"出来就是开弓没有回头箭,怎么可能回去。那不变相证明我当初的决定是错的了?"

"你又怎么肯定自己的决定就是对的呢?是吧?再说,当初可是你极力劝说我报咱们单位的,是你说这个企业正规、敬业、有发展,要不哥们儿能来吗?早去华为了。"

"轻点儿吹行不行?嫌北京秋天风小是吧?"杨森反驳道,"我当初劝你来,是看你在北京晃荡着一天没个正经事,找个大公司至少能养成良好的工作习惯,到哪儿都不吃亏。假如华为要你,你早跑深圳去了,还能坐在这儿?事实证明这里确实适合你,你现在也升职了,自己也享受这个状态,不挺好嘛。"

"所以啊,作为哥们儿我得劝你回来,不就是面子的事嘛!你信我,过个十天半个月就都忘了,谁没事天天琢磨别人的生活啊。你的人生大事在外人眼里不过就是谈资而已,何必那么介意。"

"介意,面子上肯定受不了,你了解我的脾气。"杨森开始歪着身子,"我现在感觉很好啊,我这人本来就自带逆反心理,别人不是不看好我吗?我偏偏要去做,而且要做得非常好。再说,离开体制保护和原有圈子去改变一下人生轨迹没什么不好,我现在不是还没彻底输掉呢吗？官渡之战记得吧？没准被灭的前一天晚上我这儿就来了个许攸呢。等老子咸鱼翻身，那可就不得了啦！"

纪伟不解道："我就纳闷儿了，到底这自己干和老实上班的区别在哪儿？怎么就那么吸引你。您为啥就不能像别人似的边工作边搞个小副业，两不耽误啊，非要把自己逼入绝境，犯得着吗？"

"人要是不逼自己，那能干成大事吗？"杨森答道，"刚开始我也想边上班边搞来着，但我又一想，你说你拉一帮兄弟顶门过日子，但你自己却给自己留后路，那别人凭什么全心投入呢？那么好，所有人都学你给自己留后路，那还怎么干活儿？能干好活儿吗？再一个，现在互联网行业，尤其AI（人工智能）领域，那么多创业公司、那么多从业人员，凭什么你一个二道贩子顺手就把事搞成了啊？还有天理吗？还有王法没有啊？来，整口大的！"

杨森说完同纪伟碰罐，一饮而尽。

纪伟道："行，我是听明白了，您老现在不见黄河心不死。"

"我现在的情况估计也只能这样。其实也是趋势，国家现在各个领域逐渐向民营企业开放，各项政策支持民营企业，政府正在由管理型向服务型转型，甚至在探讨军用转民用，这就是进一步大力发展经济的信号，对不对？先别说把握机会，那话题太大，至少大环境没有制约你，是吧？"

"意思就是有本事的都应该跳槽下海呗？"

"也需要看性格和个人追求。不过说真的，现在咱们的政府和国企、事业单位里囤积了太多人才，可管理和领导岗位就那么多，老领导不犯错误就不会下岗，上面的不退休，年轻人你甭想上去。就这么吊着，快点儿五年、慢点儿十年，年轻人激情再旺盛也都消耗差不多了。这种情况属于常态吧，可还有那么多的人耗着，为什么呢？体制内有它的优势啊，稳定、社会地位高、福利待遇不错，竞争虽然有但不至于每天想着会把自己工作弄丢了，即便得罪领导顶天我不往上干了呗，大多数人肯定是不愿意出来的。可我们国家和社会需要不断有人才进入民营企业来充实、壮大民营资本给社会经济带来活力，拉动就业、提升科技水平。说到底，国企是执行国家意志的，在偏远山区架个基站、在南海地区填个岛屿，那些不计经济收入的民生、军事工程肯定是只能国企干；但是运用科技进步改善人民生活水平就需要个人和个体经济了，因为领域里太多国企根本忙不过来。总而言之，民营企业需要人，政府却圈养了一大批优秀的年轻人每天做那些事务性工作，这是浪费人力资源，是一个很大的问题。"

"你说的我完全明白，就像当年改革开放初期。"

"对呀，现在就是深化改革时期，出现类似问题非常正常。所以我离开单位也很正常，正常的就跟当年厂子里员工下海一回事，只不过他们下海，我上网。"

"但并不是所有人都与你想的一样，人类追求安逸属于天性，不好评价。"纪伟又砰砰起了两听啤酒。

"那当然，谁都没有错，就看能不能忍住诱惑。"杨森接过来边喝边道，"大家都说，那个谁谁家有钱，不就是当年卖菜、卖水果弄的嘛，当时我要是不上班儿也出去做买卖，早就比他们家强了。"

"哈哈，当年他们出去卖菜全得饿死。"

"对，说的就是这一点。其实不管什么时候，你身边都是有无数在你若干年后觉得悔恨的事业，只是你不敢进入，对吧？就说十年前，我要是回到十年前干什么？买房子啊。你说十年前没人劝我多置办房产吗？有，还有很多，可我没听，舍不得眼前，也没有这个眼光和逻辑思维能力。不过啊，即便我能穿越回二十年前，我也成不了马云。咱们这号凡夫俗子充其量也就能利用个信息不对称发点儿小财，最多将那些网址都先抢注下来。"

杨森拍着纪伟的大腿道："就这么点儿事。往大说，我是想趁年轻最后再干点儿大事；往小说，就是不甘心自己一辈子就这样按部就班，想再选择一回。即便'选择'会给人带来反噬，短期内一定会让你痛不欲生，但好歹咱们也算半个业内人士，我手里攥着王牌，能老老实实看着眼前大把机会溜走？"

"好！你说服我了，哥们儿支持你！发自内心祝你能干出来！"纪伟被杨森成功洗脑。

"干了！"

"我喝一半儿。"

"滚犊子！"

2 "要么说你还太嫩呢。"

经过二十七天开发，杨森的"西游消消乐"游戏基本达到可以上线的程度，提前三个工作日进入测试阶段。

此阶段，大家主要工作就是通过测试环境内运行来评估整个游戏的流畅度、衔接度、承压度、黏性及各项功能匹配，同时通过测试玩家及焦点小组进行封闭式讨论，以玩家角度继续优化游戏内容。以BEIN当前的经济状况自然请不起职业玩家和焦点小组，只能由内部会议代替。林巧作为内部重要员工自然参与其中，并发挥很大作用，相当于BEIN某种程度上默认了林巧美工主管的岗位职级。

"我反对以游戏能量的形式引导客户进行消费，客户感知度有问题，想再玩一把就得花钱，花钱之后仍然无法保证游戏流畅度。"王东提议。

"我同意你的观点。"老车这回不再和王东对着干，"咱们应该让客户把钱花在点子上。玩家为什么花钱？就是为了过关，满足好胜心。我买了能量，可下一把还是要靠技术、运气和游戏规律的掌握度过关，这不合理啊！"

"我也发现了这个问题，当初设立能量消费也是模仿竞品。可以把能量消费全部移植到道具消费上，或者给师徒四人增加游戏技能，辅助玩家通关。"杨森想了想接着说，"这种消费方式应该属于业内创新吧？"

"属于创新。"老蒋笑道，"可惜啊，假如咱们名气更大些，那投资不得哗哗来啊！单凭《西游记》的游戏主题也是全国头一份儿，虽然消消乐是外国人发明的，但咱们这也算是重大突破了，与传统文化相结合以及超强故事性，往大了说属于寓教于乐呀。"

老车接着道："咱们现在的名声可不太好，还是自力更生吧。前三十关难度继续降低，逐渐增加算法。"

"梯度性降低,不要让客户有突兀感,培养兴趣阶段可以适当延长。"杨森话锋一转无奈道:"这就是当下国内风投圈儿的现实,风投是有了点儿钱、随便哪个人都能干的吗?那需要极强的创业者精神。跟风有什么意思,碰见啥都心疼你那俩钱儿就别干风投,又想一夜暴富,又想手拿把攥,自己都矛盾。到最后还是投升不投降、投熟不投生,你哪儿那么好运气啊?伟大的创始人在最困难时期你全都认识,你是神啊?自相矛盾。"

林巧看杨森的架势又要开始无限制思维研讨了,不是说好今天要更加集中注意力展开头脑风暴吗?

会议结束后,大家四散落实杨森精神,硬件主管宋丁找到了杨森。

"杨老师。"

"怎么了?"

宋丁递给他个信封,说。

"您看,最近公司主要业务是游戏开发,我一干硬件的也帮不上什么忙,上周没经过您同意我带人接了个私活儿,这是酬劳,就当一份心意吧,您收下。"

"赶紧滚犊子!"杨森拒绝道,"我最近正想找你们小组聊聊呢。告诉哥儿几个,千万别消沉,你们是公司最大的财富,这一点毋庸置疑!你宋大才子更是我的王牌,早早晚晚,咱们BEIN还是要干回去的,趁这个时间把那几个课题攻下来就是对公司最大的帮助。坚持,明白吗?把钱拿回去!"

"杨老师,我们几个都特别不好意思,真的。大家干活儿的都没工资,我们几个闲人却是薪水照发,心里不舒服啊。"

杨森赶紧把他拉到一边儿。

"你小点儿声!把嘴都闭紧喽,传出去我踢死你!这样吧,你要实在想花,就帮大家改善改善伙食吧。"

"行,那我找小眼镜去。"

作为自己心腹中的心腹,杨森对宋丁是完全信任的,他带人接私活的事则根本没放心上。

林巧趴在桌子上正认真地回顾会议记录,胖子凑了过来。

"大总监！"

"嗯？"她听了头也不抬。

"你说我穿啥样的鞋好看呢？"

林巧仰起脖子白了他一眼："穿啥都比拖鞋强。我说胖哥，你自己那脚丫子多磕碜心里没点儿数吗？"

胖子认真观察了一番，道："是不好看。不过杨总说的是鞋难看，让我换双鞋，他也没说让我换脚啊。"

"行了行了，我没工夫跟你打哈哈，你就遵杨大教主旨意，继续优化你的大拖鞋吧！"

虽然觉得胖子的行为十分荒唐，但林巧对同事们的执行力却佩服得五体投地。这些人，无论杨森的决策和要求多么纷乱、复杂、随机、跳跃，甚至是异想天开，他们总能面面俱到地落实下去，甚至恨不得将杨森说过的每个标点符号都转化为现实。就像她到 BEIN 上班的第一天，杨森随口指派眼镜妞去买些雨伞，眼镜妞中午之前便自己掏腰包垫钱采购回来，随后将它们扔到仓库里吃灰。暂时不评价此件事情的对错，但足以反映出杨森团队有多么可怕。所有人皆是如此，林巧同样不甘落后，必须紧紧围绕在以杨森同志为核心的公司决策者周围玩儿命硬干。

杨森刚刚向几个工程师交代好工作要求，眼镜妞赶到他面前报告："杨总，刚才来了一伙人在外面和办公室里溜达半天，看见你们正开会呢也没让我叫你，留下张名片就走了，说是让你抽时间打给他。"

杨森接过名片好奇道："什么人啊？"

"说是金麦投资公司的。几个人西装笔挺，领头的五十来岁，看样子像他们老大。"

杨森仔细端详下名片突然想起，此人正是自己两月前拜访过的金主，当时他们以项目与公司理念不合为由果断拒绝了 BEIN，今天怎么大领导还亲自来跑一趟？杨森回到自己办公室，并没抱太多幻想，单纯从礼貌和好奇的角度拨通了对方电话。

"您好赵先生，我是杨森。"

"啊，你好，你好，小杨，我赵一忠啊。"对方语气很是豪爽大方。

"您好，刚才开会没能见面，太失礼了，抱歉，抱歉。不知有何指教？"

"指教谈不上，我准备和几个董事商量一下，投你们公司。"

"这个嘛，"杨森尽量保持着平静的语气，"赵总，不瞒您说，之前我见过贵公司的高级副总裁，他对于我们公司的评估想必您也知道。"

"啊？"对方话锋一转，"那些人懂什么？不过他们也没什么错，谨慎嘛，谨慎终究不是缺点，小兄弟可千万别记仇啊。"

"哪里话，赵总太客气了。出来干买卖被人拒绝就甩脸子、使性子，那还得了，干脆回家睡觉算啦。"

"哈哈，爽快人儿！"赵一忠接着说，"当初红山投一千万，要了你15%的股份；这样，我也投一千万，只要你10%的股份。怎么样啊，给不给老大哥面子？"

"这怎么好意思呢。"杨森笑道。

"哈哈，就觉得你的公司值一亿呗，有啥不好意思的？痛快点儿！"

"好，没问题。"杨森果断拍板儿。

"那行，我公司内部流程办妥之后就让财务和律师到你那儿处理。行啦，你忙吧。"

"我有个疑问，赵总。"

"怎么？"

"到底是什么原因促使贵公司去而复返呢？如果这个问题太冒昧还请您见谅。"

"不用这么客气，以后都是自己人了嘛。实话说，我侄子和我说，你的公司在没有资金的情况下仍然加班加点没命地干。我不信，今天我没叫他通知你，直接去公司看了。真让我大开眼界啊，我喜欢，就投了，就这么简单。"

"好的，您可真是雪中送炭啊。"

"客气了，客气了。你小子说话怎么总那么客气，哈哈。"说完，对方便挂了电话。杨森坐在椅子上默默开心了二十秒，赶紧回到电脑前继续工作。

另一边，金麦大厦，总裁办公室。

"赵峰啊，你得帮我盯住BEIN。杨森这小子挺不简单，讲话虽然十分客气，但语气里却带着那么一股子傲劲，里里外外透着'你爱投不投'的意思，他这种人很可怕啊。"赵一忠喝着热茶对赵峰说。

"您是怕他不受控制？"赵峰谨慎答道。

"控制人家干什么？"赵一忠板下脸，"我是让你关注他们公司动态！别人家偷偷摸摸搞什么你小子都不知道！"

赵峰咽了下口水，心中有点儿不是滋味。赵一忠察觉到他的表情变化转言道："行啦，你小子这次也属于有功之臣。就是还不够成熟，你需要快速成长。"

"我明白，叔叔。可你为什么投了一千万却只要10%的股权呢？而且是B类股权。"

"要不说你还太嫩呢。"赵一忠耐心解释道，"红山当初投他们，要的是国内首家AI科技上市公司，但现在这个第一已经被别人抢走了，他们撤资并不稀奇，烧出去那点儿碎银子对于他们来说是小钱，权当打水漂。但我要的可不是什么第一，我要的是好企业。BEIN在没有资金的情况下依然照常运营，说明人家有自食其力的本事！杨森本身就比那些刚出校门的博士、硕士要靠谱得多，因为他有着丰富的大型企业管理经验，运营项目、激励员工都是看家本领，人家没有你那一千万不也照样能活吗？他刚刚说我'雪中送炭'，可我听上去更像'锦上添花'。他这种人，你想要股份参与决策，连门儿没有啊。再说他那个'西游消消乐'你不是转给我了嘛，我玩了几关确实挺有意思，只要推广好，这个项目肯定是赚钱的。至于他一直坚持的那个'未来社区'，我也仔细看了一下，很有那么点儿意思，而且红山已经替咱们支持了一大半儿啦，项目研发上咱们算捡个便宜。有游戏托底，还有前景项目，技术团队功底扎实、战斗力强，这么好的公司干吗不投？"

"原来如此。"

"有一个坚定的领导者，有一个成功的项目托底，有一个面向未来的概念，还有咱们帮他站脚助威，BEIN往后想不火都难。再说我也挺喜欢杨森那小子，有意思。对了，你那个女同学要经常联系，多了解员工动态对咱们有益无害。"

"是，一直联系着呢，游戏的测试版本就是她发给我的。"赵峰总算松了口气。

"行了，你盯住就好。还有，你手上其他项目也不能给我放松，广下网才能捞到大鱼。出去吧。"赵一忠冲赵峰摆摆手，抄起电话口头表扬了当初拒绝杨森的那位高级副总裁。

赵峰转身出了办公室，说实话很想会会这位被叔叔重点强调的新兴人物。

而另一边，杨森也把老蒋和老车叫到自己办公室，同二人分享久违了的好消息。

"哈哈。"老蒋兴奋道，"你带大伙来北京真是太明智了，东北绝没有这么好的投资环境，撞大运概率都提高了，电视剧里的情节都能让咱们赶上！"

"冷静，意外之财而已，我还不想让员工知道。"

"对的。"老车认可道，"大家现在的劲头非常好，什么时间点通知由你来决定。"

"最终还是要看我们自己。"

杨森对商海中的跌宕起伏始终保持着相对清醒的态度，对于临门一脚之时从天而降的锦上添花自然是欣然接受，但核心竞争力仍然是产品，这一点毋庸置疑。

他对"西游消消乐"的期望值更高了。

3 "开工！"

杨森拖到游戏测试完毕之后才把金麦注资的消息当众宣布，大家听了振奋不已，老车、老蒋自然显得比较淡定。游戏正式发布前一天，杨森在大玻璃罩子里召开全体员工参加的誓师大会，整个会场异常严肃。

"现在是上午 8 点一刻，距离我们游戏的上线时间还剩不到十二小时。我现在正式宣布：'西游消消乐'将于今晚 8 点 8 分 8 秒在国内各大应用商店正式上线。下面我来分配具体工作任务。"

林巧和其他人全部认认真真，无人再敢插科打诨，全体整装待命的架势。

"老车，你和你的小组负责安卓市场、APPSTORE（应用商店）和应用渠道的上线协调工作，保证同一时间上线不出差错、运营良好，不允许出现任何宕机、瘫痪之类问题。王东，你和你的人负责线上大流量 APP 渠道的推广，准时上线广告、链接要准确。几个重点 APP（应用程序）平台可以提前预支部分费用，新到账的钱可着你那边用，总之一个也不能给我落下！老蒋，你负责对接好本地新闻媒体和我们找的那些网红、主播、直播间，这边一上线你那块马上跟进。胖子，你和你手下那些校园代理、网络写手、水军都联系好，交代清楚，地推、BBS（网络论坛）、社区、贴吧都给我跟上，给每个学生定下具体指标，按完成的下载量付钱，下载完马上发朋友圈、微博，二次营销。林巧，你负责高铁站、机场，还有那几个大商场内的宣传落实，第一时间反馈海报及二维码张贴情况。剩下所有人给我发动亲戚、朋友、同学、网友、七大姑八大姨、邻居、三叔四舅妈、经常点餐的饭店服务员……总之认识的有智能手机的就给我下，晚上 9 点前每人最少完成五百个下载量。兄弟们！我们辛苦这么久为了什么？就是为了让更多的人下载我们的产品，今天都给我打起十万分的精神来，都听清楚没有？"

"清楚了！"所有人异口同声、杀气腾腾。

"开工！"

晚上 8 点 8 分 8 秒，BEIN 公司首个产品"西游消消乐"于各大应用平台正式上线。杨森死死地盯着投到墙上的实时下载量统计，不时以怒吼等方式传达指令。因为他明白，BEIN 当前已是无路可走，必须一炮而红，不能失败，所以他从第一秒就开始狂抢下载量。他很自信以游戏本身足以保障产品活跃度，现在唯一的工作就是推广、推广、再推广。作为已经被证明了的营销高手,他用尽了以往通信公司积攒下的经验和所有能利用上的宣传渠道,孤注一掷、全情投入,誓要通过"西游消消乐"打赢这场翻身仗,给公司一个交代,也给自己一个交代。只有越快取得成绩,公司和员工们的自信心才会越强,这对BEIN 坚持活下去至关重要。

"老杨,破一万啦!"

"一个小时破一万,咱们有戏!"

"不行,还不够,二十四小时之内必须破十万!老车,看看扫二维码下载量是多少,是不是咱们海报投得不是地方?那些水军都干什么呢,一个小时了链接这么几个,他们是吃屎的吗?"

办公室不断传来突破下载量的欢呼声与喝断大肆庆祝的怒吼声,凭借金麦资金注入,推广渠道被迅速打开,杨森越发底气十足。此时的 BEIN,所有人各司其职,闲话哪怕只言片语都没时间说,林巧心想大家跟打仗也没什么区别,"技术宅(科技爱好者)"们发起疯来确实吓人。

二十四小时后,"西游消消乐"下载量已突破十五万大关,赵一忠代表金麦发来贺电,向 BEIN 全体员工表示祝贺。从游戏上线第一秒开始,杨森几乎没合过眼,面色十分憔悴,虽然随着数字不断攀升,他越来越激动,但仍然不敢轻易表露。直到第一个付费用户购买第一个道具之后,杨森终于控制不住内心的狂喜,露出笑脸,所有人同样松了一口气,大家明白,BEIN 又活过来了。

"按之前拟定的排班表,其他人可以回家休息了,都好好睡一觉。"杨森发话,开篇奋战阶段简单告一段落。正当大家兴高采烈准备各司其职的时候,杨森突然在黑板前给所有人深深鞠了一躬。

"谢谢大家,我非常满意。"

有几个大小伙子控制不住自己的眼泪哭了,林巧同样激动。

"没事的都赶紧给我滚蛋!"

林巧隐约发现杨森好像也哭了,于是放下拎包,悄悄尾随杨森走进第一天上班时与他交谈的阳台。林巧看他趴到阳台扶手上偷偷抹去眼泪。

"咱们算成功了吧?"她在杨森身后轻轻说。

"阶段性吧,"杨森转过身来,"不能骄傲。"

"但总值得开心一下吧?"

"值得开心三十秒。"

"可不是嘛。"

"哈哈,真爽!"

"哈哈哈哈。"

说完两人都乐了。杨森突然盯住林巧,瞅得林巧头皮发麻。

"看什么?我三天没洗头了。"

"不是,我一直没注意。"

"注意什么?"

"没注意到你长得挺漂亮啊。"

"……"

林巧羞涩笑笑,感觉有点儿不好意思,"我就当你夸我。"

"别臭美了,我现在看母猪也是凤凰相儿。"

"你赶紧滚!"

过去的职业生涯中,杨森不乏类似绝地反击的案例,起死回生的秘诀很简单,只有三个词:关键点、选择、人。

杨森点燃一根香烟,种种经历不断在脑海中闪现。从当今中国社会现实情况上看,互联网行业是人们"以小博大"的最佳领域,没有之一。但高回报往往伴随着高危、高压,甚至高归零率,而这一切,对于创始人来说无疑是漫长且持续性的痛苦煎熬。杨森过去那种一有资源保障、二有资金支持的"温室内竞争",最差结果也仅仅是搭上自己的名声而已,杀伤力很小。此番,他深深地感觉到了巨大压力的可怕和不成功便成仁的那种刺激,既让人痛苦万分,又让人欲罢不能。所以劝诸位,心脏不好的最好不要轻易染指这一行。因为互联网创业,真不是人干的事。

"想什么呢?"老车走了过来,作为技术主管,他不可能离岗。

"瞎琢磨。"

"早就告诉过你,技术是能够改变一切的。"

"不对,"杨森说,"是我掌握了技术,我就能改变一切。"

"狂了啊!"老车笑笑。

"没你狂啊。"

4 "是我掌握了技术,我就能改变一切。"

呼呼大睡中的林巧正在梦乡游玩,只听宿舍门被人咣咣猛敲,八百个不情愿地打开门一看,原来是李丽。

"大姐啊,亲姐姐,你让我好好睡会儿行不,三天没合眼了。"

"瞅你这死样,整个儿一丧胆游魂。知道你们全员奋战,我这个小丫鬟还不得给林大美工送送饭呀,再累咱也得吃东西吧。还有呢,我妈从老家捎过来的红肠。"

"哪儿的啊,秋林吗?"林巧有气无力地问道。

"不是,商委。"

"商委还行,给我来一根儿吧。"

"那我就伺候您老用膳呗。看给你牛的,红肠都开始挑肥拣瘦了,这在北京可是稀罕物。"

"嘿嘿,还是丽姐对我好。"林巧也醒了,准备洗漱。

"知道就行,以后发财了可别忘了我啊。"李丽开始替她收拾桌子。

"忘不了,忘不了,放心吧。哎,对了,你怎么没上班啊?"

"跟我的小姑娘过些日子结婚,串休。"

"你妈待多长时间啊,陪老太太在北京玩玩呗。"

"哪儿都是人挤人,不愿意折腾。"李丽已经把饭菜准备好,"听说赵峰还帮了你们公司,挺有能力啊。"

"拉倒吧,那是因为他们大老板到我们公司来了,现场拍的板儿,跟他有什么关系!"

"不也算牵线搭桥嘛。"

"倒也是,没他叔叔那一千万,我们推广也不会如此顺利。那下载量,噌噌往上涨啊。"

"那不就得了。要我说你们杨总应该单独请你和赵峰吃饭,没毛病吧？"李丽笑着道，"不过呢，赵峰今晚约你、我、胖微，名义上当然是老同学聚聚了，事实上嘛，因为你俩上次吃饭闹得不太愉快，人家想再往回找补找补。"

"你有点儿过分哦，天天替他说话我可要不高兴了。"

"说真的，其实我也不愿意掺和你们之间的事，"李丽说，"但是吧，总觉得你一个人也挺辛苦的，天天这么玩命地工作，也没人照顾，赵峰毕竟各方面条件还行，不是吗？"

"我还有你们呢，犯不着招惹他。"

"话是这么说，他又不是什么救世主。但我觉得这次要求并不过分，按道理应该给面子。从同学关系上讲，上次惹你不高兴了，今天算赔礼道歉；从工作层面讲，他属于间接帮助了你们公司，你作为代表反馈一些善意，没问题吧？"

林巧想了想，嚼着红肠道："行吧，吃人家的嘴短，给你面子，去。"

简单用餐完毕，林巧把李丽带来的红肠分成两份，一份拿到茶水区供各位老乡分食，另一份趁人不注意送进杨森房间。

搞定之后，林巧、李丽前往东三环首都图书馆，胖微正扎在里面埋头苦读。进了图书馆，哪怕最不起眼的角落都有人，李丽说这哪是来学习啊，琢磨艳遇呢吧！

"咱俩也趁机会看看书呗，好久没学习了。管理学方面的书籍在哪儿呢？"

"好像在东边儿，没看过啊。我还是找几本杂志瞅瞅吧。"

陪读两小时之后，三姐妹搭出租车去饭店。胖微坐在车上羡慕地对林巧和李丽说："巧姐目前事业顺利，感情未完待续。你呢，事业顺利，感情随便挑。只有我什么也干不成，和你们一起都有压力了。"

"提前讲清楚，"林巧连忙解释，"我和赵峰啥事都没有，仅仅因为他们公司投了我们单位，表示感谢，仅此而已。"

李丽笑道："你就是认识杨森那种神秘、有魅力的老男人之后看不上赵峰了。不过你想明白一件事啊，杨森身上有的这些优点，赵峰迟早也会有，毕竟平台在那儿呢，再愚钝也会沾上点儿吧。可赵峰年轻、有朝气、有活力，他杨森永远都不会再有了啊。"

"你这属于偷换概念,"林巧否定道,"社会上那么多成功人士,按你刚才的说法都是一个模子刻出来的了?那些人有的刻薄、有的吝啬,有的精明、有的大气,但也都是他们表现出来的形象,你知道他们是装的还是实际就那样?再说胎里带的东西和后天经过大脑加工形成独立思维的东西谁也没办法复制,就是个人风格。"

"那你说杨森是什么风格吧,他跟那些成功老男人到底有啥不同嘛!"

林巧想想道:"他这个人吧,有时候很狡诈,但又让你恨不起来;有时候嘚吧嘚吧没完,但你又觉得他说得很有道理,还想和他唠;有时候偏执,非得掰扯出个甜酸儿来;有的时候又很咋呼,什么都不在乎。当然了,这些都是他的性格特点。人格魅力上来说,就是有激情,工作起来那叫一个玩儿命,但又很有规划,大家不瞎忙,还能被他带动一起干。有时候很民主、有时候特独裁,公司要主意的时候他立马杀伐决断,砍瓜切菜似的。这种矛盾型人格谁能复制得了?"

"听你这么介绍,复制他的人都得成精神分裂。"林巧听了李丽的回答哈哈大笑。

"哎呀!"胖微打断道,"你们说的都是什么啊?我根本听不懂,家里待得时间太长好像大傻子似的啥也不知道!"

抵达餐厅,林巧想起此地正是赵峰当年首次向自己表白的那家馆子,心中不由得抽了一下。

"赵总今天有心啊,"李丽坐下说,"选了一家充满回忆的饭店。"

"丽姐看问题还是那么一针见血。"赵峰道,"请老同学吃饭还是加点儿回忆好,衣不如新、人不如故啊。"

李丽不置可否地一笑了之,林巧则冲她翻个白眼。以往,甚至半年前,她确实很欣赏赵峰这种圆滑、偶尔耍耍小聪明的交际方式,但现在对这种话里有话的故作成熟已然无感。

"咱们点菜吧。"李丽说。

"不用啦,我都点好了,都是你们爱吃的。"赵峰道。

"是巧儿爱吃的吧?"

"你们仨本来就是一体呀!"

"行了行了，别拍马屁了，"李丽说完，低头小声对林巧说，"赵峰也挺用心嘛。"

"拉倒吧。"林巧嘴上虽然这么说嘴角还是微微上扬，"不尊重女性！"

总的来说，此次聚餐气氛很好，同学相聚自然拥有谈不完的话题，赵峰觉得效果甚佳，暗自窃喜。四人嘻嘻哈哈晚餐用毕，赵峰提议接着烧烤，不过林巧觉得自己整个下午都没有到公司留守心中没底，很想回去。赵峰要送但被拒绝，改为送李丽和胖微各自回家。

回到公司，眼镜妞照旧玩着手机，林巧怀疑她每天吃喝拉撒都在那桌子前面完成。办公区里只剩几个值班人员，黑板旁边的沙发和地毯上，杨森、老车、老蒋、王东、胖子五员大将裹着睡袋呼呼大睡，投影显示用户数已经达到了四十多万，估计那几位梦里都能笑醒。林巧悄悄回到自己桌子前，小心翼翼地处理些零散工作，生怕自己敲击键盘声音太大吵醒他们。这时，手机收到一条短信，林巧拿出来看是赵峰发过来的，内容也简单："我们再试试，可以吗？"

看完短信，林巧陷入了沉思。其实通过最近几次接触，她不可能觉察不到赵峰想要复合的意图，但现在，林巧的心思、状态，已悄然发生改变。一方面，工作上的顺利使她树立起前所未有的自信，林巧第一次体会到了自身社会价值和所谓的"梦想""愿景"，这一切使她格外充实和兴奋，也让她意识到了"做好自己"的重要性。另一方面，随着逐步熟络，自己心中似乎对"那个人"产生了一点儿什么，从最开始的烦，逐渐变成理解，现在又觉得很有趣，甚至有些崇拜。而一旦崇拜，就离喜欢不远了。

5 "小心，劲可大啊。"

经过狂轰滥炸般网络、地面双重推广，"西游消消乐"逐渐在休闲游戏领域占据了一席之地，而玩家消费量的不断攀升更让 BEIN 团队士气大振。金麦总裁赵一忠已经成为杨森的忠实拥护者，并替 BEIN

在投资圈摇旗呐喊着助威。经过与杨森几番长谈后,赵一忠同意将"西游消消乐"投放至日韩市场,同时联合四家投资公司共同注资两千万美元支持游戏海外市场拓展计划及后续运营工作。在杨森的坚持下,联合投资人勉强同意将部分资金用于"未来社区"项目重启。此番交往过后,杨赵两人甚是投缘,成为忘年之交。

当晚,金麦要为 BEIN 举行庆祝酒会。杨森说:"我们这帮技术人员基本没见过什么世面,就别去酒店了,拘谨,也达不到放松目的。"赵一忠说:"那就改公司。"

专业人员布置两个小时会场之后,晚 10 点整大家回到三楼 BEIN 办公区。

除了学校举办的舞会、联谊会,林巧从未参加过类似活动,但既然杨森说"公司起死回生是好事,把朋友啥的都叫上",自己便招呼李丽、胖微前来赴宴,权当玩乐。三姐妹进入玻璃罩子一看:四周墙面粘满彩带、气球;大沙发休闲区被改造成一个微型舞台,周围摆着吉他、尤克里里、贝斯、小号、架子鼓等乐器,甚至还有音响;原来竖立大黑板的地方架了小酒吧供众人品尝酒水饮料。

"土里土气的。"林巧说。

"哎呀,要的是气氛,你以为歌舞厅呢!对了,没看见赵峰呢?"

"听说陪我们公司老车去日本了。"

正说着,几个"技术宅"和"六大天王"到微型舞台开始研究乐器,鼓捣半天临时拼凑出个乐队,开始演唱《铁血丹心》。林巧想这帮家伙还挺多才多艺。

看了半天热闹,李丽拉着林巧、胖微到酒吧区准备找点儿喝的。

"青岛纯生?"林巧问李丽。

"倒也行,"李丽说,"不过这是在你公司,仨小姑娘喝啤酒过于豪放了吧?"

"哈哈,也是。"林巧想了想对服务员说,"那个……有没有?"

"龙舌兰。"

回头一看,原来是杨森抢了先。

"咋的,你也准备尝尝难喝的玩意儿啦?"

"我又没说跟你喝一样的。"

"嘴太硬。"

"行,不跟你犟。"林巧转过身对服务员说,"给我也来一杯龙舌兰。"

"小心,劲可大啊。"杨森提醒道。

"烧刀子闷倒驴我都喝过,墨西哥白酒有什么了不起的。"

"不错,还知道是墨西哥的。"

"你就是习惯小看人。"

"知道龙舌兰喝法吗?"

"哎呀……"林巧接过酒杯,"不就是兑一半儿雪碧,啪,这么一拍。"

"切,这算啥呀。"杨森很不屑。

"还怎么喝?加冰?"

"不告诉你。"

"肯定是非常烂俗的喝法。"

他伸手把林巧杯子上夹着的柠檬片塞到她嘴里。

"咬住。"

说完,杨森往自己手上撒些盐,舔干净,然后举起杯子一饮而尽,又低头凑到林巧身边停了停,闭着眼睛用嘴将林巧口中的柠檬衔走。林巧与四周的人全部震惊!

"就这么喝。"杨森嚼着柠檬片转身走了。

"他这算性骚扰吧?"缓过神儿来的林巧转头问李丽。

"我看是宣示主权。"

"啊?"

"姐姐呀,"李丽笑着说,"你没见你们公司这帮男员工都端着酒杯准备对你跃跃欲试吗?"

"什么呀!"林巧无语地说,"那也不能耍流氓啊!"

"他已经够收敛了,一般都是把盐撒到女生锁骨上。"

"他敢舔我,我就打死他!"

"哈哈,不就叼片柠檬嘛,不至于。"

接近午夜,林巧看其他人并没有散场的意思,便问李丽和胖微明天是否需要早起,两人瞅瞅时间决定先撤。

"我看你老板今晚要喝多。"李丽指指里面会议室,林巧回头见杨森正与赵一忠等人拼酒。

"管他呢。"

"嘴是真硬。"

送走二人后大概又过半个钟头,赵一忠带着金麦高层离开,BEIN员工也适时解散。服务人员开始清理办公室,夜里2点,BEIN终于恢复宁静。

林巧洗漱后擦着头发准备回宿舍就寝,发现对面门没关。透过门缝,她看到杨森正坐在电脑前认真工作。

"给你。"

"哎呀妈呀!"杨森吓得差点儿从椅子上蹦起来,叫道,"你干啥呀?"

"热饮,不喝算了。"

"大半夜穿件白睡衣披头散发,我以为你索命来了呢!"杨森接过她手中的杯子。

"烫不烫?"林巧忍不住想笑但又憋回去了。

"行吧,聊胜于无。"

"不喝还我。"

"怎能伤害员工一片苦心呢。"说着杨森继续工作。

"那我走啦。"

"对了,"杨森回头道,"能不能改善一下您的舞姿,四肢不协调自己心里没数吗?"

"我四肢不协调?你懂不懂什么叫节奏,什么叫动感?"

"可拉倒吧,跟木乃伊通电似的,还动感。"

"从现在开始别和我说话!"

回到宿舍,眼镜妞刚刚躺下,林巧吹着头发问:"你说我四肢不协调吗?"

"不至于,就是跳起舞来有点儿像芭比娃娃抽筋。"

"我看你们公司坚持不了多久了。"

第 四 章

重启

毕竟,我做这些,不只是为了赚钱。

1 "别跟老子整这套！"

杨森靠着椅子、手里摆弄着减压陀螺在核心会议上对大家说："现在，联合投资人的资金已经逐步到账，是时候重新确定下一阶段的工作重点了。这样，我拨出一部分，用于下阶段'西游消消乐'的推广及运营工作，由王东和他们小组全权负责。"

大家没有发表意见，杨森继续道："目前外部资金基本稳定，我也想通过股权激励并进一步明确大家的联合创始人地位。作为创始人，我占34%；BEIN的核心算法团队是老蒋介绍的，技术层面一直由老车负责，他们两个从刚开始就跟着我干，各占8%；王东一直协助我管理公司，占5%；宋丁、胖子属于技术专家，各占4%，剩余创始人股份分配给几个骨干员工，其他作为预留。结构还是双层股权，A/B类分持，外部资本不参与或部分参与公司决策。大家有什么意见？没有的话先签股东一致性协议，之后那些股份就是你们的了。"

老蒋、王东、宋丁、胖子皆喜笑颜开点头同意。

"老车，你有话说？"杨森问道。

"杨总。"老车认真问道，"下一步，咱们公司发展方向是什么？"

"当然要重启'未来社区'，咱们早都定了。"

"我不同意。"老车应该早有准备，但大家并不了解他到底什么意思，老车继续道：

"我不同意重启'未来社区'。杨总，创业的艰难我不想多说，你比我们都睿智、理性。当前行业里，想要干出名气，想让一个产品成功运营需要付出多大代价，要靠多少机缘巧合您也不是不清楚。这次我们破釜沉舟，兄弟们使出拼命的劲儿才让BEIN死灰复燃，我不是迷信，但运气确实好。可你为什么还要让弟兄们继续孤注一掷呢？刚恢复点儿元气就再往火坑里跳，我想不通。我们已经上了正轨，天天活在悬崖边上那种感觉就那么好？"

"你是什么意思？"杨森若有所思。

"我的意见是继续在游戏领域深挖,咱们就干这行了。目前所有的经营网游的证照我们齐全,游戏现金流又那么充足,只要黏性高,未来收入根本不是问题。而且经过消消乐的锻炼,员工基本掌握了游戏的运营模式和架构思路,凭着您的想象力和本事再研究出个爆款游戏不是难事。况且这次我们属于全线推广,各个线条的宣传渠道都打开了,下次再弄就是复制原有过程,简单、容易上手,狂妄点儿说相当于捡钱啊。"讲完,老车又语重心长的补充一句:"老杨,咱老老实实当个亿万富翁多好!你要是同意我的意见,我可以再让出些股份。咱们是生死兄弟,我是为大家好,没有私心!听我一句劝,行不行?"

"你们也都这个意思?"杨森环顾四周,其他人并不作声,谁也不愿意掺和进去。

"老车,咱们是兄弟,我完全明白你的好意和对公司的担忧。但我要说的是,如果出来创业就是为了赚钱,那你我现在都不会坐在这儿。你应该继续在工大教书,带着研究生弄出专利卖钱;老蒋还跟着苹果搞实验室;我还在原单位当领导。咱们原来很穷吗?大家力排众议地聚在一起仅仅为了赚钱吗?"杨森有些激动,继续道,"老车,是,赚钱很重要,赚了大钱更开心,我也开心。但你不要忘记当初咱们背井离乡来北京到底是为了什么!我告诉你,要说赚钱,开发游戏也不是最快的,短平快玩法有的是。我们东北的互联网人才本来就少,黑龙江更没几个,不吹牛地说咱们现在就是东北互联网领域最强阵容,那大家聚在一起就为了赚钱吗?赚钱应该属于常态!难的是你有钱之后能不能继续去做大事!"

"到什么时候说什么话!"老车坚持道,"一开始走山路,走着走着碰见平坦大道,为什么就不能选大道,非要一条道走到黑?变通有什么错?"

"我们就走山道!"杨森激动地直敲桌子,"我们就要走那条没人想走、没人敢走、没人愿意走的山道!不但走,我还要带着你们走出来!不行就是不行!我们要做的是一家伟大的公司,不是只为赚钱的公司!"

"我不同意!"老车气得站了起来,"你要是再这么坚持,老子就不跟你干了!"

"不干你就给我滚蛋!"杨森噌一下站起来瞪大眼睛像是要打人。

"滚就滚!不过我告诉你,我那几号兄弟也得带走!"

"你……"杨森冲上去要动手,但被王东一把死死抱住。

老蒋怒道:"老车!你过分了啊!吵两句得了,犯得着这么伤兄弟感情吗?"

老车指着杨森喊道:"天天这么提心吊胆过日子,兄弟们早就受不了啦!撤资那些天老子天天睡不着觉,头发一把把掉,那些孩子不敢到你面前诉苦,你知道他们都朝家里借钱过日子了吗?现在兜子有俩子儿了又烧包!你对得起这些跟着你摸爬滚打的兄弟吗?作为领头儿的你合格吗?说话!"

杨森听完老车的话挣脱王东,像被击败一样失落地栽在椅子上一言不发。老蒋也把老车安抚坐好,掏出烟来分给大家,每个人都点上一根沉沉地抽着。外面员工全都放下手头工作抻着脖子向会议室里张望。林巧也觉得今天的争执不像是小打小闹。

过了许久,老车把烟掐灭,慢慢地说:"老杨,咱们俩是兄弟。以前只要你一句话我是刀山火海跟你走,但这次不一样,这是几十号人养家糊口的大事。只要你放弃'未来社区',专心开发游戏,我车丰田这辈子如果背叛你天诛地灭!"

"老车,"杨森猛吸一口,"你说的话我完全理解。咱们永远都是兄弟,但现在是理念、价值观、底线的问题,这次我不能听你的。"

"行,我明白了。"老车深叹口气,"那就这样吧。"说完老车掐灭烟头起身要走。

"等等!"杨森弯腰从书包里掏出几沓纸,唰唰唰写好三张,又掏出个人章啪啪啪盖印放到桌子上推给老车。

"这是你们小组消消乐项目奖金,一百万;这是你的一部分股份折现,三百万;剩下股权我现在着急用钱,先给你打个欠条。"

老车从桌上拿过来看了看,盯着杨森将欠条撕得粉碎。

"我是不赞成你的决定,但没质疑你的为人,别跟老子整这套!"说完老车转身离开会议室,继而无视大家的呼喊声穿过大玻璃罩子离开 BEIN。所有人惊诧和不解的眼神背后是独自留在会议室中的杨森，这时的他，孤零零的。

　　团队有人出走杨森心里不是没有准备，只是没有料到会来得这么早、这么快、这么突然。钱是好东西，但钱多了也更容易改变一个人的人生轨迹和价值取向，哪怕仅仅因为获取它的方式不同也能引起极大冲突。老车带领几个核心程序员的出走并没有使 BEIN 伤筋动骨，却在杨森心里埋下了黑暗的种子。

　　赵一忠注资后一直想安插人到 BEIN 就职，这个人就是赵峰。杨森没有按照金麦的意思将他设为财务总监，而是任命他为高级副总裁，主管财务和采购。这样一来，赵峰仅仅属于过路财神，直接负责财务的人员仍然只听命于杨森。这种明升暗降的手法赵一忠心知肚明，但表面上一团和气，不予评价。有一天会上，老蒋提议找位女明星代言"西游消消乐"，以便拓展市场。杨森正忙于"未来社区"项目筹备，对于此类事情不是很上心，草草同意。

　　老蒋找到林巧，希望她以甲方代表身份跟拍，把控质量，毕竟第一次近距离接触知名的女星，林巧多多少少还有些兴奋。

　　作为广告接到手软的知名演员，女明星李大腕儿用了不到半天的工夫便顺利完成拍摄，干净利落。但林巧对样片并不满意，找到工作人员沟通过后，对方拿出合约和拍摄计划："林小姐，我们是严格按照合同办事的。"

　　查阅之后确实人家占理，林巧便也说不出什么。见此尴尬情形，行走江湖多年的李大腕儿插嘴道："别难为小姑娘，来，咱们再拍几张。"

　　收工之后，林巧特意走过去向李大腕儿致谢。对方莞尔一笑。

　　"你也是东北人吧，老乡啊，不早说。"

　　"是。"林巧道，"工作嘛，再说我哪敢高攀您啊。"

　　"嗨。"大腕儿开始穿衣服，"北京城里东北人海了去了，碰见就是缘分。"

　　"是。我们杨总就是哈尔滨的。"话音刚落，林巧就觉得自己不该多嘴提这句。

"啊?"李大腕儿听了眉毛一扬,"那你们老板应该请我吃饭呀。"

回公司的路上,林巧越想越觉得不对劲,感觉自己好像是被老蒋利用了,她立即找到杨森汇报情况。

"弹性太大了。"林巧也不管杨森刚刚睡醒,直接说道,"可做可不做的内容太多了,全靠人为把控,预算却包含在内。"

"知道啦。"杨森搓搓脸。

"我听广告公司的同学说过,这里面中间抽成和其他水分什么的,特别大。"林巧很着急。

"知道啦。"杨森抬起头,"不过到此为止,仅限于你我就可以了。"

"不追究?"

"不追究。"

"为什么?"

"原因很简单。"杨森站起来套上卫衣,"我不可能一年之内赶走两位创始人。"

2 "可得给我顶住。"

依仗充足的资金支持,杨森开始重新布置公司。好在园区内房子租金不高,BEIN 又享受"高新技术产业补贴",使得杨森可以将小楼一、二、三层全部租下来,再把更多的钱投入到装修上。在他精心打造下,公司日常生活环境大大改观,员工十分满意。

一楼划给了技术部,负责"未来社区"硬件方面工作,由宋丁主管;二楼为会议室、健身中心、休息室等,并配备浴室及小型桑拿房;三楼为产品开发部及"手游"和其他业务群,由胖子、老蒋分别负责。王东作为杨森左右手参与公司整体管理。林巧分工有些变化,在继续负责审阅美工样图和偶尔帮忙直接上手修图的同时,又增加地面媒体、宣传物料等相关管理工作。她不从属于任何部门直接听命于杨森,工作地点仍为三楼原位置,大伙私下称之为"审美总监"。作为公司领头人,杨森没有固定工作地点,这儿走走、那儿串串,会议室旁边的总裁办公室他也不怎么去。大家都很喜欢看这位"疯狂博士"趴在黑板上比比画画、大声讲话的样子。

林巧已经无法留宿员工休息室了。注资之后,杨森大幅度提高了工资待遇,她作为管理级人员享受住房补贴,继续挤占员工福利的话有些说不过去。

"姐姐,你为什么要买房车啊?"李丽纳闷儿地问道。

"买房车有什么不好,又能住又能开,多有意思。"林巧兴奋地说。

胖微很羡慕:"看来巧儿姐是真有钱,都要买房车了。"

"这次奖金比较丰厚。我准备贷款买二手的。"

"不至于这么夸张吧?"李丽道。

"我给你们算算啊。"林巧认真地说,"第一,我现在年限不够,在北京也买不了房。第二,我要是租房的话,基本也没时间住,公司熬大夜的话住房车里也不错啊。第三,我们公司下面就是停车场,一层还有几个大车库,冬天开进去就好。第四,要是我以后发财了,有房车没问题吧,开车到处玩玩;以后即便没钱,那我总落下个物件儿吧!怎么样?"

"哈哈,行,反正你现在不愁吃喝,买也就买了。"李丽看林巧下定决心,自己也不便再说什么。

"走啊?你俩陪我去店里看看。"

"你们俩去吧,我要出门办点儿事。"

说完,胖微收拾好东西出门。她换乘两次公交,才按照老实给她的地址,找到那家培训班。培训班位于海淀教育大厦,大厦内无数类似机构,每个都人满为患,足见该产业有多么火爆。

"您好,我是……"胖微向前台询问。

"你是赵微微吧?"一位领导模样的男子走过来。

"是我,刚才打电话的。"

"嗯,跟我来吧。"

随着这位男子,胖微大致了解了培训班规模、师资情况及课时安排。最后她说道:"挺好的,谢谢您。那学费方面?"

"是这样，全天班我们正常价是两万四，但实哥朋友就免了吧。一会儿我让前台给你拿套教材，还有餐券什么的，午餐你和员工一起吃。"

"不行不行，"胖微连忙拒绝对方，"那怎么好意思！我还是正常交。"

"您别怪我没礼貌，"男子笑着说，"实话讲咱们不认识，一切都是实哥面子。我们兄弟好多年了，感情也不是一句两句能说清的，您的钱我肯定不能要。"

再三推让之后，胖微经不住诱惑只好暂时接受。离开教育大厦，她觉得欠了老实很大人情，遗憾的是自己又不知道他电话，想了半天，胖微打车前往老实单位。

与门卫沟通片刻，对方见她不像坏人便通过内线告知老实。不一会，老实就下来了。

"怎么，出什么事了吗？"老实关切地问。

"不不不，"胖微连忙摆手，"就是……那个……我上午去你朋友公司，他不收钱，我也不知道怎么办。"

"啊！"老实出口气，"原来如此，还以为你碰见危险了呢。"

"没有没有。"

"行啦，没事，你就踏踏实实去，好好学习。"

"怎么能好意思呢，学费两万多呢！"

"啥？"老实惊讶道，"这小子现在这么黑，几个月就敢要小三万呀？你不用管，不上白不上。"

胖微被老实逗乐了。

"那我……"

"举手之劳，别放在心上。"

"我请你吃饭吧。"

老实单位附近有家面馆，胖微觉得太寒碜不同意，老实以午休时间很短为由坚持选择，胖微知道他是帮自己省钱。

"实哥，谢谢您。"

"都说小事了，别放心上。"

"您眼里是小事，可我觉得是大事。"

"好，那就尽自己最大努力考上。"

"你们单位太难了。"

"哈哈，可别来我们单位，不适合女生。"

"是吗？"胖微并不善于聊天，有些腼腆，却还是问，"实哥，您为什么要帮我呢？"

"奇怪，是吧？"老实笑着说，"真没什么，有缘分遇见，你做的又是正事，自己能力范围之内的话，很想帮一把。"

"仅此而已？"

"可能你不容易理解，但我确实没有恶意。"

"不不不，实哥，"胖微忙道，"我不是误会您的好意。哎呀，我不知道该怎么说。"

"别急别急，"老实安慰她，"我可以理解你的想法，所以我也尽量回避让你误会的地方。哎呀，我也不知道该怎么说了。"

两人都有些笨嘴拙舌，相视一笑。

"实哥，我知道，你是好人。"

"哎呀，太好啦，"老实长舒一口气，"能理解这一点就够了，这个话题咱们就到此结束。"

"嗯。"

"不用着急。"老实见她若有所思，毕竟自己年纪大些，主动找话道，"每个人的舞台不一样，人生很长，慢慢来。"

"唉，林巧、李丽都自食其力了，就我还在找工作。"

"你还说呢，那我和老杨他们还能比吗？咱们有咱们的活法，全中国人都像他那样疯疯癫癫，国家就乱套了，他们找谁赚钱去？"

"哈哈，我们是韭菜吗？"

"不是韭菜，是野花。"老实道，"我庆幸能认识老杨，和他成为哥们儿我很开心。"

"他上学的时候就很厉害吗？"

"怎么说呢，他鬼。大一时，他就让我们每个月都存些钱，成立一个'考研基金'，说是谁考上了拿出来当学费。他学习好呀，本科就选了两门，觉着自己肯定没问题，反正钱早晚都是他的。"

"最后呢？"

"我们也不傻对不对，结果是全宿舍都考上了。"

"哈哈。"

"后来毕业的时候，他就把钱拿出来请同学吃饭啦。其实基金里多数都是他省下来的生活费。"

"仗义。"

"老杨那人特仗义！他说过，人生实苦，学业和事业，能帮就帮。"

"嗯。"胖微点点头，"我也受林巧影响很大。"

"咱俩都属于红花身旁的绿叶。"

"很好呀。"

"当然，"老实道，"对于一个人来说，一生所认识的人也就几百个，相当于他们组成了我们的世界，不对吗？"

"嗯。"

"中国人为什么要买房？"杨森站在黑板前，对着"未来社区"研发小组全体成员问道，"就是为了住吗？显然不是。中国人买房子是一种复杂的社会行为，其中具体内容我不多说，大家心知肚明。但为什么日本、韩国等亚洲国家，尤其中国人，需要付出极大的代价甚至两代人的存款才能换取一套自己心仪的房子呢？第一，土地的不可再生以及稀缺性，这点我不展开讲了；第二，民间热钱的投机行为拉高，也很简单；第三，大规模基础设施建设为地方政府带来的巨大财政压力，导致土地出让金不可能大幅度下降；第四，城乡人口迁移带来的巨大刚需；第五，也是最根本的，社会整体生产能力较弱。上述问题，根据我个人判断，我国至少还需要二十到四十年才能够彻底解决，大概一到两代人。也就是说，未来中国的一到两代人，都要在极高的生活压力下才能获得优质城市中的房产，而这，就是我们的商机。"

杨森涂画几下继续对大家道："我们 BEIN 是一家科技公司，不是房地产企业，我们不去买地、盖房子，但我们就是要用互联网的手段在这个全世界最热门、最持久的传统行业里分一杯羹，甚至给他们挖一座青石大坟。怎么样？"杨森越说越激动，"根据最新数据，中国人均居住支出占人均收入的 15.3%，人均日常消费支出却占了总收入的 56.5%。我们假设一个极端情况：一个小区里，所有居民全部在一个什么东西都卖、什么服务都提供的超级商家中消费，那么当这个公司的净利率达到 27% 以上的时候，这个超级商家，是不是就可以代替小区中的居民支付居住支出？也就是替他们交房贷。"

下面有些人听了直点头，其他几个新人包括林巧在内都听得懵懵懂懂。

杨森微笑着说："这里有我刚刚挖过来的新员工和之前不了解'未来社区'项目的同事，我再解释一下。就是比方说你贷款三十年买房，你每个月的收入恒定为一万元，每月需要还房贷一千五百元；每月日常生活消费五千六百元，剩下的用作教育和医疗等等。那么假如你把这五千六百元都花在我身上，我都能满足你的消费需求，那么当我的利润等于一千五百元的时候，我是不是就可以帮你还房贷了？"

"哦，明白了。"一个女生说，"那我们不是白玩儿吗？盈利点在哪儿呢？"

"当然是银行利息那块儿了！"几位老员工异口同声道。

"那我们是不是就要……"

"对！把整栋楼都买下来，再免费送给住户！"

"啊！也就是说居民在日常消费的过程中，其实就已经把房贷还了，还不耽误生活！"

听到这儿，所有人，包括林巧，终于明白了杨森蓄谋已久的野心计划，才发现，原来 BEIN 想做的是一件惊天动地的大事。

杨森将黑板擦干净，继续对大家道："要实现这一点，实现我们的'未来社区'，主要分以下几步：第一，我们要研发拥有完全自主的知识产权、掌握全部门禁系统的软件；同时，它也是一款平台型服务软件。第二，我们的这款软件要包括日常生活中衣、食、住、行、娱乐等全方位的消费内容。第三，我们要充分挖掘社区内成本自我降低的资源，也就是共享资源，像共享交通工具，诸如此类。第四，我们要建立一个均衡的积分机制，保证我们所提供的消费质量同时维持我们的持续收入。最后，也就是最简单的了，买个小区。按照这五步逐个完成，最终就会达成我们的BEIN：比邻——未来社区！"

林巧对杨森的此番宏图大志确实十分钦佩，但听上去又好像有些理想主义。杨森神采奕奕，继续对大家说："所有的痴人说梦都是一步步干出来的，只要成了，它就变了，变成一个既定事实。现在，我就要把这个大饼分解成无数个饼渣子，你们都给我一口一口地吃完它，张开嘴、嚼烂了、咽肚子里，之后的事就看我了！"

宣贯会结束之后，杨森找到王东、宋丁和胖子单独沟通。

"现在可就看你们三个的了。"

"等这天等很久了。"作为杨森的左右手，王东一直都是"未来社区"项目的坚定支持者。

"是啊杨老师。"宋丁信心满满，"憋了好几个月，也到我们出力的时候啦。"

"只要你们两个开始认真，就没有干不成的事。"杨森道，"还有你，胖子，'六人天团'就剩下你和大左他们小哥俩儿了，可得给我顶住。"

"没问题。"

"听说老车在挖你？"杨森笑着说。

"咱脑子不愿意想太多，这一辈子就认一个老板。"

3 "没你说的那么玄乎吧？"

正式向全体员工解答什么是"未来社区"之后，杨森将当前所有工作率先集中于同物业公司合作，打造出一个示范性的标准社区。他又把标准社区建设分成三个部分，也就是三个工作组：一是智能门禁系统研发，由王东和宋丁团队负责；二是生活服务平台开发，由胖子领衔；三是在物业内的实体BEIN服务中心建设，由老蒋牵头落实。这样一来，算上继续留守园区公司的团队，BEIN人手严重不足，几乎每个部门、每个工作组的负责人都在找杨森要人。

有一天王东是这么说的："老杨，不行了，我加上我手下这四个兄弟实在忙不过来了，你得给我加人。"

"加几个？"

"再加八个吧。"

"什么价？"

"两万，再少招不着人。"

"一个月就十六万呗！"

"不多啊！"

"给你下面的四个弟兄一个人加四万吧，别招人了。"

"大哥，你钱都舍得花为啥不能招啊？"

"问问他们乐不乐意，乐意马上加工资！"

其他人来找，杨森也都用同样的套路打发走，好在大家都是"贪财"之人，全都欣然接受。林巧心想，幸亏这帮技术人员实心眼儿，要不即便自己能干过来嘴上也说整不了，嚷嚷几句就能直接加薪，多好的事。眼镜妞对林巧说："千万别有那样的心思，公司这些人，谁的能力大概属于什么水平都搁杨森心里，耍花活儿也就不用干了。"

有一天杨森在公司里瞎转悠，到三楼发现一个人也没有，问了才知道屋子里那帮员工都在楼下观摩林巧新车。

"你们该看就看，别乱动啊，哪个东西搞坏了我可不会弄！"林巧对着这伙没见过世面的未来富翁嚷嚷着。

眼镜妞和几个小伙子到车上溜达了一圈儿下来问："林巧啊，你才挣几个钱啊，买这么个大玩意儿？"

"二手的，分期付款。"

"我说的呢，里面装修还挺齐全。"

大伙七嘴八舌地评价着这台市价一百四十万、二手价六十万元的GMC（商务之星）保姆车，普遍认为她属于烧包加脑袋发热。林巧与人辩论之际，发现杨森先生也挤了进来，这位富豪扒着车门向里面东瞅西望，观察片刻后走上去溜达两圈儿，又像是测试结实度一样噔噔噔蹦了几下。林巧心想这不整个一土包子嘛。

"那个，宋丁啊！"

"啊？杨老师。"

"能不能从车库里接出个电线来，车得充电吧？"

宋丁看了眼车库，又目测下车库与 GMC 之间的距离与周围环境。"行是行，但需要走地埋，挖一溜坑，之后在这儿立一根管子，上面架一个防水罩就行了。"

"行，整一个，之后插头多一点儿，方便使用。"

"不过这是公共停车位啊，属于园区管理，我得先问一下园区负责人。"

"你研究吧。"

说完杨森就走了。

晚上，林巧忙完自己手头上工作后回到 GMC 收拾东西，听到有人咣咣砸门。她气呼呼开门一看，果然是杨森。

杨森手里拿个饭盒，说了句："帮我热热呗。"

"办公室里没微波炉吗？"

"给不给弄？"

"拿来拿来！"

实话讲，林巧对这台新车还很陌生，只能闷头瞎鼓捣。她猫着腰回头看了眼杨森，发现这位大爷根本没有要帮忙的意思，自顾自看热闹呢。

"杨大老板，这里怎么说也算是我家了，女生房间瞄瞄啥呀？"

"有宝哇！"

微波炉终于被林巧"拍"转了，开始工作起来。两人一个坐在车椅上、一个屁股搭在桌边抖腿，情形多少有些尴尬。

"那个，今天忙不忙？"林巧率先打破沉默，谁让对方是老板。

"请停止这种等于废话的问题。"

"愿意理你似的。"

"别没话找话啊。"

"你为什么不同意加人？你不知道我们都快累死了吗？"林巧被杨森的不屑激怒了。

"谁死了？"杨森认真地问。

"快死了!"

听完林巧的回答对方陷入沉思。片刻之后,杨森冷不丁来了句:"你以为我不想加人吗?"

"吓我一跳!那就招呗,咱们不是有钱嘛!"

"招人是上树摘果子吗?你以为人那么好招的?"

"不好弄吗?"

"太难了。"杨森接着说,"人,其实就两个来源。一是大学生,而这些学生中优秀一些的,他们更多的愿望是去大公司;就算剩下的里面也有不错的,但从那么多人里千挑万选太费劲、太耗时。二是从别的公司里面挖,打招聘广告,挖人其实是最佳选择,但咱们公司现在还很弱,我又没那么多的时间去三顾茅庐。至于什么猎头啊,熟人介绍的啊,我又不信任他们,一旦搞进来一些能力不行的就会立刻拖延整个进度,也是没办法啊。"

林巧想想,问:"真有那么难吗?"

"你以为呢,科技公司的核心就是人。而且每个公司都像是一个人一样,都有他的不同阶段,我们当前就是刚会走路的阶段,如果这个时候你用了拐杖,那就一辈子离不开拐杖。假如我们真配得上伟大两个字,那么目前阶段就应该自己承受,过不了这一关,我们迟早会陷于平庸。"杨森很自然地抓起林巧手中薯片开始吃。

"没你说的那么玄乎吧?"

杨森拍拍手上的薯片渣子说:"缺人就加人,这是傻子都明白的道理,还需要企业管理吗?我们项目那么大,碰见点儿自己不会的就加人,碰见点儿不会的就加人,加来加去,每个人就只能干那么一点点的工作。是,有些事是重复性的,干熬精力,但我想说的是,按照这个逻辑繁殖下去,我们不就成了中国最常见的大型企业了吗?业务不多,赚得不多,人倒养一大堆,而且每个人就负责他那一小摊子的事,天天想的就是领导千万别再给我加工作,这种不是人力资源,而是人数资源,什么用都没有。"

"可你的钱还是花出去了啊,一毛没省下。"

"无论从人道主义还是安抚人心都应该那么做,我是宁可一个人花十万,也不想十个人每人花一万。"

"总不能就咱们这四十来号人干一辈子吧?"

"怎么可能呢!时机到了我会引进,但必须在我受不了的时候。"

"关键点在于这是好办法吗?"林巧很忧虑。

"绝对不是好办法,公司如果实力强悍我也不会用这个办法。"

"你是不是硬扛?"林巧不知道为什么有点儿心疼他。

"算是吧。"杨森从桌子上跳下来,接过饭盒,"走了啊。"

回到椅子上,杨森认真考虑了林巧方才说过的话,并重新回顾自己的排兵布阵。经过反复推敲和认真考量之后,他坚持认为当前的办法就是最佳解决方案。四年前,杨森被公司派往下属分支机构任一把手,麾下七十人,年收入三亿元左右,可谓兵强马壮。但任职一年过去,杨森经常接触的员工仍然不超过十人。不是他高高在上,而是能干的总是那么几个,这些得力干将抽空做十分钟,其成果也远比那些没有意愿的员工鼓捣一天要强得多。过去的经历充分说明:人数多,不一定力量就大,关键在于员工是否愿意付出更多努力;而天生的企业家气质也在告诫自己,盲目扩张很有可能会将公司拖入泥沼,当前BEIN的发展目标与实际工作能力之间的矛盾,必须靠企业员工整体能力提升自行解决。

令杨森费解的是,他居然会因为林巧这个黄毛丫头而动摇决策。不知是主动寻求还是纯粹巧合,每当自己犹豫、焦虑之际,她总会及时出现。这孩子能量满满,风趣幽默,与自己毫无距离感,没事与她聊聊天,似乎成为缓解生活高压的一剂良药。

4 "还得说你厉害!"

根据BEIN新一期战略规划,公司已不再主攻游戏领域。伴随该项调整,林巧工作量直线下降,"鸡贼"的杨森当然不会让这种情况持续太久。

他开始通过各种灵活方式发挥林巧的作用,哪儿需要帮忙杨森就会说："让林巧去吧。""叫林巧顶两天。""林巧干吗呢？让她去。""林巧呢？"所以，目前林大美工相当于企业补丁，虽然大多是些表面型、事务性工作，但她对 BEIN 的了解度可谓一日千里，因为公司各个环节几乎都有过她的身影。

与此同时，比邻智能门禁系统初步完成，接近测试；硬件方面，代工厂家已经出具了三套样品以供选择。杨森坚持要将软、硬件匹配的关键环节拿回来自己做。他这个人，只要带有一丝一毫的数据性项目都视之为企业核心竞争力。

杨森为智能门禁系统设定了十八个具体指标，包括峰值识别率、反应率、反应时长、识别准确率、应急反应率、高温稳定值、低温稳定值、弱光准确率、强光准确率等，要求整个系统对人、车进行几近于苛刻的精准判断及实时反应。他又将测试团队分别派到俄罗斯西伯利亚地区、我国吐鲁番盆地以及新加坡等高寒、高温、高湿的极端环境进行实地测试，地面团队掌握第一手数据立即反馈北京 BEIN 总部项目小组，小组再将调整意见递交厂家。由于杨森对工作要求非常苛刻，上述复杂且反复的改进过程使得每一个参与者都感到十分痛苦，林巧在办公室里经常听到不同队伍之间的工程师吵架。

杨森说："要不是时间问题，我本打算让他们去南极和撒哈拉沙漠腹地，这样一来就成为公司活体广告了。"

代工厂家更是被杨森逼得数次扬言要罢工。

"我就问你为啥一定要加蓝牙，有蓝牙就需要加内存条缓存数据，整套下来根本属于鸡肋配置。加也行，你知道摄像头那个地方根本没空间了吗？"

杨森说："小区要是停电了呢？停电车进不了地库，人也回不了家，你让居民排队在门口等着恢复供电吗？"

"栏杆下面根本不需要红外识别，你知道加上它成本会提高多少吗？你要再这样无止境地加来加去就去找别人吧！"

杨森说："如果车刚过栏杆，车上的小孩儿突然下车捡皮球，你的栏杆正好把小孩子砸到怎么办？要是你家孩子你还会这么想吗？"

总之，所有争执的最终点都汇聚至杨森，杨森就只有一条：以能处理各种极端情况标准要求产品日常性能!

地面团队紧锣密鼓、争分夺秒地疯狂测试的同时,杨森决定将林巧同志派到"标准小区"坐镇,这可愁坏了林大美工。

标准小区是赵金主帮忙联系的,社区共有六栋高层,近四千户,距国贸 CBD(中央商务区)车程三十分钟,居民以中等以上收入水平为主,由开发商子公司负责物业管理,条件可以说是极其优越。林巧打车到达小区,租给 BEIN 的服务中心位于小区入口处附近,一共三层,每层一百平方米左右。这个小楼原本用于警务室和物业仓库,警务室合并至就近派出所才算是空了出来,得天独厚并带有运气成分的天赐之地着实替杨森省去不少时间。

进入小楼内装修现场,老蒋正指挥工人们抓紧作业。林巧笨拙地从挎包中掏出大样图和效果图进行比照,看得是稀里糊涂、一头雾水。老蒋笑着说:"我来现场监管你还不放心吗?一层二层肯定按时完工。"林巧是啥也不懂,只能点头赔笑。

从施工现场出来,林巧带领六名大学生小时工进小区内挨家挨户走访。此番走访的主要工作,一是登记基础信息,二是告知住户物业不久将会上线新门禁系统,工作内容比较简单。可这帮人辛勤一上午,要么家里没人,要么居民拒绝开门、拒绝沟通,费好大劲才搞了不到十户。

折腾大半天,林巧沮丧地回到园区 BEIN 总部,疲惫的她顿时觉得内心全是挫败感,心中对杨森这种"瞎分工"十分讨厌。

独自琢磨了一会儿,她到一楼找到宋丁。

"宋哥,你不是同济大学土木系毕业的吗?"

"对呀。"

"那个大样图怎么看?"

"谁家装修要用大样图啊?看看平面图就行了呗,闲的吧?"

"杨总让我看的。"

"啊!大样图对于施工现场非常重要,如果追求工程质量,是必要且必需的!"

"别往回找补了行吗?我就问你这玩意儿怎么看。"

宋丁接过图纸对林巧说:"大样图说白了就是详图,是对各个施工细节的具体说明。比如你在平面图上看卫生间,它只有几条直线的组合,但到大样图中,它会把整个钻孔、走线、防水、管道分布画得十分细致,而且还会标注所使用的工艺及产品品牌,比如这块儿……"

耗时大概二十分钟,林巧在这位同济高才生的指导下很快明白了如何使用图纸,不禁感叹道:"听你讲解也不难啊。谢了宋哥。"

"本来也不难。"

"还得说你厉害!"

"太小意思了。看来杨老师是在培养你呀!"

"看个图纸就培养了?"

"慢慢琢磨吧您哪。"

回到办公桌,林巧对着自己眼前薄薄的几张居民反馈表发起愁,一个人坐在椅子上开始晃悠。还没转几圈儿就发现杨森好像溜达上来了,她赶紧抓起挎包撒腿就跑。眼镜妞在后面喊:"晚上你吃啥啊?"

"吃个屁!"

回到标准社区,林巧将几个士气低迷的学生又凑到一块儿。她站到前面指挥说:"听好了啊大伙,别人花钱雇咱们,要的是真实数据。是啥数据呢?就是业主姓名和电话号码,再加上一句提醒。这么简单点儿事咱们上午搞得啥也不是,再这么整下去大家也别念大学了,这不一堆废物吗?"

林巧接着道:"这样,咱们也别挨家挨户走了。现在是5点半,马上到居民下班时间,你们都到地下停车场去,一人把一个出口,看见要上电梯或者出地库的就给我问,男生问女业主,女生问男业主,到不了五百户咱们今天晚上就住这了。"林巧看见这帮学生相互大眼瞪小眼,加了句,"都瞅啥呢?干活儿去啊!"

看着几个学生出发,她到施工场地借张小桌子,又让工人给自己搬把椅子全部摆到小区人行道上。林巧随手捡了块PVC(聚氯乙烯)板,板上写好"新门禁系统登记"几个大字,自己坐着椅子开始守株待兔,地下地上分头堵截。

林巧越想越生气:"我怎么说话跟那个讨厌的人一模一样!"其实她骨子里这种不服输的倔劲,尤其是超强的学习能力,恰恰是杨森最为看重的。

"那个是不是林巧啊?"

"嗯?"老车扭头朝车窗外一看,可不她嘛。

"看来杨总已经启动'未来社区'计划了。"

"听劝就不是杨森啦。"老车靠在座椅上,"咱们干咱们的。"

离开 BEIN 之后,老车带领原"六人天团"中的三位另起炉灶,并以他们为核心组建了一家二十人规模的游戏开发公司。公司首款研发产品是一款模拟经营类游戏,其思路架构来自当初与杨森的某次发散式头脑风暴。老车很清楚,他和杨森之间并没有什么深仇大恨,只是主义、路线的矛盾,并且老车相信,以杨森的处事风格,他绝不会与自己计较所谓的知识产权。

公司运营数月下来,老车开始逐渐体会到掌舵人这个角色为自己带来的反噬。他眼前主要面临三座大山:第一,亘古不变的问题——钱。这方面虽然可以暂时吃吃老本,但已经需要未雨绸缪。第二,产品的问题,尤其是决定游戏核心质量的那 1%——灵感。这方面,老车希望通过挖胖子来解决,但始终未能成行。第三,过程把控的问题。大家知道,将想法变成现实,需要一个高质量的操作过程,而对过程的把控,则最能考验一名管理者的真实水平,这个水平决定成败。令老车费解的是,为什么自己采取的管理方法与杨森并无二致,效果却会差那么多。

每日纠结于此,他已经出现轻度脱发。

5 "呀,造型挺别致啊!"

晚上 8 点刚过,林巧宣布收工。她带着那帮学生找了家烧烤店,喝了两瓶啤酒、撸了几把肉串儿之后晚餐就算结束。她对学生中领头的说:"就这么干,明天继续。"

回到园区已经临近 11 点,BEIN 办公室内一如既往有人工作。林巧感到非常疲惫，但仍为自己泡了杯咖啡，打开电脑开始审批积攒两天的美工图片。她伸直双腿，采用几乎平躺于椅子上的姿势机械地点击鼠标，除了手指头，身体其他部位一动不想动。

"呀，造型挺别致啊。僵尸上网呢？"

林巧回头一看，杨森怀里抱了只猫，正四处溜达。

"对，上网搜搜我的同类们是不是都开公司当老板呢。"

"恶毒啊，小年轻的。"杨森继续撸猫。

"对不起，我现在没心情跟你聊天。"

"不说拉倒。"杨森转身要走。

"你要不要管得那么细啊？当上司的管得太细不是累死自己就是累死员工！"林巧抱怨地说。

"我管得细吗？"

"你给我那个大样图，不就是让我替你看着嘛！"

"看出来了啊！如实交代，最近是不是在服用'生命一号'？聪明的智商又占领高地了！"

"杨大老板，是你说的啊，眼不瞎、耳不聋做不了当家翁，防着下属有意思吗？"

"我的工作就是判断什么是大事，什么是小事，当我说这个不重要的时候，这个才不重要。懂吗朋友？"

"不信老蒋你还交给他？"

"你也太小瞧我了，别说老蒋跟我这么多年，就算是新人都无所谓。说白了，他到底花多少钱根本就不重要。"

"那什么重要？"

"公司开展的工程项目，存在一个独立环节来内部监督现场作业质量，这个对我来说很重要。"

"即便这个环节的负责人是一个啥也不懂的小姑娘？"

"你不是问过宋丁了嘛。"

"呵呵，我看宋丁不像是同济毕业的，应该是'东厂'毕业的。"

"哎呀。"杨森把那只大花猫举高，"自己整吧，我们要去溜达了，对不对？"说完亲了下猫头走了。

作为成熟的企业管理者,杨森对于员工的培养有着自己的一套。他将"独当一面""学习能力""大局观"和"忠诚"四个要点,分别作为初级干部、管理干部、中层干部和高级管理人员的主要参考标准。对于初级干部,他很相信部队中流传的那句话:所有士兵都应该具备连级单位的指挥能力。所以杨森并不吝啬给予员工晋升机会,甚至渴望他们主动表现出想要进步的意念。与自己相当熟悉又充满正能量的林巧,自然占据一定优势,毕竟与领导走得越近,就越有可能被早早注意到。而令杨森欣慰的是,林巧绝非仅仅能"独当一面"那么简单,这丫头的适应和学习能力,绝不亚于当年的自己,甚至有可能更佳。

自从赵峰发送那条复合短信之后,林巧开始有意无意地回避,是怕尴尬,也是不知道如何拒绝,因为这件事情本身比较复杂,并不容易处理。但赵峰有一个天然优势,就是他们曾经同窗的经历。他虽然很少去 BEIN,但每次去公司之后便有了正当借口请林巧吃饭,假如请不成,便搬出李丽和胖微这帮同学大军。

"微微,快出成绩了吧?"林巧问,"紧张吗?"

"紧张,超级紧张。"

"您是两年磨一剑呀。"李丽说。

"但愿幸运些。"

"多少人报你那个岗呀?"

"一千多,招六个。"

"我去。"林巧惊讶道,"还是考研容易点儿。"

赵峰见三姐妹相谈甚欢自己很难插嘴,只能另辟话题。

"你们杨老板可有点儿过了啊,花钱比印钱还快!"

"用的都是正地方啊,你们怎么做投资人的啊?"林巧忙着胡吃海塞。

"行,设备和硬件采购咱们都不说了,就说人工成本。工程师一个月给八万也就算了,你一个刚毕业两年的小美工也给那么多?对,还不是正经干活儿的美工,就审图片,连 GMC 都开上了,这是雇人吗?这不搞慈善呢嘛!"

"我们就值这个价儿，眼红你也没招。"说完林巧和李丽几个哈哈大笑。

赵峰见效果不错，继续说道："还有那个餐饮费，啥家庭啊？一个月光龙虾就吃一千多只，养鲸鱼呢？"

"告诉你啊赵大副总。"林巧笑着说，"杨老板说了，我们BEIN的企业文化就是小团队、高强度、大目标、超福利，不这么造，那帮大拿能留在我们这小庙里卖命？可能吗？"

赵峰何尝不懂如此简单的道理，他之所以故意夸张就是为了能和林巧搭上话，但听她张嘴闭嘴"杨老板"，自己心里更生气了。

"还有那个测试地点，要不是我们拦着，他都联系南极科考站了你知道吗？"

"啊？"李丽听到差点没呛着，"上南极科考站干啥呀？"

"那都小意思，"林巧摇摇头，"要是月球上有空间站，他都敢上月球测试去。"

1月下旬，笔试成绩发布，胖微名列参报人员第五名，进入面试环节。

听到消息之后李丽和林巧都张罗着庆祝一下，但临近春节大家都非常忙，只能另寻时间。胖微想了想，拨通了老实的电话。

"好事，好事，祝贺你。"

"谢谢实哥。"

"不用谢我，是你自己凭本事。"

"我请你吃饭吧！"

"这个……"老实为难道，"我们单位比较敏感，一般年节期间，不允许参加私人饭局，抱歉啊。"

"没事没事，看您方便。"

"你还是要好好准备，面试也很重要的。"

"好的，谢谢，我挂了。"

匆忙撂下电话之后，胖微心情复杂，毕竟先后被拒的感觉并不好。感叹几句后，只能一个人打开电脑，看电视剧消遣。

面试结束后两周，成绩发布。进入体检环节的名单中没有胖微。

"砰砰砰！"

胖微搋着鼻涕下床，一开门，原来是老实。

"实哥？"

"就知道你在哭鼻子。"老实拎着两大包东西，"过来看看你。"

"你怎么知道我没考上？"

"帮你盯着网站哪，怎么会不知道。"

"都怪我，没听你的话认真准备面试。"

"行啦，过去的事了。来吃好吃的。"

"什么呀？"

"口水鸡，你爱吃的。"

"知道我爱吃？是老三样儿家的吗？"胖微接过来。

"当然了。我看过你朋友圈儿啊。"

俩人打开电脑，一边看《BJ单身日记》，一边吃着口水鸡。

"我怎么那么倒霉呀！"胖微又哭了。

"不看它，看《亚特兰大》吧，新美剧，挺好看的。"

"好看吗？"

"里面人都比你惨。"

"那还行，看吧。"

两人窝在沙发上一下午。天色将晚，老实需要去体育馆接孩子，他见胖微情绪稳定了许多，这才穿好外套准备出发。

"那我走啦，晚上去朋友家住吧，散散心。"

"嗯，我一会儿找李丽。"

"千万别再哭了。"

"谢谢。"

"坚强点儿。"老实拍拍她肩膀，"对于老杨他们那些天才来说，考公务员或者找一份稳定工作，是他们心中的最差选择，甚至当上领导都远不知足。可对于我们这些普通人来说，那些是非常非常困难的，可能很多次努力也不一定能成功。我们怎么办？只能靠自己努力，才能得到想要的生活。不要和任何人比，更别怕失败，加油。"

"嗯！"胖微终于露出微笑。

俗话说：一家女百家求。但总的来说，北京这个地方还是"剩女"较"剩男"多一些。即便没有数据支撑，实际情况基本如此，优质的单身汉总是非常抢手。

随着 BEIN 名气不断加大，杨森的交际圈呈分裂式扩张，随之而来的便是不断有人为他牵线搭桥、介绍女性，而那些自信且貌美的佼佼者更是通过各种途径、以各种理由主动找他吃饭。更令林巧郁闷的是，只要佳人相约杨老板，眼镜妞便会第一时间通知自己并神神道道地趴在她耳根说："你看你看，又来了，又来了。"

虽然明白眼镜妞的用意无非是分享新闻，但说实话，她听到之后还真有点儿生气。对待感情问题，林巧向来崇尚顺其自然，但并不拒绝适当主动，她需要仔细考虑清楚到底发生了什么。

临近春节，杨森准备史无前例地为大家放一个长假：农历二十九、三十、初一，为期三天。眼镜妞开始收集同事们的身份证为大家采购各自的返乡车票。林巧见她没找自己，便问："你不管我了呀？"

"小点儿声，"眼镜妞凑过来，"你是管理人员，来回都飞机，明天才轮到你们呢！"

"嘻嘻。"林巧窃喜，"那可够你忙的了，量大不大，我帮你弄吧？"

"没那么多回家的，领导家属基本都赶过来了，北京过年。"

"那杨总呢？"

"还没决定，明天我再问一次。"

"哦，你赶紧弄吧。"

眼镜妞走后，林巧变得有些坐立不安，思前想后还是给杨森发了条信息："你回家不？"

五分钟后收到回复："你呢？"

"当我没问。"

放下手机的林巧简直要炸了，自己真不知道抽哪门子疯居然主动邀请杨森，"我在干吗？我到底是在干吗？要死了，要死了！"

九妹见她不停挠着头发，赶紧对花花说："瞧见没？又崩溃一个！"

6 "得，净瞎搅和。"

短信事件后林巧故意装作什么也没发生，但女人的第六感告诉自己，她与杨森之间好像发生了些许微妙变化。她现在就像背后长眼，只要杨森在周围出现马上就能感觉得到。

上午 10 点多，赵峰来到 BEIN。

"林大总监，忙啥呢？"

"替你们赚钱呗。"

"那我得代金麦感谢你呀。"

"别废话了，有事说事。"

"我回东北过年，咱俩一起走啊？"

"拉倒吧。"林巧好笑道，"你一北京人回什么东北过年啊？"

"不知道了吧？虽然我和我爸妈都是北京人，但咱老家也是东北的，我爷爷现在还在哈尔滨住呢。今年我们家全都回去，一起走呗。"

"我怎么从来没听你提起过你爷爷的事呢？"林巧好奇地问。

"联系少，但关心并不少。"

"数典忘祖吧？"

"少来。"赵峰道，"我看见采购申请了，给你们报销的都是高铁或者经济舱。咱是商务舱，怎么样，搭个伴儿呗，给不给面子？"

眼镜妞离得不远，听到赵峰和林巧谈话眼珠子一转，踩着高跟鞋咯噔咯噔走过来。

"巧儿，通知你啊，你返乡机票已经订好啦。"说完眼镜妞瞟了眼赵峰，扭头跑掉。

"她什么意思啊？"赵峰对林巧说，"你们公司人说话怎么都阴阳怪气儿的呢，我还是挂名高级副总裁呢，她不知道吗？"

"哈哈，你可别在这儿晃啦。"林巧安慰着说，"你刚才那么讲话，不打她脸呢嘛！"

"哪儿跟哪儿啊，要打也是打杨森，跟她有啥关系。"

"打杨森和打我们一样。"

"行了行了。"赵峰摆摆手，"不管她，咱俩一起走。"

"还是算了吧，感谢你的好意，我心领了。"

"得，净瞎搅和。"

林巧晓得他肯定不太高兴，但自己目前没空安抚他，只能看着赵峰失望离开。

农历二十八下午3点刚过，眼镜妞向大家宣布提前下班，春节假期正式开始！

"姐呀，到现在你还没告诉我航班号呢。"林巧对眼镜妞说。

"你下楼吧，上公司车直接送机场。"

"早说呀！"

林巧笨拙地将箱子装车，开门发现胖子正坐在车后排玩着手机。

"挺快呀胖哥。"

"回家不积极，人品有问题。"

"哎哟，啥时候买的貂啊？"

"前年买的，北京也穿不上，回家防寒正好。咋样儿，带劲不？"胖哥继续玩手机。

"太带劲了，好像熊瞎子。"

进入首都机场，胖子领着林巧直奔小航站楼。

"胖哥，咱们这是去哪儿啊？"

"登机啊！"

"登基不得去乾清宫吗？"

"快走吧别贫了。"

"领的道儿对不对呀？"

"我的苏麻大姑姑，咱乘的是私人飞机，您老就踏实着吧。"

"啊？"

办理好相关手续，二人登上"挑战者"型喷气式客机，机舱内数位东北籍演艺明星早已就座。虽然客机内部并没有林巧想象中那么奢华，却不失为一次新奇体验。

"咱俩坐哪儿啊？"

"你坐这儿，我坐后面。"

"为什么？"

"因为杨总可能会坐这个位置，我怕挨着领导。"

不一会儿，杨森陪着大名鼎鼎的赵老板一同登机，两人有说有笑像是十分熟悉。林巧心想，原来有钱人之间早就顺其自然形成了所谓的圈子。

主人就位，飞机起飞，林巧靠着舒服的航空座椅顷刻间酣然入睡。

"你那是血汗工厂啊？"赵老板幽默地问道，"瞅把员工折磨的，后面那'保镖'都开始打呼噜了。"

"他们是真的累。"

抵达哈尔滨时天已经完全黑了。赵老板带着一众人赶赴商业活动，杨森乘车回家，上车前再三叮嘱胖子一定要看着林巧走进家门之后再离开。

"干吗呢？"眼镜妞打来电话。

"家里人做饭呢，马上开饭了。"林巧用脖子夹着手机收拾行李。

"怎么样？体验不错吧？"

"还可以，座位舒服，就是有点儿晃悠。你这么快就到海南啦？"

"中转呢，烦死了，骚扰骚扰你。"

"哈哈。对了，不是说经济舱吗，怎么换私人飞机？"

"赵峰知道啥呀！"眼镜妞不屑地说，"那都是给投资方看的，杨总早就暗中把标准提高了，高铁没有低于一等座的，飞机都是商务舱，你俩正好和杨总一道儿，所以就搭乘赵老板座驾。"

"还算咱们杨大总裁有点儿良心。"

"这就满足啦？"

"怎么？"

"明天还有惊喜呢。"

"什么呀？"

"不想生活中多一点点意外吗？"

"快说快说,我这个人狗肚子里装不了二两香油你不知道吗?"

"哎呀瞅你那样儿。"眼镜妞只好告诉她,"杨总为每个员工都准备了年货,直接配送到家。放心吧,亏不了你。"

"他还真有心。"

"有心吧?避免在北京先发下去大家还得搬运,直接本地采购的。"

"也不怕麻烦。"

"麻烦死了,我忙活了一个礼拜呢。感不感动?"

"他这是杀人诛心。"林巧笑着说,"这么一来,年后谁好意思跳槽啊!"

第二天早晨,林巧接到物流公司打来的电话询问家中是否有人,开门之后她发现杨森居然准备了整整一辆面包车年货。水果、海鲜、干果、山货、冻货、彩灯、喜袄,甚至包括串门送礼用的儿童玩具。全家人非常高兴,皆赞叹林巧运气真好,只有林爸爸担忧道:"这么铺张浪费,是不是来钱道儿不正啊?"

"放心吧,我们单位是中国最优秀的互联网公司——之一。"

三天假期非常短暂,林巧珍惜着与家人相处的每分钟时间。赵峰有约过一起吃饭,被她拒绝。不过林巧倒是对杨森有些怨气:"连拜年短信都不知道发,我也不搭理你!"

"巧儿啊,你几点的火车啊?"林妈妈奇怪地问,"还是飞机吗?"

"不知道。"林巧收拾着行李,"公司人还没通知哪。"

"明天就上班了,今天还稀里糊涂。"

"放心吧,他们会搞定,到时候就通知我了。"林巧笑道。

"真行。也不怕人家把你落下。"

"怎么可能。"林巧信心十足,"这就是我们公司风格。该做的事,负责人一定会按时做好,绝对没问题。"

果不其然,刚刚整理完毕,胖子便发来短信:"明早8:30航班,7点准时到你家接你。"

"看,我说的吧。"

"快别嘚瑟了,把东西带上,回北京吃。"林妈妈很舍不得她离开,嘟囔道,"挣那么多钱有啥用,也不在我身边。"

林巧将妈妈一把搂住,偶尔当当孩子的感觉真好。

东北天亮得总是特别早,尚处于春节假期的哈尔滨道路畅通,林巧坐在副驾驶上问道:"胖哥,过年咋样儿啊?"

"吃、喝、打麻将。老三样儿。"

"待够没?"

"待够够儿的。"

"哈哈。"

"鄙人不善交际,那不是我的舞台。"

"你会跳啥舞呀?"

"这辈子唯一精通的乐器就是键盘。"

"弹不出音儿的那种。"

"能按出钱来呀!"

二人抵达机场的时候,杨森已经等候多时。胖子怕被批评赶紧躲在林巧身后。林巧纳闷儿他怎么就那么怕杨老板,充其量被说两句,还能怎么样?真是一物降一物。

"胖子怎么那么怕你?是不是给人留下什么阴影啦?"林巧挨着杨森。

"有可能。"杨森掏出本书,"我金命,他木命,我克他。"

"哈哈,胡说八道。"

"易学你不懂吗?"

"行。"林巧犹豫了一下,从衣服兜里掏出个小挂件儿,"既然你信,给你吧。"

杨森伸手接过来,是一个布艺玩偶,款式精美,点缀着高级的金色亮片。

"今年是你本命年,没记错吧?新年快乐。"

"挺漂亮啊。"杨森说。

"那当然。"林巧故作镇定,"唉,缝了一宿,算是份儿心意吧,手艺差别嫌弃。"

"是吗？"杨森盯着她。

"嗯。"林巧眨着水汪汪的大眼睛。

"不过，我怎么看着这么眼熟呢？"杨森摆弄着说，"好像是极乐寺卖的，八十八块钱一个。对吧？"

"啊？"

杨森挪动身子，将手伸进裤子口袋，掏出一样十分类似的东西扔给林巧。

"我也给你买了一个。"

"你个大骗子！天天教导我们相信科学技术，自己大年初一去逛庙会！"

"不得为公司祈福嘛！"

"那我怎么没碰见你？"

"你能跟我比吗？"杨森得意道，"我是头炷香。花老钱了。"

回到北京，整个园区仿佛一座空城，只有 BEIN 办公楼内热火朝天，窗外的花花世界像是与他们毫无关系。

大年初五赵峰返京，今年春节他过得很不舒服。他本想趁放假将与林巧之间的关系恢复，通过拜年等方式钉牢自己男朋友的身份。不过很可惜，目的没有达到，林巧一直左闪右躲，巧妙回避着自己放出的各类敏感话题，点到为止。尤其是赵峰提出大年初三去家里串门的申请被林巧驳回之后，相当于他的希望已经彻底破灭。

赵峰想，自己需要和杨森谈谈。

进入 BEIN 办公楼二层，杨森正躺在办公室沙发上抱着猫咪思考人生。

"这么晚了，有事打电话呗。"

"私事。杨哥，想和你聊聊天。"其实经过一段日子的接触，赵峰多多少少也熟悉了杨森脾气性格，如果没有林巧在中间，他很可能会把杨森当成一位好哥哥。

"杨哥……"赵峰接过他递过来的矿泉水思考半天才张开嘴，"我想和林巧复合。"

杨森听了好笑："你们之间的事情不用和我说吧？"

"您都这个段位了,还跟弟弟打哈哈!"

"怎么呢?"

"您不会感觉不出来吧?林巧对您的意思。"

"哎呀,你这么说我还真有点儿头疼。"

"我只是想听听您的想法。"赵峰喝了口矿泉水。

"我的想法对你有意义吗?"

"当然。如果您对林巧没意思,我面对的就是她一个人;如果您对她有意思,那么我面对的就是两个人。"

"你这孩子逻辑还真清晰。"

"我也不算孩子了。"

"好吧。这么说吧,对于我,当前最重要的就是事业;对于你,最重要的是什么呢?"

"林巧。"赵峰毫不犹疑。

"那我们就把各自的事情做好吧!"

赵峰听到答案后长舒一口气,心怀感激地与杨森握握手。

"那杨哥我先走了。"

"你就……"杨森见他离去,对着赵峰背影说了句,"就去战胜林巧心中的那个我吧。"

赵峰咬着嘴唇,头也不回气鼓鼓地离开了 BEIN。

第 五 章

正题

未来,就这样被有冲劲的年轻人一点一滴创造出来了。

1 "也掰扯不出啥甜酸儿来。"

在杨森疯狂烧钱的模式下，以金麦为首的投资群已明显出现后劲不足，但金麦和另外四个投资人并不想过多、过早稀释自己手中的 BEIN 股权。经赵峰传达，杨森同意了以金麦主导的 PE 路线。选择这条路线，就表示杨森需要提前开始筹备公司上市，即便这并非他原来的设想。

所谓 PE，即私募股权投资。通过该方式，金麦与相关投资方可以将自己手中的 BEIN 股权及股权权益进行上市前最大化估值，同时将部分股权、权益在私人金主中进行二次出售。而这些金主赌的就是他们买到的股权和权益会远远低于 BEIN 上市之后的市场价格。

不止金主们在赌，杨森也在赌。杨森为了获取充足资金，他与一家叫门道的投资机构进行对赌，赌约是 BEIN 将于二十个月之内成功上市，赌注是门道提供一亿现金、BEIN 提供 10% 的 B 类股权，即便杨森赢也要无偿付出 3.5% 的股权，这属于典型的"卖血买肉"。

资金到手，杨森一方面委托会计师事务所寻找"空壳"以备不时之需，另一方面开始偷偷回购部分金麦放出的私募权益。

资金紧张得到初步缓解，杨森再也坚持不住了，开始招人。

杨森的招人方式估计也是全球独一份。他采取所有员工一起面试并进行不记名投票的方法，只要应聘人员票数领先且获得 50% 以上认可票即算录取，也就是说公司全体员工都可以做面试官。这种乌托邦式的新人准入政策让林巧和很多基层员工兴奋不已，每次只要得了空，她就揎掇着眼镜妞去面试新员工。

年后，日本、韩国市场传来好消息，"西游消消乐"进入当地休闲类游戏排行榜前五名，付费量远超国内。杨森开始向东南亚出售游戏版权，又套回大笔资金。BEIN 资金问题得到初步解决。

一天吃过午饭，林巧陪着新来的小姑娘到公司楼下消食儿，几个姑娘坐在公共健身器材上闲扯。林巧很有兴致，开始滔滔不绝地对她们讲述公司如何如何酷,如何如何历经艰苦创业起死回生,大家听得津津有味。

正侃着,宋丁陪同杨森也溜达过来了。他见林巧攥着秋千绳、双腿紧绷没心没肺地瞎晃悠,嘟囔了句:"心怎么这么大呢?"

4月18日,比邻APP研发阶段结束,按既定时间正式进入测试环节。这款倾注杨森和BEIN全体员工心血的手机软件即将横空出世。测试中,比邻APP搭载BEIN最新研发的智能门禁系统,实现小区门禁自动识别人、车身份。业主车中不需要安装任何硬件设备,只需上传自己照片以及车牌号即可随时出入;同时,为了方便客人进出,比邻APP支持访客管理,只要用户在"访客"这一栏上传访者照片或车牌号,系统将自动授予人、车的相应时限通过权。不仅如此,比邻APP还搭载比邻商店、比邻食堂、比邻游戏、比邻交友等后续功能模块。BEIN全体成员个个摩拳擦掌,林巧同样非常兴奋。

标准小区比邻服务中心装修完毕,杨森亲赴现场验收,事无巨细地检查各项规定具体的落实情况。在比邻饭堂的卫生标准上,杨森参考的是欧盟及日本校园食堂要求细则,他拿着规章制度开始一一比对。如厨房内加装的恒温器、恒湿器是否运行良好,厨房人员卫生防疫装备是否按要求穿戴(林巧觉得他们的打扮更像是实验室里的科研工作者),速冻柜和冷库的使用流程,菜单中卡路里分配是否达标,等等。

杨森当着所有餐厅员工的面强调:"大家手中的工作守则里有这么一条:厨具用毕之后,要清洗五次后方可放入消毒柜备用。之前我们开会讨论时有人问我,为什么一定要洗五次,洗四次不行吗?四次就不干净吗?我对他说,日本的星级餐厅要求是七次,我们节约一些用水,五次还是可以的。中国食客已经被行业内的低标准折磨得太久了,而BEIN,不做那样的懒人。"

转了一圈儿,什么都好,就是饭堂里的厨具不够高档。

杨森说:"咱们的饭堂不是普通饭店,厨房内一举一动居民都可以在比邻APP上随时观看直播。从今天开始,把自己身上的小毛病都得给我改了,那些破烂儿赶紧扔出去,别丢人现眼!"

"我最后说一遍啊,我们做的事情,就是做让人完全信任我们的买卖。我们要让用户下班前点击我们的软件,看到今天的菜谱,哎,不错,下单了。等到他回家进小区,他点的饭菜已经在我们恒温箱里放着。唉!一刷脸,开箱子拿走,回家吃饭,就这么简单。这需要用户对咱们多大的信任你们想过没有?怎么实现?靠的就是认真和仔细,你们要想得比谁都细,细无止境明白吗?"

老蒋针对杨森所有意见都是一个字:"行。"

回到园区,有人拿着精挑细选出来的供应商列表让杨森拍板儿,杨森看也不看嗷嗷骂人:"我最后说一遍啊,破事别再来找我,这点儿东西都整不明白吗?哪个供应商有钱,哪个干的年头多,让我看这些有意义吗?我说过没有?第一年他们卖多少我们补贴多少,剩下的你们自己决定就行啦!天天趴耳根子讲多少回了,人与人之间没啥差别,我对小事的决策不一定就比你们准确多少!你们不站在决策的位置上独立判断,啥时候能帮我管上事啊?都想把我累死吗?"

每次杨森强调"我最后说一遍"的时候,林巧知道那肯定不是最后一遍,不管你做对还是做错他都会继续跟你说,刚和别人说完继续再跟你说。林巧怀疑他用这种近乎话痨的方式,目的就是给大家疯狂洗脑。

杨森不但给员工洗脑,同样也为投资者洗脑。

只要找到机会,他就像着魔似的推销比邻商业逻辑:先用最先进的人工智能门禁系统捆绑住用户;再通过门禁软件演变成一个平台,平台上提供衣、食、行、娱乐、教育等各类服务;再通过社区内的比邻中心补充支撑服务质量获得大量黏性用户;通过黏性用户的消费将企业的一部分利润进行返还。只要我们保证用户永远是占大头,他就永远不会离开我们的平台,我们追求的就是用户的点击!点击!

七年前。
"杨森?"
"嗯?"
"无精打采的呢,材料弄完了吗?"

"懒得弄。"杨森说,"翻来覆去三四遍了,也掰扯不出啥甜酸儿来。"

"哈哈,别崩溃啊。"

"哎?"杨森转过头来问,"赵哥,当初你是怎么熬过来的?"

"告诉你吧,就这个岗位,没人能够干过三年。"

"怎么说呢?"

"一句话:谁也受不了整天被否定。你干得越好,越心烦。"赵哥说。

"理解不了。"

"慢慢就明白了。送你个忠告啊。"

"赶紧说。"

"干活不由东,累死都无功。只要情绪化,早晚必发疯。"

参加工作之前,杨森从没想过,情绪会对一个人影响这么大,一旦被负面情绪困扰,所有事情全部归零,甚至关乎前途。怎么办?只能控制自己的情绪,不断地调整、再调整,俗称"说服自己"。单位里老人儿流传下来的"名言警句"自然有道理,但杨森并不愿意违背内心随波逐流,他的总结:我如果当领导,一定要保证团队斗志昂扬,而且永远不在上午批评员工。

单干之后,杨森逐渐将他的"洗脑法"发扬光大,即便是批评骂人,他也会给你一种跟领导很近、恨铁不成钢的感觉,让你将接收到的负能量、怨气转化为一种自我羞愧,继而变成再接再厉的动力。你说阴险也行,"鸡贼"也罢,但绝对管用。被他收拾的员工不但从不记恨他,反而更加忠诚。奇怪吗?这就是个人魅力和管理艺术。

2 "您可悠着点儿啊!"

"杨总,新员工工资也太低了吧,很难留住人啊。"

决策会议上王东提出反对意见。

"我也这么认为。"老蒋表示同意,"虽然与行业均值比算是正常,但我们的工作量远远超过一般企业,这样下去我们的员工流失率会直线上升。"

"没什么不正常的。"杨森道,"老员工的薪酬水平高,是因为大家共同创造了BEIN,别说本事大小,就这份忠诚也值那个价。人生啊,出场顺序很重要。但新来的呢,他们为企业创造过什么,发挥了多大的作用,都是未知数。他们听说BEIN工资高、待遇好就来了,但对BEIN的文化、BEIN对员工的要求和工作质量的追求他们一概不知,上来就想拿高薪,那是痴人说梦。我杨森不是小气人,不过你想让我心甘情愿掏钱,就要先达到我的标准。"

"你那标准太苛刻,体格不好三个月都得进医院。"听了王东的话,大家都乐了。

"能在三个月内真正学到BEIN的精髓,那是他们修来的福分。"

正如王东所说,体能对于职场中摸爬滚打的人们来说极其重要。经杨森策划,眼镜妞面向全体员工开展"鼓励锻炼"活动,BEIN所有人,只要每周健身时长达到相应标准即可领取精美礼品以资鼓励。作为杨大老板长期以来最忠诚的支持者——胖子,这回却犯难了。不参与吧,毕竟是杨森号召的;参与吧,自己实在懒得动。每当同事叫他一起健身的时候,他总是说:"人生就是走走看看、吃吃喝喝,运动量过大等于透支生命!如果健身管用,那么世界上最长寿的应该是运动员!"

不久,杨森也觉得参与锻炼的群众数量太少,便找到眼镜妞对她说:"你奖品设置得有问题。"

"怎么了?"

"看啊,动感单车、划船机、折叠车、名牌泳衣、购物卡,这都啥呀?"

"都是最火的单品啊!预算都花超了,多带劲!"眼镜妞说。

"不,"杨森搂住她脖子,"你整的这些吧,都是喜欢运动的人才中意的玩意儿,而咱们的目的是让那些平时懒的家伙都参与进来。听我的,换,咱换化妆品、包、手机、演唱会门票这类的,明白吧?啥勾搭人整啥。"

某天,林巧在跑步机上正擦汗呢,终于发现了难得一见的胖子。

"稀客呀，胖哥也出来跑步。"
"气氛一点儿都不好，机器噪声怎么这么大，脑瓜子嗡嗡的。"
"您可悠着点儿啊，别把跑步机蹦塌喽。"
"那我还是慢走吧。"胖子腆着肚子将速度调整至最低。
"行，真能磨洋工。"
"别跟我抢谷歌眼镜啊。"胖子冲她喊。
"那什么破玩意儿，戴着走路都晕。"

林巧回到办公室，新来的女生跑过来向她求援。
"巧姐，怎么办呀，跟不上啊。"
慕彩儿刚刚研究生毕业，外形和打扮十分卡通。
"你现在跟谁呢？"
"跟花姐，她说话跟打字机似的，根本听不明白。"
"你跟着她却来问我，不太好吧？"
"帮帮我吧，你不也刚来不久嘛，互相扶持呗。"
林巧听了十分不爽，老娘怎么说也算管理人员，跟你们这帮生瓜蛋子能一样吗？
"技术方面吗？"她勉强回复。
"不是，技术方面我没问题。"
林巧想起来，这位高才生的美术功底及软件操作熟练度确实没得说，并未吹牛。
"那你还有啥愁的？"
"乱哄哄的根本没人教你，上来就要这个要那个，交上去人家扫一眼就说不行，搞得我都没信心了。"
"这样啊。"林巧很能理解她的困惑，"虽然我上班时间也不长，但是觉得有两条要做到：一是不要拿过来就干，先考虑好；二是小事快做、急事快做、能做就立刻做。"
"没了？"
"没了。"
"你说我是大家投票投进来的，怎么进来之后就没人愿意教我了呢？"慕彩儿并不相信林巧。

"因为你需要为自己负责了呀。"

"但也不能要求我们前脚出校门，后脚直接全能吧！"

"理儿是这么个理儿，可职场通常都不怎么讲理。你要知道，自己的角色已经转变了，上班之后就别把自己当学生。"

"压力太大了，时间还那么短。"

"你比我强多了，至少懂得求助，我那时候就是硬干，运气好。"

"行，今天晚上我也不回去了。"

"聪明，一说就明白。"

其实林巧并不明白，对于一项工作，专业素养和努力程度仅仅是基础中的基础。装扮卡通的慕彩儿与自己完全不同，她需要尽快适应弱肉强食的 BEIN 世界。

晚上 9 点，李丽打车到 BEIN 总部找林巧，胳膊下夹着瓶红酒。

"对不起女士，请问您找谁？"一楼保安将李丽拦住。

"哦，我找林巧。"

"能给她打个电话吗？"由于 BEIN 全天候作业，保安一向不敢马虎。

"我打啦，她可能忙着呢，一直不接。"李丽也很无奈。

"那对不起，请您等等，我让我的同事上楼问一下，可以吗？"

"当然没问题。"

虽然嘴上说没问题，但李丽今天穿得非常少，两分钟没到已经在寒风中瑟瑟发抖，小保安盯着大美女算是大饱眼福。

去询问的同事还没下来，倒是杨森带着王东、宋丁下班了，小保安赶紧帮忙把门推开让领导先走。

"哎，"杨森看了眼李丽，"这不李丽嘛！咋还门口站着哪？"

李丽应对自如，道："杨总公司安保级别高哇。"

"哈哈，后半夜安全第一，他们也没什么问题。快进去吧，别冻坏了。"

李丽瞟了眼小保安："那我谢谢杨总啦。"

"不用。"杨森顺手把自己外套脱下来递给李丽,"快披上吧,一会儿感冒了。"

"唉!反正是你们员工让我挨冻的,不客气了啊。"李丽接过来就穿。

"哈哈,赔罪、赔罪。衣服给林巧就行。"说着杨森的车也到了,他边走边对王东道:"咱们智能门禁系统要第一时间在公司试用……"

李丽等电梯的时候不断回头张望,见到杨森钻进汽车才安下心来。进电梯之后,李丽偷偷闻了闻身上夹克的味道,虽满是烟味,她却抿嘴一笑。

"你可真会挑时候,我刚闲下来。"林巧带着李丽来到一楼车库。

"GMC 不错,晚上这儿睡了啊。"

"不嫌味儿大你就睡。"

"没事呀。"李丽左瞧右看,"安全没问题吧?"

"放心,车库里就停我这一辆车,钥匙都在我手上呢。"

"杨大老板还真宠你。哎,衣服还给你了啊。"

"那你看。"林巧开始收拾餐桌,"哎呀丽丽,这几月份啊就穿丝袜了?冻死你!"

"不冷不冷。找点吃的啊!"

"怎么这么晚才过来呢?"

"别提了。"李丽起开酒塞,"唉,真干够了,一天班儿也不想上,踏踏实实搞代购也挺好。"

"总不是长久之计啊。"

"其实挺羡慕你的。"

"我?"

"嗯。"李丽说,"BEIN 这种公司挺难得的。"

"非常特别。"林巧点了点头。

"非常特别。"

3 "是不是有相中的人了？"

随着标准小区临近正式运营，BEIN名气越来越大，北京投资圈几乎一夜之间全都开始谈论比邻和杨森。眼镜妞不无得意地说："咱们现在是当红炸子鸡！"

比邻服务中心进入试运营模式之后，杨森任命林巧在中心里做了两周负责人锻炼其管理技巧，负责一些日常工作，如调试设备、人员配置、采购对接等各项工作流程。两周之后，杨森从东北原单位又挖过来几名管理人员，林巧随即将比邻中心交给他们，自己又回到园区。

回到园区的第一天，林巧便找到眼镜妞说："你这前台当得好啊，又管接待又管综合，还管着人力资源和社会保障工作，七乘二十四小时在岗。"

眼镜妞想了想说："是，还真是。"

"累不累？"

"啥意思？"眼镜妞眼珠子一转，"是不是有相中的人了？"

"哎呀，你们怎么都这么聪明，没意思了啊。"

"赶快说吧。"

"我有一姐妹儿，早先在别地儿当前台，让她过来给你帮忙呗。打下手也能顶上啊，你俩能上下午换换班，对不对？总这么熬着老得多快啊。"

眼镜妞琢磨琢磨："老杨能同意吗？"

"你就跟他哭呗！整个三层楼最少十八个小时全使唤你一人儿，根本不是勤快的问题，不合理呀！杨总也算讲理的人。"

"行，我试试吧。哎，你那姐妹儿能过投票那关吗？"

"别的不吹，公司有多少男的她就能得多少票！"

果不其然，李丽凭借自己的完美身材和中央美院服装设计的"对口"专业，以高票加盟BEIN并协助眼镜妞负责内勤综合工作。眼镜妞倒是一点儿也不嫉妒，因为自己终于不用负责办公楼里的餐饮问题了，解脱！

还有一个变化。李丽上班之后，办公室中的男同胞们纷纷骚动起来，这帮所谓"技术宅"得空就往前台跑。有一天小毛颠儿颠儿过来了："丽姐，有我快递没？"

"没有！"李大前台头也不抬地玩手机。

"你看见我是谁了吗就说没有？"

李丽抬下眼皮。

"没有。"

"到了告诉我行吗，着急用。"

"等着吧。"

"丽姐呀，我现在可有点儿后悔把你投进来了，你再不搭理我，我就建议杨老师增加一个投票淘汰环节。哈哈，开玩笑的。"

"真有投票淘汰环节，我就天天穿低胸装、超短裙，看咱俩谁被投出去。"

"……"

林巧也纳闷儿，原来看着眼镜妞整天坐在椅子上玩手机怎么就能习惯，换成李丽自己咋这么来气呢！

杨森倒是十分满意。他对李丽说："你是咱们公司的门面啊！林巧早寻思啥呢，怎么才给你挖过来！"

"杨总，我觉得您今天不用系领带。"

"为什么？"

"长石这家公司我以前接触过，他们很在意一些小细节，尤其是初次见面，太重视、太正式的话他们反倒觉得自己具备心理优势，放松些更好。"

"你说得对。"

林巧瞅着他俩更生气了。

除林巧和杨森，李丽对其他人一概冷漠视之，努力打造着自己的"恶女"形象。但她外貌甚佳、心细如发、处事缜密，深得杨森喜爱，再加上精通与大企业沟通之道，同眼镜妞算是互补。李丽在公司站稳脚跟已经不成问题，只是 BEIN 的超大工作量令她苦不堪言。

临近周末，胖微早早预约周六晚餐。李丽同眼镜妞协商好交班时间，林巧也抓紧赶工，谁都不想错过好友聚会。

抵达饭馆，林巧放下一整天的疲惫，喊着："服务员，帮我拿一提啤酒，快点儿啊！"

"喝呀？"胖微笑着问。

"喝点儿喝点儿，"李丽抢着说，"真得喝点儿了，啥破单位啊！"

"怎么说呢？"

"你知道吗微微，我都服了，我跪地下服那帮人。这是公司吗？就是精神病院啊。半夜了，还有人点油泼面、炸鸡呢，我真想给他来个油泼脸。还有，知道吗，就昨天，一楼有个蔫小孩儿，叫什么来着——整天穿个大拖鞋那个？"

"小毛。"林巧说。

"对，小毛。那天我看见这小子裤子刮坏了，好心提醒他，我说小毛啊，你这裤子……我也不能直接说快开裆了吧，按正常人他总得自己低头瞅瞅吧？没有！这小老弟一扭头，跑啦！"李丽喝了口茶水，"等晚上 11 点多，给我发消息，写着丽姐，我喜欢你！我心里一万只羊驼飞过！"

林巧和胖微都被逗得哈哈大笑，虽说吐槽，但不难看出李丽对于新工作、新公司充满喜爱之情。

"我算是看透这帮臭'屌丝'了。"

"可别这么说，几个月之后就都成土豪喽。"林巧起开啤酒。

"得得得，丽姐我承受不起这帮贫民窟的百万富翁，我看老杨这人挺好，我以后就专门儿勾引他吧。"

林巧听了杯子直接脱手，啤酒洒了一桌。

"你可别吓唬她啦！"胖微哈哈大笑，"巧姐引狼入室呀。"

"我看像。"林巧也配合似的半开玩笑，而这三个字，已经在玩笑中将杨森划入了自己的势力范围，外人勿进。李丽何其聪明，自然心领神会。

"我们巧姐就像个小天使一样。"胖微继续说，"不管咱们谁碰见困难,她总是及时出现,救民于水火,这次又帮你脱离苦海了。我记得上学的时候家里给打钱之前的那几天,巧姐知道那个阶段我手头紧,总是偷偷给我买吃的,然后悄悄放我柜子里。"

李丽想了想认可道:"你不提还没注意,真是这么回事。我失恋的时候巧儿陪我,学校处分的时候也是巧儿一直在我身边,真邪门儿了。"

"别捧,纯属本能。再说本来咱自身能量就不大,关键时刻还不出现,那我在世界上还有存在感吗?还算是你们朋友吗?"林巧忽然意识到,不知从何时开始,她已将自己身上强烈的关爱本能用到了杨森身上,危险、很危险。不敢继续深想,林巧适时将该话题结束,转言道:"哎呀,光说单位的事了,微微你最近忙什么呢?"

胖微无精打采:"学习呗,还能干啥,继续考试。"

"不对,"林巧猫着腰盯着胖微的眼睛,"你肯定有事。"

"没事不可能这副少女怀春的表情!"李丽补充道。

经不住两个人追问,胖微终于小声说:"我和实哥在一起了,昨天答应的。"

"啊?"李丽和林巧相当震惊。

"我说什么来着?老男人太可怕了,他是真敢上手哇!微微,你还不到二十七岁,他三十多岁,孩子都五岁了。还有,你现在边打零工边学习,老实就是一普通公务员,他有多少收入能帮助你?假如,我说假如,你们相处得不错,可结了婚你就得去给人家儿子当后妈,这些你都想过没有?"

林巧见李丽气势汹汹地逼问胖微,忙拦着道:"哎呀,一句一句说不行吗?看看,把微微都快弄哭了。"

李丽这才注意到胖微此刻表情之窘迫,三姐妹突然安静下来,各自喝着杯中啤酒。好一会儿,李丽主动打破尴尬,抱歉地说:"微微,对不起啊,我刚才太着急了,我也是关心你,没恶意的。"说着她拉着胖微手晃晃。

"我知道,可我还是很喜欢他,他也喜欢我。"

"好了!"林巧端起杯子,"别纠结!不为别的,先为我们的微微有了喜欢的男人,干一杯!"

胖微和李丽将自己杯中倒满酒，林巧颇有感触地说："微，在这座没有人在意我们的城市里，你有一个喜欢的男人，同时他也喜欢你，这本身就是一件很美好的事情。至于你们以后怎么样，今天喝醉了明天再说！"

胖微破涕为笑："整一个！"

"来！"

"干杯！"

4 "我比人家差太多了。"

杨森又要烧钱了。

因为他发现，有太多的事情需要巨额资金支撑才能实现，整个项目简直就是无底洞。杨森找到赵一忠想要增发两百万股进行C轮融资，赵一忠同意了。

此次的融资目标是三个亿，也代表着当前资本市场给予BEIN的整体估值在二十亿左右。杨森与金麦及几个联合创始人同时签署了数份新的合作协议，赵一忠本人带病亲赴签约现场。协议内包含结构性防稀释摘要、购置及交换协议、投票协议等保障股东核心利益的内容。杨森明白，自己在赵一忠这种投资老手的面前想要耍花活儿根本就是天方夜谭。

梳理股权过程中，杨森顺便处理掉老车出走之后的遗留问题。老车团队目前在资金上捉襟见肘，很快同意剩余股权的回购条件，但他拒绝BEIN的注资请求，双方一刀两断再无瓜葛。

随后，杨森将自己的主要精力集中到了长石身上。

长石投资，中国大陆极具实力的民营投资公司之一。它创建于改革开放初期，旗下产业涉及金融、矿产、轻工业制造、酒店、体育等多个方面，资金实力雄厚。其掌舵人更是精明睿智，带领企业历经数次金融危机屹立不倒，属于国内顶级资方。目前长石对BEIN尚处于观望态势，迟迟没有下手。

一天，杨森找到林巧。

"最近忙什么呢？都没怎么关注你。"

"标准小区的事情啊。"

"我不是让卓玲接管了吗？"

"接管是接管了，但是有感情啊，我正在做一些数据整理的相关工作。"

"拿来我看看。"

林巧把文件从电脑里打印出来，看着杨森站在办公桌旁边一页一页翻方案，她略带紧张地解释道："我整理了标准小区的建设流程，基本上就是按照您下达的指令为顺序记录下来的。我把大家执行指令的方法、标准还有完成之后的具体评估指标写上了，并且标注了每项工作的注意事项。"

杨森也不理她，一目十行地扫了两页，朝眼镜妞喊："把我桌子上那个黑本夹子拿来！"

林巧眼珠子转转，心里有些没底，于是问道："怎么样？"

杨森继续看纸，问了句："你为什么要做这项工作？"

"我认为呢……"林巧拿出自己事先准备好的词儿回答道，"咱们的标准小区既然马上就要投入运营，那么下一步，就是复制标准小区，对吧？要不您也不会叫它'标准'。所以既然要去复制，就需要总结出能留下来推广的东西，也就是可执行的一个流程、数据、要求、具体量化标准，这样复制起来才更快更准，对吧？"

说完林巧对自己的回答还算满意。

"不对。"

"嗯？"

"这不是你做此项工作的真实原因。"

"啥？"

"最后问你一次啊，到底为什么干这个活儿？"

"呃……"林巧被戳穿之后有些窘迫，嘀嘀咕咕小声道，"宋丁说你在培养我。我主动学习，追求进步总没错吧？"

杨森抬头瞅瞅她，意味深长地笑笑。

眼镜妞终于回来了，手里拿着个黑文件夹。杨森脑袋一晃，"给她！"

"这个是邹山做的，自己看吧。"

邹山是杨森花重金从全国最大的连锁卖场中挖过来的高级管理人员，全员投票阶段连同林巧在内，所有面试人员无不对其心悦诚服。

从眼镜妞手中接过文件夹，林巧顿时心灰意冷。

"原来你早都布置下去了。"

"公司要是等着你这破玩意儿开工，我们都得喝西北风去。好好看看吧，学学。"说完还轻轻地敲了敲林巧脑门儿。

"知道了。"

"态度还是好的。"杨森没有完全否定，但同样没有给予任何肯定，摇摇晃晃继续溜达去了。

林巧瞥着杨森留下的黑文件夹小声嘟囔："什么破玩意儿。"眼镜妞接茬道："姐呀，这可是咱们公司核心机密，让你看你就抓紧看！"

林巧一听有道理，自己还在生闷气，人家却发现了问题的关键点，想到这儿，她对眼镜妞佩服不少。

"来，咱俩一起看吧。"

"杨总又没让我看，我可不能看。"

她终于明白为啥杨森始终离不开眼镜妞了。

打开文件夹，林巧开始将其中的内容与自己文案进行对比。不比不知道，一比真是差距很大。邹山不但记录了杨森发出的各项指令，而且重新优化组合了这些指令的实际操作顺序，哪些能平行施工，哪些必须提前准备，哪些需要增加要求。同时，对各项工作细化程度简直到了傻瓜式的地步，完全属于"拿来即用"的标准。至于优化建议方面，更明显体现出了专业性和大局观。

比如，针对车库系统的优化建议一项，林巧写了：应提高车库系统的车辆连续通过识别率，降低设备反应时长，提高车辆入库效率。

相同问题邹山写道：我们与竞品射频设备之间的主要差距就是对光源的要求不同，硬件射频设备对光源无要求，而智能门禁系统目前需要光源进行车牌识别，造成设备电量消耗过大。同时，硬件射频在门禁识别出现故障时,可以进行拆除纠错,而我方设备则需要进行系统后台数据验证,验证之后重新对车辆进行入库授权,耗时过长。建议在地库入口且光源充足处,优先选择公共照明灯附近增加硬件摄像头,提前记录车牌进行验证。同时,增加住户防套牌功能,将授权后的多个驾驶员人脸图像与车牌进行捆绑。另外,对非本小区擅入车辆授予十分钟出入权并将其车牌信息发送至车库保安手机,让车辆于限定的时间内在地库里掉头驶出,防止造成入库路段交通堵塞及倒车的不便。

果然不一样啊,读到下一段林巧彻底服气了。

针对居民出入方面,林巧的建议:老年居民通过门禁时间较长,建议减小自动门弹簧拉力,延长自动复位时间。

而邹山却写道:手机端门禁系统,未能充分考虑盲人等特殊群体的使用便捷性,平台中的语音助手语音识别准确率尚未达到行业内顶尖水平,建议合作优化该项功能。同时,立即着手研发特殊障碍人群系统版本,完善产品线及服务功能。如,智能门应快速识别用户人脸图像,判定盲人、老人、未成年人等弱势群体用户身份,并进行相应的语音提醒。

林巧正聚精会神地看着文件,李丽走过来。

"午饭时间,想吃什么我给你点。"

"随便吧,忙着呢。"

"看什么哪?"

林巧合上文件夹,回头对李丽感叹地说:"差距啊!"

"怎么了?"

"我和邹山做了类似的工作,但我比人家的差太多了。"

"有什么啊,他在职场混了多少年,你才上班多长时间啊。"

"所以,有些东西真不是抖机灵就能成的。你看我和邹山都不是对口专业,可人家琢磨出来的东西却不一样。"

"有句话说,优秀的人做什么都很优秀,而普通人只能干好一样。"李丽接着道,"我虽然一直只做前台,但是企业里这点儿事还是明白的。混职场,靠的就是真本事,什么你琢磨的门道呀,小聪明呀,一鸣惊人呀，都是故事里的事。为什么人家一年一百万，你一年十万，那都是一刀一枪拼出来的，绝对不是你做个梦第二天来通过激情四射的演讲就能实现得了的。我的大姑娘，咱们慢慢来，认真，但也得稳。"

"事倒是这么个事，不过总得在思维逻辑上跟得上人家吧？结论上可以弱一些，靠后天完善，可如果思路都对不上那就麻烦了我不就相当于在错误的路上一直走嘛，再努力有什么用啊！"

"得，就现在的说话方式我看你逻辑已经跟上了，赶紧先吃饭吧。"

5 "怎么，想造反啊？"

第二天中午，林巧捧着黑文件夹推门进入杨森办公室，直接递给他。

"给你吧。"

"看完了？"

杨森刚送走长石来的客人，一屁股坐在椅子放松起来。

"都看完了。"

"行，出去吧。"

林巧一愣，尴尬地站在原地。杨森也不理她，不停地按着手机。

"你还有事吗？"

"没事。"

"出去吧。"

"那个……我不会泄露公司机密的。"林巧补充道。

"啊，没什么，早晚都得发给员工用的东西，不具备太大保密价值。"

"哦。"

林巧原本以为杨森会像以前一样同自己交流几句，可见他根本没兴趣的样子多少有些失望。"至少关心下我学习进度吧？"林巧不太高兴地扭头离开。

杨森随手翻了下黑文件夹，发现有几张页脚卷起，笑笑没说话。对于林巧的学习能力和学习欲望，他已然心中有数。

第五章 正题

整个下午，林巧心情很差，所有发过来的审核邮件全部被她驳回并故意抄送杨森，返工继续驳回、抄送。"小样儿，我就不信你不来找我。"

果然，不到 6 点，杨森上楼找她。

"情绪呀，情绪，别让情绪控制你的行动。"

"我是在执行您的命令呀，高标准、高要求。"

"愚蠢地服从，是奴隶唯一的优点——卢梭。"

"谁是你的奴隶啊？"

"想造反哪？"

"周天子已经过世两千多年了，麻烦您醒醒。"

"有啥话快点儿说。"

"杨大老板。"林巧坐在椅子上转过来，"本人并没有任何话要对您说，请不要过于自满。"

"哎！这个就对了，你也知道我是老板，对不对？每个员工进步那么一点点，就非要立刻得到我的肯定，我不用工作啦。"

"你把我当小孩儿哄呢？"

杨森呵呵一笑，问了句："有烟吗？"

"啊？"

"拿着，跟我上阳台抽一根儿。"

林巧尾随杨森到阳台，把烟递给他道："我可不吸烟。"

"知道啊，不是专门为我准备的吗？"

"你怎么知道？"

"这个牌子北京根本不卖，只有咱们东北老家才产。"

"真没劲。"

杨森拆开香烟抽出一根点着。

"戳穿你就是想让你明白，你们所有人正在干什么其实都在我眼里，不用一定要得到我的口头确认。"

"累。"林巧说完又加了句"跟你们这种人共事真累！"

"我知道你一定会看邹山的方案，也会用它进行对标。至于能从中学到什么，那就是你自己的事了。"

"我不喜欢你的语气。"

"这个不重要,"杨森说,"重要的是你内心的成长。你知道吗,很快,公司中的很多人都会成为大富豪,包括你。我担心的是面对即将到来的巨额财富,大家能不能承担得了。"

"怎么讲?"林巧听了有点儿兴奋。

"两百年前,在这个星球上,一个人想要获得大量财富只能靠长期的积累或是残忍的掠夺。后来人们可以去淘金、挖石油,撞撞大运,虽然也很快,但是付出的绝对不少。一百年前人类发明了金融学,又有很多人靠脑子和摆弄数字赚了大钱。五十年前,人类发明了电脑和互联网,就又有很多人靠坐在椅子敲键盘赚了大钱。十年前,人类发明了智能手机,就又开始了新的赚钱模式。赚钱模式越来越脱离体力劳动,越来越依赖脑力劳动,当然,看起来也越来越简单。"

"这是好事啊。"

"当然是好事,我想说的不是这个。我要告诉你的是,别以为自己真的配得上你所获得的财富,我们只是无数同行业人中运气更好的那一小撮而已,如果不是这个时代,你现在很可能还在河边给人画肖像。"

"就是我们都得感谢你呗?"

"不完全对。我也是运气好。"

"是啊,得感谢我们的投资人啊。"

"可我现在准备做一件内心中很不愿意做的事。"杨森说完深深叹口气。

林巧见他并不想把那件事说出来,便没多问。她突然发现,自己根本没有埋怨杨森的意思,只是单纯想和他聊聊天。

"烟我拿走了啊。"

"少抽点儿,吸烟有害健康!"

"怎么,关心我啊?"

"我怕自己失业。"林巧想想不对,又加了句"可不是咒你呀。"

杨森敲下她额头:"照顾好自己吧。"

"你能不能别总打我脑袋,打傻了你负责呀?"

"我负责,"杨森先行离去,"负责帮你插导管。"

第 六 章

合作

有得，必有所失；阳光的背后，一定有阴影存在。

1 "你们算盘打得还真精。"

希尔顿酒店二十五层，BEIN 长期包房。

杨森心思沉重，望着落地窗外车水马龙出神，脑海里不断权衡着做与不做的利弊，掂量着善与恶之后的得失。自己从未像今天这样踌躇过，对于他来说，没有任何事比实现"未来社区"更重要，但这次不同，直至赵峰按响门铃的那一刻，他似乎才刚刚下定决心。

"坐吧，赵峰。"杨森示意。

"特意叫我过来，杨哥肯定有事。"

"也没什么。"杨森坐下问赵峰："赵总身体怎么样？"

"叔叔还处于恢复过程中，多谢杨总关心。"

"可我听医院说情况不是很乐观。"

"那是不负责任的谣言！"赵峰听了严肃地说，"所有涉及赵总的就医信息都是我公司机密，更是我们赵家隐私，请杨总立刻告诉我散播者姓名。"

"谣言？是否属实你心里很清楚。"

"我不会回答这个问题，因为它关系到金麦的未来，实难奉告。"

"我现在和你谈的就是金麦的未来。"杨森站起来递给赵峰一杯酒，又走到窗边继续说道："据我所知，早在你刚入职金麦的第一年，你就替你的叔叔赵一忠代持了金麦 7% 的股份，名义上你在金麦所有大股东中排名第九，你也因为赵总的提议进入了金麦董事会，并拥有投票权。"

"这些是我们的家事，无可奉告。"

"接下来我说的话很可能让你觉得难受，不过我希望你能同意我把话讲完。"

"还请赐教。"

"假如你的叔叔——赵总，治疗状况不佳，那么他手中的金麦 18% 的股份，应该会由第一顺序继承人，也就是你的婶婶和堂妹继承。不过我听说这二位目前都已经属于外籍人士。"

赵峰哼了声说:"难道杨总不知道继承属于财产权,财产权是没有国籍限制的吗?"

"这个我当然明白,"杨森见赵峰接了自己的话,继续道,"但是我没记错的话,金麦的公司章程里有一点,金麦不接受外资持股及外籍投资人,有此项吧?"

"您对我们公司研究得可真细致。"

"不用急着讽刺我。按照这个要求,你的婶婶和堂妹,必须在继承之日起一个月内将股权转让给中国公民,否则董事会就将强行出售该部分股权。"

"如果真是这样,我婶婶自然会找中国人代持。"

"当然会。"杨森看着赵峰。

"你到底什么意思?"

"那个代持股份的人就会是你。届时,你,赵峰,就会是金麦名义上最大的股东。"

"是又怎么样?公司实际上还是我婶婶的,和我没有关系。"

"我找你就是为了这个,"铺垫这么久,杨森终于说到正题,"我希望你在董事会上,建议金麦增发四百万股!"

"哈哈哈,杨森,你太天真了,别说我不会这么做,即便我想这么做,董事会也不会同意。金麦作为成熟的投资公司,对于资本运作向来小心。根据公司章程,没有重大资金缺口的情况下,不允许增发公司股份,假如发起者要求董事会强行执行,则只能稀释自己手中的股权。"说到这里,赵峰才察觉杨森想要自己干什么,"你……难道是想……"

"对!你婶婶虽然是金麦实际上的大股东,但代持者是你,她们没有提议权和投票权。我现在就是让你把替你叔叔代持的7%,按一亿三千万元的价格全部强行增发给长石。"

"哈哈哈。"赵峰大笑道,"杨森,说实话,以前我把你当成哥哥,可现在我很想揍你一顿!"

"刚听到的时候难以接受很正常。"

"你以为你是谁？可以干涉我们家的事？你以为我会帮你欺负我叔叔留下的孤儿寡母，低价卖掉她们手上的股份吗？你知道那7%至少值五个亿！"

"可这五亿和你有关系吗？"杨森打断赵峰，"没有任何关系！你只是赵家养的一条看门狗而已，每年拿着死工资，哄着、捧着、供着你婶婶和堂妹，求着人家给你施舍点儿零花钱。假如，我是说假如，假如你按照我说的，把那7%按一亿三千万卖给长石，长石会回赠给你0.5%的金麦股份外加七千万现金，这才是真金白银！不是那些签署了代持协议的空头支票！"说着杨森用力地在桌子上敲了敲。

"两个亿买金麦6.5%的股份，你们算盘打得还真精。"

杨森不为所动，继续道："人家回澳洲花天酒地，你在中国替她们看家护院。赵峰，你要知道你的堂妹是会嫁人的，你婶婶也是会改嫁的，你确定自己能帮两个女人代持一辈子股份吗？她们不会找另一个人换掉你这个傀儡？不会把你这个外人扫地出门？到时候你连点儿散碎银子都没有！"

杨森的话像锥子一样句句直扎赵峰心尖，这使他陷入了沉思。

"处心积虑地想了这么多，你到底能得到什么？"

"刚才说的那些，是长石支持我完成比邻社区项目的条件。在长石眼里，我的项目暂时不如让他们顺手拿下金麦更加有利可图。"

"你知道，暗箱操作可涉嫌资产侵占！"

"你太年轻了。股权转让通过董事会投票实现，完全按照《公司法》和企业章程办事。长石获得了6.5%，就会超过你婶婶手上的18%，成为金麦最大股东。至于给你的现金和股份，长石会以任命你为执行副总裁走股权激励程序。所有一切操作都在阳光之下，没有任何违法风险。"

"阳光？"赵峰苦笑了声，"阳光下的罪恶！"

"追求财富本身就是罪恶的。"杨森转身离去，声音回荡在走廊之中。

"董事会投票呢？"

"长石会搞定！"

2 "总是免不了被人摆布。"

BEIN 标准小区正式运营十六天后,赵一忠去世了。

作为京城投资圈最富传奇色彩的资本家,他的葬礼多少显得有些冷清。尤其是其遗孀、遗孤,并没有表达出太多离别之情,眼神中更多是对未来的手足无措。赵家和绝大多数金麦人并不知道,如此悲恸、沉寂的气氛之下又暗中酝酿着丑陋的交易。

遗体告别仪式结束,林巧在殡仪馆外碰到赵峰。赵峰淡淡地对林巧说:"有钱又有什么用呢?到时候还不是一了百了。"

"节哀吧。"

"我们都太年轻了。"

"是啊。"林巧感叹道。

"总是免不了被人摆布。"

林巧见赵峰心事重重,不禁问:"你怎么发这样的感慨?"

"我真后悔当初来到金麦。"

"听说现在金麦是你主持大局,好好干。"

"主持大局?呵呵。"赵峰无奈笑笑,"最近几天总是在想,要是能回到过去就好了。"

"我们的世界,从来不会因为后悔而改变。"

林巧觉得赵峰经历了失去亲人之痛后,一下子深沉了许多。

葬礼结束后第三天,金麦召开董事会,研讨前董事长去世后各项遗留问题。作为名义上的最大股东,赵峰向董事会提出,根据目前公司的经营状况,计划增发四百万股。这句话刚落地,整个会场分成了两个截然不同的队伍,一面是胸有成竹,另一面则觉得匪夷所思,不知道发生了什么。

"赵峰!你是代持人,无权出售你叔叔的股权!"孙罡作为同赵一忠一起摸爬滚打过来的铁杆儿兄弟,第一个嗅到不正常的气味。

"根据公司章程和董事会决策办法，无论是否为代持人，其提出的要求，无差别反应股东诉求。孙总，这点你不会不知道吧？"长石派驻金麦的执行董事万女士帮腔道。

赵峰接着说："孙总，您别误会，我现在并没有要出售股权，我是在要求增发。公司目前主要投资的几个重点项目都需要持续注入资金，作为公司董事及代理董事长我有权提出合理化建议，对不对？"

"你小子忘恩负义！好，老子让你发，你发多少我买多少！"孙罡气得直拍桌子。

"谁允许他增发啦？"万女士阻断道，"现在投票吧，我不同意代理董事长赵峰进行增发的提议。"说完，万女士带头举手。

"我也不同意。"

"不同意。"

"我不同意。"

很明显，这场所谓"临时董事会"实质上就是一场有计划的商业秀。

"根据董事会投票结果，我公司不同意增发。代理董事长，根据公司规定，如果您继续坚持增发的话，只能出售您或者您手中代持的公司股权。"

"我坚持增发！"赵峰冷冷地说。

"好。"万女士微微一笑，"但根据企业章程及《公司法》相关规定，代持人无权处理所代持的股权出让，相关事项应由公司董事会进行集体决策。现在，我提议，将代理董事长赵峰代持前董事长赵一忠7%的金麦股份，以一亿三千万元的价格定向增发至长石投资。请大家表决！"

万女士话音刚落，拥护者纷纷表示赞同。

"你们把手都给我放下！"孙罡站起来开始骂人，"赵总尸骨未寒，你们都是受过他恩惠的人！赵峰！你！你这小子……"话未说完，他便气得手捂胸口倒在地上。

"孙叔！"赵峰急得跳过去扶着孙罡大喊，"快叫救护车！"

当天晚上，长石投资公司高级管理人员邀请杨森、赵峰吃饭。

"来来来，杨总、赵峰，一起喝一杯！"长石高级副总裁刘涛与驻派金麦的万女士共同组织了这场酒局。

"算了。"杨森看看赵峰，叹口气说，"也不是什么光彩的事，不值得庆祝。"

"杨总说的什么话。"刘涛长得一表人才，举止潇洒，他否定道，"赵峰，老大哥讲几句你别不爱听。你那婶婶在澳洲包了个小白脸这事谁不知道？还有你那小妹，不是开游艇出海就是周游全球，这二位'皇亲国戚'除了满世界挥霍家财干过正事吗？那种家庭有什么可效忠的。"

"那也是我的亲人啊。"赵峰还是觉得有点儿亏心。

"我跟你说，无毒不丈夫。我们也不是白抢，对不对？那一亿三千万元加上你叔叔留给她们的遗产，还有剩余股权分红，娘儿俩买个岛过一辈子都富余，没必要替人家忧虑。再说了，她们娘儿俩花多少钱还不都是促进西方资本主义国家经济发展，用你操那份儿心。来，干！"

"干都干了，来！"赵峰豁出去了。

"行了杨总，你也一起啊，你是大功臣。要不是你的策划，我这脑袋可想不出这么好的办法。"

"整一个！"杨森知道刘涛在推卸责任，事实上他是故意提醒赵峰，其实杨森才是幕后总策划，长石仅仅属于顺手牵羊。但既然木已成舟，杨森并不在乎。

"小万，赵总的相关'手续'都就位了吧？"刘涛干杯之后回头问道。

"上午已经和赵副总裁律师处理妥当。"

"好，赵老弟现在是人生赢家啊！不到三十岁资产过亿，年轻有为，日后定是鹏程万里呀！"

"今天我请！"赵峰说。

"哈哈哈哈，小万，赵总高兴！再开两瓶！"

这场局四个人全部喝得东倒西歪，局里一半儿是阴谋得逞，一半儿是借酒消愁、自我安慰。干坏事嘛，谁能没有心理压力和自我谴责呢！只是在巨大的利益面前，人性似乎变得不再那么重要。

"以后有什么打算?"杨森在车上问赵峰。

"我?"赵峰歪着身子,感到头晕目眩,"我能有什么打算?哈哈,花钱呗。"

"你醉了。"

"我醉了啊……"

"省着点儿花,看着多,其实不多。"

"当然了。以前陪着我叔,天天都是几个亿几个亿的,都麻木了……真没感觉。直到现在我也不能相信,就为这么点儿钱我能把自己给卖了!"

"不重要,得了便宜卖乖,矫情。"

"哈哈,可不是嘛……过几天我就去上海分公司了……不在北京待着了,烦。"

"是个好主意。"

"杨哥。"赵峰趴在杨森的肩膀上看着他说:"我是该感谢你呢,还是该杀了你呢?"

"嘴上感谢我,心里杀了我。"

"哈哈哈哈,那林巧就交给你了啊……"哼唧完这句话,赵峰睡着了。

杨森打开手机,刚刚收到一条信息,发送人是刘涛,内容也很简单:"明天签署协议,价格按你说的办。"至此,与长石结成联盟的合作计划,在经过杨森并不光彩的运作之后,终于尘埃落定。

3 "去找那个卑鄙的人!"

金麦风波过后不到两周,BEIN 迎来用户量爆发。

由于智能门禁系统自带强行安装优势(只要回家就必须使用),杨森从未质疑比邻 APP 的使用率,他更关注的是除智能门禁功能之外,平台上其他功能的重复使用率和用户接受度。经过近一个月的正式运营,用户已完全接受比邻饭堂、比邻果蔬、比邻棋牌等刚需型产品及基础服务模块。尤其是饭堂和果蔬，严格的品控加之物美价廉，使得比邻服务中心每日工作量接近饱和，用户好评率极高。杨森觉得时机已到，陆续上线"比邻交友""比邻拼车"等业务模块。例如"比邻拼车"，社区内车主可以根据自己的上下班路线、上下班时间发起路线，社区内好友如对路线感兴趣即可点击参与，车费多少或是收与不收完全取决于发起者。当然，所有功能都需要 BEIN 砸钱。

阶段性总结会上，杨森对公司核心成员说道："现在的状况，大家通过数据也都看见了，各项子功能的活跃度及重复使用率都很高。我们不想赚钱的，全部火爆；我们未来想赚钱的，积攒了大量潜在客户。整个社区通过比邻 APP 已经形成了一座线上城市，空中智能平台已经初具规模！总的来说，我是满意的，但我并不高兴，为什么呢？因为还有很多方面的工作进展太慢！比如，服务中心及公司后台管理部门，至今没有建立出社区内水果、蔬菜、肉、蛋、奶制品等日常生活物资的需求模型。是，我们现在需要的是琳琅满目，说白了即便打肿脸也要充胖子，但这并不影响我们科学模型的建立，我们不能永远稀里糊涂、大手大脚地烧钱吧？所以，项目要立即开展。还有我们的日托项目，社区内有三百多名适龄儿童，为什么进度还这么慢？"

"杨总，日托这块儿我简单说一下。现在设备、场地都不是问题，主要就卡在资质审批上，这里我有责任。"标准社区现负责人卓玲解释道。

"我们的社区项目涉及那么多的行业，不能上线一项服务就卡好几个月，我们等不起。卓玲，你们没有责任，责任在我。这样，我们现在就成立一个审批中心，专门负责各项服务的资质审批工作，新部门设在邹山名下，立即签一个代理各类资质审批的专业公司来干，我们自己不跑了。再挖一个专业人士具体负责对接这家公司，最好是在政府行政审批服务中心干过的，我们用高薪挖，并且这个岗位上我要独裁一次，人选好了只要通过邹山的面试就可以直接上班。"

听了杨森的指示众人纷纷赞同。见有个空当，林巧清清嗓子对大家道："杨总，我有一个想法。"

"你说。"

"咱们目前还没有和四大快递公司合作，他们在社区的派送……"

"好了，"杨森一句打断，"我明白你意思。林巧说得非常对，是我忽略了。老蒋，对外合作一直归你，怎么做你清楚。"

"没问题。"

"不错啊。"王东认可道，"我们巧儿也开始思考经营类问题啦，进步真快。"

众人呵呵一笑，继续进行其他问题讨论。

事实上杨森并非故意打击林巧，只是有些问题对于他来说，仅在于想到还是忽略之间，林巧的责任就是做好提醒之后由他拍板决定，剩下具体内容尽在不言中，自有相关同事进行落实。这就是经过长期打磨之后历练出来的绝对信任。

从会议室出来之后，林巧有些压力。因为开会时大家已经不再像原来那样嘻嘻哈哈、谈笑风生，取而代之的是冷冰冰的决策与执行。随着摊子越来越大、线条越来越多，工作量已经呈几何级增加，而杨森依然坚持着小团队人数和体积，这导致每名成员都在超负荷承担项目，追求效率、快速执行，已经成为召开会议的第一要义。

林巧的工作责任再次调整。除继续审核不断上线、不断优化的页面图片之外，同时负责线上及实体宣传工作、客服工作、内部审计工作。由于BEIN社区拓展计划已经提上日程，林巧每日工作安排得满满当当，最耗费时间的就是需要花费大把精力快速掌握各类陌生领域的专业知识，不出几日案头上书籍已是堆积如山，林巧恨不得一分钟掰成两半儿来用。一天夜里，她拖着疲惫的身躯来到李丽家，自己实在是太需要那只大浴缸好好泡泡了。

洗漱之后两位姑娘直接上床睡觉。刚要套上蒸汽眼罩，林巧的手机响了，她拿过一看，原来是赵峰。

"睡了吗？"赵峰那头问。

"刚躺下，怎么了？"

"我明天去上海，以后很长一段时间就在那边工作，给你打个电话。"

"怎么好端端的去上海呢？"

"有点儿复杂,总之最后的选择是这样。"
"嗯,你能行。好好干。"
"嗯。"
"好,就这样?"
"也不提送送我?"
"你不了解 BEIN 吗?哪里会有时间。"
"我当然了解,甚至比你了解得更多。"
"话里有话啊。"
"我跟你说个事……"
  赵峰将赵一忠去世前杨森主动找他谈话,连带自己与长石的阴谋等个中缘由、情形、经过大致与林巧讲解了一番。林巧听完之后沉默许久,对赵峰说:"没必要将这些事情告诉我吧?我只是一个打工的,无足轻重的角色。"
  "你的角色是不重要,但杨森在你心里的形象是否良好,对我来说很重要。"
  "就是自己得不到也不想让别人好呗?"
  "你可以这么说,我也确实算是个卑鄙小人。"
  "卑鄙算不上,就是有点儿无耻。"
  挂掉赵峰电话,林巧马上穿衣服收拾东西。李丽稀里糊涂地坐起来问:"你干吗啊?马上半夜了还去见赵峰?"
  "我才懒得理他。"
  "那你见谁?"
  "去找那个卑鄙的人!"
  因为没有开车,她费好大劲才拦了辆出租车抵达酒店。这家酒店属于长石旗下产业,长石注资 BEIN 之后为杨森开了一间长期套房,近期他一直住在此处。
  "谁?"
  "我!开门!"
  杨森一脸疑惑地打开房门把林巧让了进来。
  "有什么事不能明天去公司说吗?"

"你还算是人吗？"林巧转过身子劈头盖脸地问。

"怎么了？"

"你怎么能怂恿赵峰做那种欺师灭祖的事呢？"

"啊，这个啊。"杨森恍然大悟。他拿着书慢悠悠回到沙发上并示意林巧坐下说。林巧哼一声，脑袋一扭。

"赵峰这小子不地道啊，四处传播。"

"你严肃点儿。"

"有什么可争执的呢？本来就是件很常规、很一般的商业行为啊。"

"丑恶！"

"丑恶？我先不说你有没有资格因为这件事来质问我，因为你毕竟已经来了。"杨森对林巧一贯宠溺，"现在，我就跟你研讨研讨事件本身。你说吧，丑恶的点在哪儿？"

"第一，"林巧走近说道，"你挑拨赵峰和他婶婶之间的关系，离间骨肉亲情，不仁；第二，你欺负当初恩人的家人，掠夺孤儿寡母的资产，使赵家失去了金麦控制权，不义；第三，你的心肠狠毒让我很失望！"

"你先别激动，咱们坐下来慢慢聊。"杨森看着林巧愤怒的样子很想笑。

"说话！"

"我先回答你第一个问题。你说我离间骨肉亲情，但据赵峰的陈述，他婶婶和他一共也没见过几次，而且让赵峰代持股份的条件，仅仅是给他在金麦留一个职位，也就是一份年薪。他们之间真的有亲情的话，或者说他婶婶真的很爱护他的话，那赵峰应该至少获得一些股份作为犒劳和保障，哪怕是零点几，没有，一毛都没有。所以说，赵峰和他婶婶之间的关系本来就很脆弱。他婶婶那个人是既冷血贪婪，又愚蠢无知；赵峰是既愤愤不平，又担惊受怕。我呢，只是把这些实情讲给赵峰听，结果他就同意了，难道我不提，实情就不存在吗？结论就是，他们之间本来就缺少必要的亲情，更缺少必要的利益维系。所以，你所谓的'离间'，这个情况不存在。"

"行。我看你怎么狡辩，第二个呢？"

"从结果和客观事实上讲，赵一忠是帮过我，但仔细推敲一下，更应该是我在帮他。第一，当初我最困难，最需要资金的时候主动找过他，他没有理我，就连他的副手都没有理我，所以谈不上雪中送炭；第二，他来送钱的时候，'西游消消乐'已经准备上线了，他只能算是锦上添花；第三，所有的项目和工作都是我在做，我们在做，金麦只是出钱，玩弄数字，属于商业投资。让我帮着赚钱，我还得感谢他们，是什么道理呢？"

"我看你比赵峰婶婶还冷血！"

"你错了！"杨森严肃地说，"最冷血的就是资本和掌握资本的投资人，我说了，那群人就会摆弄数字。你、我、BEIN 的所有人，只不过是他们电脑里的一个文件夹、投资方案里的几句话、资产收益报表上的一串符号而已，不找我，他们就会去找别人。对于他们来说，我们能赚大钱之前就是个可有可无的玩意儿，除了坐在椅子上数钱、打打电话约吃饭，他们还会干什么？他们是拧过一颗螺丝还是写过一串代码？ BEIN 的一砖一瓦都是我带着你们头拱地干出来的！我不欠他们！你去看看那帮所谓的投资人、资本家，要么就是等着人家干出眉目来了赶紧塞钱投机，要么就是对自己旗下的项目拼命砸钱炒作，核心理念就是圈钱再圈钱。有谁，我就问问有谁是为了科技潜力和创业情结投资？是，人家这种做法没有错，在商言商，谁的钱都不是大风刮来的。但绝对不要跟我提什么恩情、感恩、情怀，这我不认！"

"耍阴谋诡计获得长石的投资，不觉得你的吃相很难看吗？"

"你知道现在融资有多难吗？"杨森正色道，"赵一忠死了，金麦如果掌握在赵峰婶婶手里，她们很快就会将 BEIN 股权变现，BEIN 的估值就会下跌，可我们现在正是需要大量资金注入的时候！是，中国不仅长石一家对我们感兴趣，但目前为止，他们是 BEIN 的最佳投资人，没有之一。能与这样招牌响亮、业务稳定、资金雄厚的投资方合作，那是几辈子才能碰见一次的机会！"

"你自己也说了，那些投资人都是吸血鬼，我们为什么不能投靠到互联网巨头门下，成为某个子公司呢？难道不是另一种很好的选择吗？"

"BEIN 本来就可以自成体系，为什么要委身于人？企业变更主要融资方再正常不过，与资本合作甚至对抗更是创始人必须掌握的本领，遇见问题就想着卖身，我可以，你们怎么办？"

杨森觉得林巧就要被自己说服，继续道："融资，属于创业者必经之路，掌握规则的整个过程让我很兴奋。他们不是拼了命逼我赶紧赚钱吗？好，我就用他们最擅长的方式搞他们一下，我不但没有愧疚感，还很过瘾，不要给我机会，有机会我还要再搞一次！"

"你真让我大开眼界。"

杨森站起来走到林巧身边。

"什么叫眼界？我们现在的胃口越来越大，金麦已经成为 BEIN 与更强联盟开展合作和继续扩张的绊脚石，我必须将它踢开！这就是眼界！说白了，创业公司和投资公司之间，就是一个单纯的相互利用关系，从来都是这么简单。"

"那我和你就更简单了，单纯的雇佣关系。"林巧仰着头看着他。

"也可以这么说。"杨森答。

"你的心太狠了。"

"有吗？"

"有，而且狠毒。"

"那我就狠给你看！"

说完，杨森捧住林巧的脸，狠狠吻在她嘴唇上。身体碰触的一刻，林巧仿佛从头到脚过了电。

"你走开！"半分钟之后，林巧无力地推开他。

"口红挺甜啊。"说着杨森舔舔自己嘴唇。

"名牌儿，你当呢！"

"我再尝尝。"

"滚。"

"今晚别走了。"杨森拉住林巧的手。

林巧顺势靠在他的肩膀上。

"知道你很难，但我不喜欢这种方式。"

"我也不喜欢。但是管用。"

吻下去的那一刻，杨森毫不犹豫。过去十多年对于他来说，女人，从来不是所谓的"必需品"，他将自己的精力几乎完全投入到工作之中，心无旁骛。获得成绩的同时，周围皆是鲜花和掌声，久而久之使他养成了独断专行、我行我素的坏毛病。

自从离开原单位之后，环境完全改变，BEIN 的创立、起步过程之艰辛远远超出预计。中国人向来注重结果，以结果论对错，面对无时无刻的非议和压力，他绝不会容忍那种睿智、清醒或者时刻"为你好"的女伴从旁对自己指正，更不会喜欢那些冲着"结果"蜂拥而至的花瓶对自己大献殷勤。他需要的是一位既能够理解他的事业，又能提供精神支持的灵魂伴侣。面对时刻充满正能量、总是能够在关键时刻出现，性格风趣幽默，每天围在自己身边转的林巧，杨森获得了极大的放松和归属感。这些，让他心动、沉迷，甚至想要永远占为己有。当然，还有年轻貌美，这也相当重要。

"那个，丽，我今天晚上不回去了，你早点儿睡啊。我挂了。"

"别别，怎么回事？什么情况？发生了什么？"

"哎呀，那个……那啥了。"林巧说不下去了。

"哈哈哈哈。"李丽大笑着说，"姐姐你是兴师问罪还是投怀送抱啊？"

"不说了，等着我呢。挂了啊，明天聊。"

林巧躺在杨森的胳膊上温柔地说："是理想重要还是钱重要？"

"理想重要。"

"那是钱重要还是我重要？"

"钱重要。"

"没劲。人家都是爱江山更爱美人，你是打江山顺便捞个美人。"

"我不是帝王，但你确实是美人。"

"你比人家帝王可差太远了。"

"为了美人放弃江山的，要么她的存在对他来说江山可有可无，要么就是他不敢承担责任。"

"你怎么这么武断呢！"

"别提江山了，就咱们公司这几十号人，他们跟了我，有的放弃了原单位，有的把大好的青春都奉献给公司了，我轻易放弃，能对得起他们吗？"

"大家真的很累。"

"我知道,累也要坚持。"

"坚持到什么时候啊?"林巧无奈地说。

"等到所有人都完成了由执行者到管理者的过渡之后,我就把能外包出去的都包出去。"

"那你现在就外包啊!"

"能不能别提工作?"

"哦,对不起。"

杨森抚摸着林巧的肩膀,只感觉自己的手像摸在了细腻香皂上一样。林巧拽着被角,大眼睛望着杨森:"那你说说我吧。"

"你啊?我准备让你负责北京地区的比邻中心管理工作。"

"北京地区?"

"聪明啊,能听出别人话里的要点了。我准备再建十五个样板社区,复制之前的标准。"

"那我是升职了?"林巧兴奋地坐了起来。

"算是吧。"

"咦?不对。"林巧想想,"你这个顺序有问题,刚和我在一起就给我升职,我是被潜规则了吗?"

"没有,你高估了潜规则的影响力。早就定了。"

"撒谎,我怎么不知道。"

"不信你看啊,管理群里都讨论过的,大家一致认可你在工作中表现出来的超强学习能力,是非常合适的企业管理干部。"

"你们居然有小团体!"

"我还能不能说话了?"

4 "看破别说破。"

C轮融资即将消耗完毕,杨森又在长石的帮助下开展D轮融资。正如杨森所料,有个样子摆在那里,便胜过千言万语。比邻标准社区直观展现出了"未来社区"发展雏形,其模式已成功引起数家互联网巨头以及电商寡头的注意,他们敏锐察觉到这家四十人左右的小团队,很可能正谋划着从用户最源头偷得一杯羹。假如 BEIN 实现大规模拓展,那么对于整个市场上的高价值客户来说,便是掠夺性占有。而杨森的高调以及林巧豢养的网络写手们又帮着带了一波节奏。

"没有最后一公里,也没有所谓的新零售!"杨森当着投资人如此说,"社区就是社区,就是生活的区域,我们只提供服务,不能存在过多商业化。所以说,BEIN 是未来社区的服务提供商,而不是想方设法从用户手上捞钱的电耙子。"

"盈利模式是什么?"

"来自供应商的服务费。开放式饭堂和仓库型果蔬超市只是黏性产品,它们不赚钱,我甚至还需要倒贴一些钱。但是只要拥有用户的点击量,就够了。因为比邻上会搭载日常生活全方位的服务,当你需要和朋友晚上一起吃个饭的时候,你的孩子可以送到比邻服务中心的日托房;当你国庆节计划出游的时候,比邻会提醒你买一份旅游险;当春秋换季的时候,比邻可以组织把整个小区的玻璃擦一遍,只要你去点击;当然,你如果想买家用电器和衣服鞋袜也可以登录比邻商城;甚至你也可以通过比邻交友与其他社区的用户进行实名制社交。说到底,用户不需要在手机里下载那么多 APP,他也没有耐心每天点一遍自己手机里的各个软件,提醒今天哪里需要去消费、消费、再消费了。"

"就是一个整合的过程,平台式服务。"

"我们只选这个行业里最优秀玩家进入,绝对保证服务的质量。"

"那 BEIN 的核心竞争力是什么?"

"用户。真正高质量的用户。"

完成常规性业务说明,杨森让李丽带着投资人到公司大楼以及标准社区进行参观。最近这些天,杨森类似的会议不知道重复了多少次,同样的问题、同样的回答他反反复复讲,并且在不断重复的过程中完善自己的语言逻辑,用他自己的话说,讲完后剩下的 50% 都是撞大运。

终于,传说中的马教父派人来了,还是一位执行董事、高级副总裁。这位马教父心腹屁股刚坐稳便直接问:"你们需要多少钱?"

"因为近期将有一批比邻社区需要投产，加起来三亿元左右。"

"账拿给我看。"

眼镜妞赶紧将准备好的文件整齐摆好。心腹闷着头招呼过来两个人，哥仨儿开始看报表，这一看就是大半天。

"你们财务谁负责的，不错，很清楚。"心腹揉着眼睛问。

"长石的首席会计师。"

"怪不得。好了，我回去和马总汇报一下。"

"您知道对于创业公司来说，钱和时间，同样重要。"

"放心吧，不会耽误你们的，要是真拖个一年半载，那就等于是在犯罪呀。"

"中午想吃点儿什么？"

"去社区看看，就你们饭堂，随便些。"

杨森陪同心腹及随行人员在标准社区里转了大概两个钟头。整个过程心腹面无表情，完全无法揣度其内心想法，最后林巧看着他钻进车里一溜烟儿走了。

回到公司，李丽火急火燎地抓住林巧的胳膊把她拉到阳台："上午没机会问，赶紧说咋回事，怎么样了？"

"哎呀，还能怎么样啊。"林巧不好意思地笑着。

"就是全垒打了呗？"

林巧抿着嘴点了点头。

"行，姐姐你太厉害了，老杨可是钻石级王老五哇。"

"让你说得好像是我主动勾引他似的。"

"大半夜上门不是勾引谁信啊？"

"你快闭嘴吧。"

"唉，"李丽不怀好意地笑着，"老杨行不行啊？"

"你有多远滚多远！"

"说说，说说。"

"哎呀烦人你。"林巧左右瞅了瞅，小声说，"跟头饿狼似的。"

"哈哈哈哈。"

七天后，马教父公司相关部门直接向杨森致电并提出合作条件：

一次性注资五个亿，但要成为BEIN除杨森外最大的股东。"

"不可能。再说我现在也不需要那么多钱。"

"是您'现在'不需要这么多钱。多网点投入运营之后，您知道线上补贴和营销费用就是个天文数字了，未雨绸缪不是好事吗？"

"条件我接受不了。"

"您也可以考虑进行股权质押，我方资金能够立即到账。"

"转告你上司，说谢谢他，但我杨森还不想卖身。"

当晚，杨森祭出杀招：比邻用户月度积分达到一千分以上，年底代缴物业费！长石驻BEIN代表当即同意这一决定。第二天上午，长石总部向BEIN账户又打了四千万。不久，马教父心腹亲自拨通杨森电话。

"杨森啊，你那个标准社区里用户最近三周，居然在我们的平台上一个订单都没有了，说吧，使了什么手段？"

"小把戏，您就当一乐儿得了。"

"谈谈条件吧。"

"四亿五千万元，7%。"

"双方各退一步？"

"您圣明。"

"行，我拍板儿，就这么定了。"

"痛快。"

"但作为老大哥我得提醒你一句，花活儿呢，只能耍一次，我老板这个人不喜欢被威胁。"

"不敢不敢，就是跟老前辈撒娇呢。"

"哈哈，好，这句话我转达。对了，祝贺你啊。"

"还是得祝贺您。"

"怎么讲？"

"东哥又要睡不着觉了。"

"哈哈哈哈，看破别说破。"

背靠当今国内互联网第一巨头，BEIN已不需要再为自己的名气和资金问题犯愁。杨森抓紧时机,迅速开展一线城市拓展计划,而且颇为豪迈地选择了三十多个优质小区进行比邻未来社区建设。林巧也正式升任北京地区"未来社区"第一负责人,并兼管BEIN整体宣传工作和内审工作。一时间,全国各大媒体纷纷针对BEIN的突然崛起以及幕后财团进行深度报道。第三季度,京城某自媒体盘点北京三十岁以下企业管理人员收入前一百名名单中,林巧凭借BEIN的超级待遇高居第六十二名,成为名副其实的互联网青年才俊。

与此同时,杨森继续无底线地开拓着他的"超福利"体系:比邻商城内,BEIN所有员工每季度可以随意点击服装类十件套,全部由公司埋单;比邻医疗中,BEIN所有员工享受指定高级私立医院直接签单就诊的待遇,医疗费用公司统一结算;比邻旅游中,所有员工享受每年十五天的任意旅游产品,强制性休假等。只要比邻上线新功能、新业务,杨森第一时间为全体员工谋取顶级会员待遇。李丽对林巧说:"就差给这帮人配个媳妇儿了!"好在BEIN整个团队的规模十分紧凑,长石等主要投资方暂未强烈反对,但也只有马教父方面对此表示支持,心腹转马教父原话:"很好,我喜欢。"

公司业务快速扩展,BEIN所有员工像海绵一样疯狂地积累着工作经验,恨不得每天都要反省、总结数次,因为他们知道,现在自己的每一个决策已经直接与几百万元、上千万元的资金流向挂钩。虽然杨森一直在耳边嚷嚷着"大胆干、别问我、你们定",但谁都明白,错误,只能出现在他允许的范围之内,一旦踏空,杨森绝不会轻易罢休,而自己眼前所获得的一切,也将随之烟消云散。事实上每个人都生活在高压之下。

王东已经敏感地觉察到这一点,他找到杨森认真问道:"老杨,该变变了吧?咱们的工作强度可快赶上一线巨头啦,是不是可以考虑第三批招聘了?"

"我心里有数。"杨森答道,"客观讲,目前我们员工的单兵作战能力,基本可以达到一线水平,可关键点就在于国内的一线,到底是不是一个准确、科学的标准。"

"我明白你的意思,咱们距离国际顶级的互联网公司差距还很大,但BEIN毕竟刚刚恢复元气，无缝过渡会不会导致揠苗助长？"

"你的忧虑我不是没有想过，"杨森继续道，"我在中国最优秀的大型企业工作了近十年，管理岗位干了近七年，要说有值得总结的地方，那就是对于员工能力的理解。东子，都说咱们中国人勤劳，但勤劳这个词，永远是形容体力劳动的，我们在脑力劳动方面才刚刚开始发育而已。一名画家整天泡在画室里他会觉得累吗？一名作家每天看书他会觉得烦吗？那为什么程序员写一天代码就喊冤叫屈呢？还不是因为你根本就不爱好这个，当初选择这行就是盯准了它的待遇，对不对？我要的是那种天生就是干这个的顶级专业人才，你要不是，我也不强求，你给我走。"

"可有些岗位属于事务性的，需要数量上递增，你承认吧？"

"我承认，但我更相信那是弱者找借口。不说远的，你瞧李丽，她一个人顶多少个？我看能抵得上一套班组，你听过她喊累吗？内部调优，内部调优，一定要把最适合的人安排到她最热爱的岗位上去，给予其超过心里预期的薪酬水平和福利待遇，并在工作过程中关注那些可独当一面、有很强的学习能力和大局观的青年才俊，一有机会立即提拔，不要思前想后、拖泥带水。东子，这些事你必须帮我时刻紧盯！"

"明白。"

"记住，对于互联网公司来说，规模不重要，手握尖端人才，咱们就拥有了整个天下。"

5 "老子把话撂这儿。"

BEIN逐渐走入正轨，杨森却再次卷进新一轮的资本游戏，契机源自孙罡反击。

金麦风波之后，孙罡联合赵一忠遗孀及仍忠于老赵的金麦心腹，准备在资本市场阻击BEIN，报复杨森和长石。他们选择的方法是做空。

所谓做空，简单讲就是操盘者预测未来行情下跌，预先借贷卖出，待实现下跌后再买货归还，赚取差价。例如，你通过借贷等手段获得 A 公司股份一万股，现每股市价五百元，按市价销售之后即可获得现金五百万元。"做空"该公司之后，股价下跌至每股五十元，缩水十倍，那么你用五十万元即可买回原来的一万股还给出借方，剩下的四百五十万元就是赚取的差价。当然，你也可以用那五百万元回购十万股，大幅度增加自身持股比例。一般来说，这是大型金融市场或上市公司才有的"待遇"，但孙罡报仇心切，用到了 BEIN 身上。

孙罡设想，他将聚集到的 BEIN 股权出借给自己旗下一家子公司，由该公司于资本市场内进行出售，当时便可获得现金一亿七千万元。同时，抛出自己手中的 BEIN 股权，将杨森的所谓"黑料"适时爆出，拉低资本市场对 BEIN 的估值及 BEIN 股价，此时，该子公司再以低价回购股权。一系列操作之后，子公司如数归还孙罡所出借的股权，那一亿七千万元便成为净收益，如此一来，孙罡手中的 BEIN 股份毫发无损，又套回大量现金。

准备妥当之后，孙罡首先想到老车，他亲自前往老车公司进行游说。

"你是从 BEIN 出来的，有你发话就更容易了。"

"免谈。"老车听了对方计划后不假思索，拒绝道，"我虽然已经不和杨森打交道，但我车丰田也不是卑鄙小人，你和他之间的事，我不想掺和。"

"别硬挺了。"孙罡并没有起身的意思，"你手头资金快耗光了吧？"

"威胁我？"

"对。你要知道，捏死你，可比捏死杨森容易多了。"

"北京城独立投资人有的是，我凭本事吃饭，饿死乐意。"

"哈哈哈哈，"孙罡仰天大笑，"看来我高估你了。干企业，你还真得学学人家杨森，虽然我恨这小子，但他活得透彻，也更真实。商场嘛，要么当超人，要么当坏人，没听说过做好人能够成功的。翅膀还没硬就和钱作对，先掂量掂量自己几斤几两。"

"一百四十斤，毛重。"

"跟我放对儿，行，不愧在杨森手下干过，硬气。"孙罡起身道，"不过你记住，没有你，我照样做空 BEIN；可没有我，你肯定不成。"

"拭目以待吧。"

"老子把话撂这儿。"

虽然没有得到最佳外援的协助，但孙罡并未放弃，他下定决心，即便搞不死BEIN也得叫杨森狠狠掉块肉。这不但是为赵一忠报仇，更是在向世人声明我孙罡绝非好欺负的主儿。

7月初，资本圈及京城媒体开始报道BEIN运营的"西游消消乐"于日本及韩国市场存在"刷榜"行为；7月中旬，BEIN原投资人揭露杨森违规发放员工福利费，擅自提高交通及相关补助标准并通过假发票欺骗投资人；7月底，某媒体引"知情人士"爆料，BEIN内部存在经营风险，其掌门人杨森个人生活奢靡不堪，大量耗费投资人款项，并涉嫌财务造假、变相套现。8月，BEIN估值下跌。

针对如此明显的金融操作，杨森首先进行公开澄清，尽可能缩小负面信息影响范围，因为上述指控基本上属于根据少量事实添油加醋进行扩大化，虽然具备阶段性杀伤力却无法动摇BEIN根本。

刘涛对杨森说："别担心，长石这次会力挺你。"

"真格的还是在金融市场，黑料这部分好办。"

"对的。"刘涛神情自若，"抹黑部分我们会出面澄清，长石的声明会很有分量。你再让林巧发动她豢养的那帮文人带带节奏，将金麦内部争权夺利的烂事全部推到孙罡身上，就说孙罡正在追求赵一忠遗孀，做空BEIN目的就是套现移民，他们立马完蛋。"

"那样的话有点儿过了。"杨森拒绝道，"我总觉得孙罡应该知道自己不会成功，更多的是对我有气，想搞搞我而已。还是起诉子公司蓄意造谣、扰乱市场吧。"

"不搞点儿猛料很难转移公众注意力呀。随你吧。也对，做人留一线。"

"回购方面才是正题。"

"放心吧。你刚才说得没错，就凭孙罡手中那点儿筹码根本翻不了天，没有大批卖家跟进，做空就是空做。你不用急，现在BEIN估值虽然下降，那是孙罡他们几个左手倒右手，实际交易价并没有太大变动，我们已经准备好大量现金，小股东卖多少我们收多少。你再联系一下马教父,让他散些银子,很快完事。老孙头儿想跟长石掰手腕儿,蚍蜉撼树。"

事实正如刘涛所料,由于长石与马教父在做空期间高价狂购BEIN股权,而"黑料"的影响力又逐渐降温,孙罡手中筹码很快消耗完毕,只能草草收场。

资本市场,实力决定一切。

8月中旬,BEIN估值恢复正常,杨森准备利用当年与门道签署的"对赌协议"做些文章,给孙罡点儿教训。

按照目前BEIN态势和杨森手中收购来的空壳公司,BEIN的上市计划只看他想不想。经与杨森沟通后,门道根据当前现实情况放弃了执行对赌,并以八千万元的价格回购该协议,条件是将原有BEIN3.5%的保障性股权提升至3.8%。这是一项十分合理且互惠的要求,但杨森增加了一个附加条件,就是回购协议之前,门道需要与金麦再次进行对赌。赌约仍然是BEIN的上市时间,门道出五亿元,金麦出9%股权,无论是否成行,金麦需要支付2%股权作为保障。赌约中的那五亿元现金由长石垫付,条件为假如门道赢得对赌,必须将获得的金麦9%股权无偿转让给长石旗下一家全资子公司。整个计划相当于长石自己给自己掏了五亿元,让门道替它走个过场。

在长石的操控下,金麦董事会以票数优势批准了那份每个字都写满阴谋的对赌协议。当晚,刘涛特意约杨森见面。

"老杨啊,你可务必要保证BEIN不会如期上市啊!否则我们花五亿元买2%股权,冤大头了。"

"条件不够优越的话,金麦董事会那里能说得过去吗?"

"这样一来,那9%可就全归长石了,即便赵夫人和孙罡联手,恐怕也出不了什么幺蛾子啦。"

"空手套到9%的股份,你和你的老板们就偷着乐吧。金麦确实是家好公司,我很喜欢。"

"但你下手比谁都黑。"

"有些人,不打疼他没记性。记住你的承诺。"

"你我兄弟第一天认识吗?"

替金麦挖了个大坑之后,杨森回头处理伴随公司业务扩张而产生的内部管理问题。杨森找到林巧,听取近期工作汇报之后问她道:"你觉得有什么问题?"

"问题嘛,倒是没太多,因为所有的流程都走向正轨了。我只是担心,咱们这么烧钱能持续多久啊。上个月的报表我看了,一个月就亏损四千七百多万元,无底洞啊。商城上的供应商补贴是不是应该降下来一点儿,或者暂停部分预支销售款,要不就降低包销额度,总之先缓解一下再说。"

"这些不是你该考虑的问题,说说你该想的。"

"哦。"林巧吃了闭门羹,知道自己又说错话,"目前我面临的就是与公司各个业务单元的对接问题。最近在建的比邻社区就有四家,而且每家的具体情况都不同,需求也不同,所有社区负责人都需要通过我与总部各项目组协调设备、分工、资金、供应链等问题,处理之后再由我向下级传达执行,谈不上烦琐但效率不高。"

"这才是你该说的话!"杨森对林巧的进步感到十分欣慰。

"你已经觉察到了?"

"我准备砍掉包括大区在内的所有区域级的管理机构,让各社区内服务中心负责人直接与总公司各对口单位进行对接。"

"倒是可行,但我们现在还没有类似的内部管理系统,执行起来的话将没有留痕和相应流程记录,这在财务制度和内部管理上会留有很大隐患。"

"说得很好。不过你放心,三个月前我已经让人开发了程序,随时可以上线。"

"你都准备就绪了还问我干吗,逗人玩儿?"

"我总得考察考察你这个区域负责人是否称职吧。再说了,你这官儿没当多久就让我给撤了,怕你有想法啊。"

"用不着。砍吧,这是正事。"

杨森微笑着摸摸林巧脑袋欣慰道:"大局观不错,我喜欢。"

"别弄我头发!"

"就这么定了,下午开会说。"

6 "都滚犊子!"

走出杨森办公室,林巧步行上三楼。路过前台发现胖微来了,正缩在角落里和李丽小声聊天。李丽一把拉住林巧带着胖微进了小仓库。

"怎么啦微微,怎么哭了呢?"林巧心疼地问。

"让老实儿子欺负啦。"李丽无奈道。

"怎么回事?"

"我真不知道自己做错了什么。"胖微边擦眼泪边说,"我怕孩子中午在学校吃不好,特意做了饭菜给他送去,孩子居然当着同学的面把饭盒摔一地,还骂我说'你不是我妈,不用你管我!'"

"可怜的微微。"说着林巧将她一把搂住。

"唉,"李丽感叹道,"后妈难当啊。"

"我知道孩子小,可他的话也太伤人了吧。"胖微满腹委屈。

"老实知道吗?"

"没有,没告诉他。"

"你这么做是对的。"林巧拍着她肩膀说,"微微,孩子其实就是老实的一部分,你既然选择和他在一起就应该有这个准备。后妈是难当,但我不信有谁的心是铁打的,尤其是小孩子,谁对他好,他就和谁亲,咱们慢慢来。"

"可真的很丢人,很伤心。"胖微擦着眼泪。

"这回我站巧姐,"李丽接话道,"假如需要做到十分才能让孩子完全接受,你现在所做的才刚刚开始,也就到三分,后面还有七分呢。如果你真的喜欢老实,想和他在一起,你就坚持到十分,最差也要等到八分再说挺不住啊,那时无论进退都是你深思熟虑后的决定。千万别只做了一点点,碰见挫折就放弃啊,你会后悔的。"

"嗯,行吧。"胖微点点头,"我知道了。你们俩现在怎么这么大气啊,也是杨总忽悠的吗?把我也弄进来呗?"

送走胖微,林巧对李丽说:"告诉保洁阿姨,帮我把三楼西北角那片办公区收拾出来。再通知一号社区的蒋曼、周思思,二号社区的李梦,三号社区的刘莎莎、王晴,下午3点到总部报道,她们几个换岗位了。"

"怎么啦?"

"分支机构裁撤,我要负责新部门,这几个都是我手下得力干将,得赶紧招过来。"

"哎哟,"李丽笑道,"这么快就有自己山头啦?"

"那当然,干什么事手底下都得有人哪,是吧?"

"对。"

"找几个新人或者不熟悉的,适应工作风格就需要一段时间,啥时候能出成绩啊!"林巧回头对李丽说,"告诉社区中心,把她们这个月的奖金先结掉,回头我找杨总签字。"

看着她匆匆的背影,李丽意识到,自己的好友林巧,已不再是那个"聪明漂亮高情商"、需要自己时常呵护的小姐妹。在持续高压工作和杨森的悉心培养下,林巧被打造出决策果断、思虑周全、敢于先斩后奏的工作风格,她既能从大局着眼,又能从小处为自身考虑,林巧已经成为真正的职场精英了。

下午决策会议上,杨森正式将机构改革计划进行公布,大家表示同意。同时,会议拟定了原机构所有人员的安置问题。杨森任命林巧在继续负责全公司宣传工作的同时,兼管全国各比邻中心工程建设项目的内部审计工作及原客户服务工作。会议结束后,杨森留下林巧问道:"怎么看?"

"所有工程项目都有第三方的审计和监理,我的主要工作就是看好他们。"

"不不不,"杨森摇了摇头,"他们靠不住,我要的是你发挥作用。"

"你意思是……"

"现在可不是睁一只眼闭一只眼的时候了,我需要出手,懂吗?"

"明白。"林巧心领神会地点了点头。

两人刚出会议室,只见孙罡带着六七个身着黑西装的男子气冲冲大步走来。林巧有些害怕,可杨森却神情自若,上前一步将她挡到自己身后。他笑着说:"孙总莅临寒舍,怎么这么大的排场啊?"

孙罡走到杨森面前,气势汹汹道:"杨森,别人看不出来,老子在投资圈混了十几年了,你跟我玩这一套?你小子不仗义啊,赵一忠生前帮你那么多,他死后你却联系外人合伙侵吞赵家的资产,一次不够再来第二次,我说你年纪轻轻的怎么这么不知廉耻呢!"

杨森倚着身旁桌角,笑笑说:"我都不明白您这些话怎么讲!上个月做空BEIN的事情我都不提了。你说赵总之前对我有恩,可我现在让他当初花一千万元买的股权,不到一年生生涨了三十倍,我这恩也还完了吧?你说我侵吞赵家资产,赵峰将代持赵太太的股权用增发的方式转移给了长石,那是人赵家的家事,他们自己人的纠纷,跟我有什么关系呢?还有,我知道你说的是门道的对赌协议,那可是经过你们金麦董事会通过的集体决策,难道也要怪罪到我头上吗?即便孙总您心中不满,发泄对象也找错人了吧?"

孙罡被杨森气得眼冒绿光:"杨森!你别以为我不知道你们背后那套把戏,都几月份了,承销商定了吗?招股说明书拟了吗?财务账目递交第三方了吗?你手上现在就有一家空壳公司,你这是准备如期上市的样子吗?"

杨森双手一抱,慢悠悠地说:"BEIN什么时候上市是关系到公司未来发展的重大问题,需要仔细斟酌。"

"金麦也是BEIN股东,BEIN如期上市不存在任何问题!"

"我才是BEIN第一负责人!"杨森大声强调,"什么时候上市我说了算,给我送客!"

"你小子!"孙罡一把揪住杨森的领子咬牙道,"别以为我不知道!如果没有如期上市,金麦就会在对赌协议里输给门道,那9%的股份就会落到长石手中。杨森,你明知道我做空你就是为了泄愤,对BEIN根本造成不了什么杀伤力,你呢?你这是要我老命!我和你拼了!"

几个黑衣男子见孙罡要和杨森动手,全都气势汹汹地压上来。林巧不知道哪来的勇气,一下子冲到黑衣人与杨森之间,张开双臂大喊:"你们想干什么?都给我走开!"

杨森怕林巧受伤,用力挣脱掉孙罡一把将她搂在怀里。黑衣人看到自己老板被杨森甩了个趔趄更加愤怒，伸出拳脚准备开打。蓄势待发之时，只听"噔噔噔"从楼下跑上来十几个 BEIN 男员工，这些戴着厚厚眼镜片、身材走样的"技术宅"一上来便急于护主，像是打王八拳一样撕扯那几个黑衣男子。

"我看谁敢动手！"

"都滚犊子！"

"撒手，你给我撒手！"

二楼办公区登时乱成了一锅粥！

"行了！"杨森大喊一声。孙罡听了带头放开杨森，其他人也气鼓鼓地推开对方。

"孙总，孙大叔。我是东北人，可大学毕业之后我还没打过群架，现在这个场面，你怎么说？"

孙罡歪着脑袋大口喘着粗气，又四周看看，沉默半天终于苦笑道："一辈子熬鹰，最后让鹰叨瞎了眼。手段老套、方法简单。好，自古英雄出少年，杨森，你行。"随后转身对手下嚷了句"我们走！"

看着孙罡和几个黑衣人在 BEIN 男员工们指指点点之下离开，林巧总算长舒一口大气，但心脏还是狂跳不止。

杨森拍拍林巧脑袋："没事吧？"林巧看着他摇摇头。

"行了，都下去干活儿吧，啥事没有。对了，把王东给我叫回来。咱们就是搞安防的，自己家总部都让人给冲击了，玩儿啥呢！"

林巧随着杨森回到他办公室，她打开衣橱找干净衣服让杨森换好。

"刚才挺勇猛啊，邓文迪呀？"杨森说。

"哎呀，母性，都是母性驱使的，再来一次我就不知道咋办了。"

"还想再来？"

"不想，"林巧帮他拽衣角，"这次又是因为什么呀？"

"利益呗。"

"钱吗？长石会和你分赃？"

"我可不敢要，"杨森穿好衣服，"收了那笔钱便涉嫌暗箱操作，触犯法律。"

"那你图什么？"

"反击老孙,给他点儿教训。但更重要的是稀释掉金麦手中的BEIN股份,长石已经是金麦的最大股东,本来他们手中就有我们的股份,再加上金麦就太多,我需要摊薄些。"

"懒得听。"林巧打断他,"总是发生这些事,相互陷害、缠斗,你来我往,说实话是非观都混淆了,太善良当然玩不转,但我还是希望你心存良知,毕竟天道昭昭。"

"我的良知就是对企业和用户忠诚,其他不重要。"

林巧心有余悸地下楼办事,路上听到刚才上过楼的男同事们正眉飞色舞相地互吹嘘着自己多么英勇。林巧心中好笑,不过"技术宅"们关键时刻还是挺仗义的。

二楼办公室内,杨森接到刘涛电话。

"兄弟,听说孙老头带人上你那闹去了,怎么样?需不需要哥们儿用点儿手段,肯定让老小子不再骚扰你。"

"算了,本来也没啥事。再说我是商人又不是黑社会,咱们不来那套。"

"行,听你的,有想法了随时打我电话。不过我提醒你啊,你现在可不是什么小老板了,而是估值三十多亿元的大公司总裁,安全问题不是小事,你需要往心里去。"

挂断电话之后,杨森觉得刘涛的建议很有些道理,随即翻阅手机通讯录,找到东北老家同学的电话。一周之后,杨森的司机兼保镖——前中国人民解放军沈阳军区某部特种兵大雷同志正式上岗。有了专人保护,林巧才算放下心来。

孙罡大闹BEIN后的第三天,杨森便派遣王东代替自己私下与老车联系沟通。据悉,孙罡做空BEIN失败之后,便将怒火一股脑撒到老车身上,"金麦系"及相关投资方迅速封杀了老车的公司,导致他只能辗转于实力较弱的独立投资人之间进行小额融资,公司处境比较困难。借这个机会,杨森很想与老车冰释前嫌,最好可以将他和他的团队全部收编回来,一箭双雕。不过事与愿违,谈判过程并没有他想象中那么容易,老车这个"犟种"再次拒绝了王东,不回BEIN也不需要杨森任何帮助，继续坚持自力更生。

"何必呢。"王东在老车办公室劝说道，"多年兄弟，不至于。"

"这个圈儿里，你听说过破镜重圆吗，哥们儿？"老车问。

王东无奈摇摇头。

"我车丰田也是要面子的人，他杨森能行，我也不差。退一万步讲，即便合作，也是等到成功之后再考虑接触，我不可能在这个时候选择接受他的恩惠，咱东北人做事不是这个路子。"

"死要面子活受罪。兄弟之间谁先张个嘴、向前迈一步，就那么重要吗？"

"你错了。"老车对他说，"向外人低头容易，向哥们儿认输，老子做不到。"

即便是打碎了牙往肚子里咽，老车依旧顽固，原因有二。首先是情感上，自从追随杨森之后，老车一直扮演"得力干将"这一角色，但他心底与杨森有着十分健康的竞争意识。选择离开，就是要向大家证明我也是实打实的企业家。现在杨森风光无限，此时选择回归，自己很难避免被旁人看成势利小人，这点他万难接受。之后是产品，老车相信自己手上的产品绝对没有问题，只要将它运作上市，剩下就是享受成功，"杨森不也起死回生好几回嘛，我为什么不行？"基于上述两点，即便压力巨大，老车仍然选择继续坚持。但他忽略了最重要的一点：别人的成功，从来不可复制。

第七章

斗争

我要做的，就是大家都不敢想的！

1 "当之无愧的市场主流!"

拓展,是企业到达一定程度之后的必然选择,尤其作为互联网公司,利用资本进行规模裂变的速度往往决定企业未来生死。通常讲,互联网企业拓展有两个选择:一是市场导向型,即把主营业务迅速摊大,提高客户数和市场占有率,即便短期盈利能力较差,却依然会获得资本市场青睐,估值攀升之后,创始人可以选择继续融资做大或者接受巨头兼并、套现离场;二是技术导向性,即领导者对企业和产品本身高度自信,并将主要资金投入核心技术领域,降低对上下游产业链的依赖,凭借长期、稳定的技术产出立足于行业。

对有工科背景和超级公司出身的杨森来说,他毫不犹豫选择了后者。

"自从三十处标准社区计划推进之后,我一直考虑一个问题:除了软件的源代码和在资本推动下的社区建设,我们 BEIN 还有什么核心竞争力?"杨森在核心管理层例行会议上对大家讲道,"说白了,软件别人也可以写,社区别人可以建,这两件事,只要不计成本地砸钱,是可以搞出来的,至少也能砸出个八九不离十,对吧?我们现在目标那么大,又动了别人的蛋糕,那么假如人家有一天联起手来反击我们,我们除了死,或者卖,也就没有别的路可以走了。"

"有我们伟大的杨总掌舵,这种事不会发生吧?"王东故意拍着马屁,大家听了哈哈一乐。

"那是当然。"杨森继续道,"虽然对于创业公司来说,我们现在算是立住了,但对比那些能够控制市场的互联网巨头,我们的体积还太小,实力还太弱。所以,BEIN 必须要在最火的时候给自己留条后路,在自身产品线上继续投入大钱、争取获得突破!"

"公司现在的资金足以支撑新项目研发吗?"老蒋疑惑道。

"只要方向对,钱的问题我来解决。"杨森坐回椅子上对大家说,"我前些天突然想起来,咱们的宋大才子还拥有一个上海交大的电气工程硕士头衔，我和他深谈了很久，现在就让宋丁为大家讲解一下我俩的想法，大家一起听听。"

众人象征性地鼓了几下掌之后，宋丁手持幻灯片遥控机，略有紧张地走上来对众人道："这个……新项目的必要性杨总刚才已经讲了，我不再重复，直接上货。"宋丁按下幻灯片，"根据杨总指示，并从我公司产品线、业务线、供应线三条线的实际情况出发，我们一致认为，与公司主营业务捆绑最紧密，最有可能进行技术及核心竞争力拓展的点就是——摄像头。"

"大家都清楚，比邻的杀手级应用其实就是智能门禁系统，而智能门禁系统的关键点一是人脸及固态数据整体识别算法和后台系统，二是图像数据传输的准确性和即时性，其终端产品也就落在摄像头这一块。前者那是我们的看家本领，后者我们仅仅为采购方。其他比邻所涉及的相关硬件，说白了，没有太多技术含量，只有商业模式与制作工艺之间的区别。我说话有点儿快，但大家仔细想想其实就是如此。"

"在座有些人是外行，我简单介绍下摄像头这件小东西。摄像头的核心其实就是里面的图像传感器，也就是大家俗称的芯片，使用哪种芯片，就决定了图像、影像传送质量的好坏和采购成本的高低。目前，市场上主流芯片技术有两种：一是CCD（电荷耦合器件），二是CMOS（互补金属氧化物半导体）。由于时间关系，如灵敏度、像元尺寸、坏点数、光谱响应那些专业参数我就不在这里解释了，我直接点一下要点。"宋丁又换了张幻灯片。

"CCD和CMOS的主要区别就是CCD技术更高端、更稳定，CMOS更普及、更便宜。从国籍上看，CCD技术完全由日本企业垄断，CMOS更分散一些；从应用上看，使用CCD技术的芯片主要投入在专业数码相机、工业级摄像头等特定领域，而CMOS广泛地应用在手机、无人机、安防、监控、汽车等各类终端之中，是当之无愧的市场主流！"

林巧听得全神贯注，由宋丁这样的行业顶尖人才亲自授课，会让听众在最短的时间内获取大量知识，是难得的补课机会。

"根据杨总指示和我个人理解，我简单分析了下当前CMOS领军厂商的概况，请大家边看幻灯片、边听我讲解。"

"当前，全球领先的 COMS 设计、生产公司有十几家，主要集中于美国、日本、韩国、欧洲和中国台湾地区各有一家。我逐个捋一捋，大家也会清晰地看到我们国家在该领域的实力差距到底有多大。"

"PIK（匹克），韩国公司，美国纳斯达克上市，2014 年便被世界银行纳入国际项目，同时也是入选的唯一亚洲公司。它是三星手机的供应商，同时在汽车视频设备、医疗设备、安防监控处于领先地位，这家公司很少供应海外，属于三星铁杆小弟。"

"PATR（帕特尔），中国台湾公司，设计能力强，面向的是低端领域，主要涉及相机、摄影机、PC 摄像头、视频会议设备、生物监控等方面。"

随着幻灯片的不断滚动，三星、佳能、夏普、索尼等大牌厂家逐个登场，林巧深深感受到，国内近年来互联网大火，可这些高科技领域的核心技术无一不牢牢掌握在外国人手中，即便是她每天都能见到的小小的摄像头亦是如此。回过头看，凑点儿钱、找几个程序员开发一款手机软件，真是行业中最低端的生意。

"下面我说一下 OMV，也就是欧威。这家公司创始于美国加州，其核心成员均挖自摩托罗拉，集设计、研发、生产于一体，产业链比较完整。值得一提的是，欧威曾经是苹果公司的'前女友'，苹果 4 和 4S 用的都是欧威摄像头，技术绝对没话说。更有趣的是，去年 11 月，欧威被来自中国的五家联合财团恶意收购，该财团目前已持有欧威 73% 股份，是该企业的最大股东和持有人，而这五家财团的领衔者就是我们的老朋友……"

"长石！"杨森接着宋丁的话说了两个字。

2 "你听过'不说'的典故吗？"

"老杨啊，我说你小子怎么就闲不下来呢！刚获得马教父投资，钱还没捂热乎呢，现在又惦记上欧威了。"刘涛在电话里对杨森说。

"帮不帮忙吧？"

"这件事太大,不在我的权限范围之内,需要请示老板。"

"能不能帮我约一下宋先生?"

"你等我电话。"

联系过刘涛之后,杨森又给几个投资公司的操盘手打电话,但毕竟所涉资金量甚多,总体上感觉对方的意愿不强烈。过了三天,刘涛邀杨森赴长石大楼会见宋先生,时间是十分钟。

长石大楼内秩序井然,一切有条不紊,大公司范儿十足。首次正式会面,说实话杨森心里也没底,毕竟自己即将面对的是国内最具实力的资本大亨。

"小杨啊,听说 BEIN 最近很不错,收支正逐渐归良,我很高兴啊。"宋先生拎着保温杯进入会议室,一边就座一边对杨森热情地说。

"没您支持我不会有今天。"杨森见宋先生坐好,自己才谦逊地顺势落座。

"客气,自己家生意啊。你的核心目的我已经听刘涛说了,今天特意请你过来就是要当面告诉你:不行。怕你有情绪,我这个老家伙得亲自道个歉。"

"您这是折我寿了。"杨森笑笑说,"今儿个过来就是当面听您教诲。"

"你是不见黄河心不死吧?哈哈,好。"宋先生歪了下身子,接着说,"首先呢,我们几个合作伙伴之前有协议。我呢,只是个领头人,大家约定,这件事不能让外人插手。再一个呢,最近国内很多手机厂家都在盯着欧威,你也知道,拥有欧威对于他们意味着什么,更别提什么股价、行业地位、降低成本那些七七八八的东西,你都懂。不瞒你说,上面有很多人已经开始向我打招呼,我们处理这件事非常慎重。所以,很复杂。你小子想要拓展业务,提前控制自己下游,可以理解,想法也很好,但是这件事,不行。"

"宋先生,"杨森语气平和地说,"我是晚辈,有几句想说的话要是冒犯了您老,您可千万别怪罪。"

"说。"

"长石在投资界的实力是有目共睹的,既然五大财团让长石领衔,那就是尊您为大哥,大哥发话了,弟弟们哪有不听的?所以,五大财团里真正能拍板儿的,还是您老。再一个,以长石今天的实力,账上十亿元、二十亿元,甚至更高的价格只是一串数字而已,最能打动您的肯定不是价钱。目前国内手机行业竞争这么激烈,哪家没有几个站台的靠山,您是搞金融资本的企业家,不是那种为赚钱不惜得罪人的贪财商人,个中利害,晚辈无须多说。假如您把欧威卖给我,一来,能卖个好价钱,二来,长石本身持有BEIN股份,欧威仍然掌握在自己人的手里,相当于您把自己房子卖给子女,您卖给自己家人,别人无权质疑吧?任何人也说不出什么吧?如此一举两得的事情何乐而不为呢?"

"你想让我自己卖给自己?"

"是这个意思。"

"你以为那些手机厂家不会给我股份吗?"

"哪里的话,自然抢着送。可干儿子和亲儿子毕竟还是有区别。"

"哈哈,行,会说话。可是即便想买,总要有个价钱吧,你小子花的都是我的钱,能出几个大子儿啊?"

"二十亿元。"

"哈哈,先别说你有没有……"宋先生突然停顿下来,看着杨森说,"你是不是找到金主了?"

"什么也逃不出您老法眼。"

宋先生不再讲话,深思熟虑良久道:"好,那我就给你十五天时间,先凑够二十亿,再跟我谈!"

无论多少冠冕堂皇的漂亮话,最终也敌不过一个字——钱。

会面结束,杨森回公司的路上便接到马教父心腹的电话。

"事情谈得怎么样?"

"很顺利,时限十五天。"

"太好了!这么点儿钱用不上十五天,我立刻通知老板。"

"但我需要的不是二十亿元,而是三十亿元。"

"怎么,宋先生加价了?"

"没有。"

"多出十亿元是怎么个说法？"

"我要用这十亿元收购欧威在美国剩余的全部股份，我要欧威成为BEIN全资子公司！"

"哈哈哈哈，最大股东满足不了你胃口啦？好，有魄力！我就喜欢和你小子合作！"

两星期之后，长石与BEIN正式签署《欧威股权转让协议》，并通过相关部门的审核，BEIN成为欧威最大股东和持有人。按照先前约定，马教父所持BEIN股权随之翻了一番，同时获得"西游消消乐"中国大陆地区五年内全部收益权质押。由于涉及高新科技领域，美国方面需要进行资本属性确认，刘涛、杨森携一干人等飞赴大洋彼岸，曾长期就职于外企、英语水平极佳的李丽随行。在美期间，杨森特意拜访正在美国筹备车厂的乐施掌门人夏之行，并委托其美国分公司代为收购欧威剩余股份。

"杨森！"夏先生亲自迎接，"真是天下何人不识君啊。一开始以为你搞游戏，之后你们去弄社区，现在又过来买工厂，意料之外、情理之中，前途无量啊。"

"夏老板是行业前辈，过奖过奖。"杨森很谦虚，攀谈道，"芯片方面美国人确实是强项。"

"哈哈哈，除了房地产和中文，美国人哪个不是强项？"夏先生说完转头问道，"刘涛，宋哥身体还好吗？最近也联系不上他。"

杨森听着像是话里有话，自己也就不便插嘴。

"血压高，休养呢，我多少天没接他电话了。"刘涛展开外交辞令，"都是兄弟，别介意呀。"

"理解。梦想也要靠身体实现啊。"夏先生拍拍刘涛肩膀。

"你那梦想可大。"

"怎么呢？"

"让人窒息呀！"

"哈哈哈哈。"

午餐过后，众人四散。刘涛利用长石的美国空壳公司在当地购得一栋小型公寓，因为属于私产，他需要与经纪公司当面确定后续的出租问题。夏先生事务缠身不便久留，分手前他建议杨森早早考虑海外投资，杨森说考虑考虑。

回到酒店，其他同事配合律师团队审核相关文件，百无聊赖的李丽将酒店附赠的各项服务体验了个遍。下午5点左右，她发现已经没什么事情可以打发时间了，李丽决定上楼找杨森。

敲开房门，杨森正和宋丁通着越洋电话，一摆头示意她进来。李丽环顾整个套房，房间内各类陈设基本没动，很难看出已经有人住过数日。

李丽近年来遇到过无数有钱人和所谓成功人士，她总结这些人的共同点就是见贤思齐。比如说最近社会上崇尚睿智，那些才俊马上就会变得口才了得、巧舌如簧、能言善辩、通篇鸡汤；过段日子又流行沉稳了，他们又会快速切换至传统风，唐装套上，手串儿戴上，良驹养上，张嘴易经闭嘴道，抽空还研究点儿佛法，以此类推。究其原因，无外乎精英阶层对于"落伍"这两个字的深度恐惧，一旦落伍，成功必然大打折扣。在李丽眼里，杨森算是独树一帜，他我行我素、热衷辩论，还能说出"我偶像是明天的自己"这样的狂妄之言；他尊重规则，更会玩弄规则，他看上去虚心纳谏，事实上谁也无法动摇其一丝一毫。作为一名未婚女性，每天陪伴着这位个人性格色彩极强的富豪老板，说心里话，能没想法吗？

"怎么了？是不是那边出了什么事，电话打不进来？"杨森收起手机问。

"不是。"李丽神情自若，"你们都有工作做，我无聊死了。"

"我也没啥事了。走，出去溜达溜达。"

李丽知道杨森的意思——避嫌。一旦被人发现自己与美女下属在酒店房间里独处，那可就不是故事而是事故了。

二人驾车在五公里外找到家餐厅。根据外部装饰及内部环境简单判断就知道价格不菲，因为有杨森陪伴，李丽只需要照贵的招呼即可。

"学服装设计的英语这么好，难得。"

"是吧？"李丽摆了一个从杨森那边看上去很美的曼妙姿势说，"原本想毕业之后去巴黎或是纽约打拼，住地下室、睡朋友沙发，历经千难万险,让渺小的我最终成为一名伟大的设计师,从此纵横天下。"

"真屈才了。"

"可不是呢。"李丽主动延展着话题,继续道,"想想我们学校的贤达们,徐悲鸿、林风眠、董希文、赵无极、陈丹青,本姑娘却沦落到天天伺候土财主们吃喝拉撒,唉……"

"哈哈。"杨森笑着问,"当初怎么没走专业路线呢?"

"还不是因为那件事。林巧和你说过吧?"

"提过一嘴。"杨森比较谨慎。

"所以呀,早就认命了,就便宜你们土财主吧。"李丽优雅地端起酒杯,对他说,"巧儿是那种标准的好学生,我属于淘气的坏学生,但我们有一个共同点,就是知道什么该放弃什么该争取。"

杨森听后笑笑,"有些东西,得不到也不一定是坏事。"

"哦?"李丽问。

"什么'坚持不一定成功,但放弃一定失败',那些都是屁话,放弃一件显而易见的错事,等同于成功一次。"

"你这么想?"

"当然。尤其是失败的后果很严重的时候。"

"我看到的杨森,可是一位佛挡杀佛的恶霸。"

"哈哈,那是因为阻挡我的不是佛,而是人。"杨森说,"当条件超出我的能力范围,我也会选择放弃,而且很果断。"

李丽若有所思的摆弄着杯子,沉默了好一会儿。

"你听过'不说'的典故吗?"她问。

"听过。"他说。

"时间差不多了,我们回去吧。"

"好。"

杨森离开的数周里,公司暂由王东主持经营工作,一切有条不紊,员工们加班加点追赶进度。不知从何时开始,BEIN 员工之间流传着"外事找老蒋,内事找王东,技术叫胖子,硬件问宋丁"的短句,足见日常分工之明确、管理角色之深入人心。由于办公室恋情从无秘密可言,所以还有一句"要想待遇好，多去见林巧"。

其实林巧无时无刻不想着杨森，日子久了，竟有些食不甘味。

"怎么啦大美女，最近饭量有所下降啊。"眼镜妞对林巧说。

"别闹了，一堆事呢。"

"多吃点儿吧，你要是饿瘦，杨总该不高兴了。"

"他管得着我？"林巧不屑。

"现在国际上最流行那种胸大屁股大的魔鬼身材，就你傻丫头还一个劲减肥呢。"

"那种太夸张，我本身骨架就小，稍微胖点儿就显得肉贼多。"

"不懂了吧？肉肉的才性感呢。"眼镜妞认真道，"跟你说，女人太瘦了撑不起福气，你看哪个正室瘦了，特苗条的一看就像小老婆。"

"我都不知道你在说什么。把你那个给我一份儿。"

用餐完毕，林巧夹着刚刚整理好的审计报告找到老蒋。老蒋草草翻阅几下道："林巧啊，做得很认真呀。你发现的那几个点我心里有数，没问题。"

"毕竟是递交杨总的，所以提前和您打个招呼。"林巧说。

"妹子！你蒋哥不是那么不经事的人，大家都是为了工作，理解理解。"老蒋颇为豪爽，"你不用管，用料有弹性很正常，到了杨总那儿我也讲得清。再说，我和老杨啥关系？那是一个战壕里摸爬滚打过来的弟兄，他为人我最清楚。"

"当然，您是元老。"

"哈哈。"老蒋很高兴，对林巧道，"虽然有些言重，也是实话。想当初要不是我带着老车找到杨总，他能有今天？你们年轻人认真没有错，但公司毕竟是咱们老哥儿几个打下来的，创业艰辛啊。公司现在线条那么多，假如没有'效率第一'这条主线，何谈快速扩张，对不对？这些老杨比你清楚。不过今天你能提前找我打个招呼，说明你心中还念着长幼尊卑，很好，哥记着。"

"行。那蒋哥我先忙去了。"

"好，快去吧。"

回到自己办公桌，林巧将两份报告的电子版压缩后通过邮件发给杨森。一份是刚刚给老蒋看过的，另一份除了自己没有人知道具体内容。

3 "现在，立刻给我滚蛋！"

美国一行总体上比较顺利。老夏将自己的长期合作伙伴美国人亨特介绍给杨森。得益于这位专业人士，相关法律手续及政府审核可以说畅通无阻。很快，杨森等人返回中国。登机前，他收到 BEIN 总部发来的电子版报告，杨森叫人帮忙打印出来，到手之后一声不吭自己闷头开始看，谁也不搭理。

经过十几个小时的漫长飞行，杨森一行人终于抵达北京首都国际机场。刚下飞机，杨森便发布通知：三小时后召开高级管理人员内部会议。等到他风尘仆仆推开 BEIN 总部会议室大门时，所有人起立鼓掌，祝贺杨森带领 BEIN 漂亮地收购欧威。

"好了，大家坐下吧。"杨森表情轻松，但瞬间转为严肃，"拿下欧威，对我们 BEIN 来说是具有重大意义，标志着我们从一家互联网公司成功延伸至高精行业。很麻烦，但值得，大家应该高兴。"

"不过，"杨森继续道，"我在美国时收到公司内部审计报告。我们公司刚刚能够立起来，就有人想方设法挖公司墙脚，琢磨他个人那点儿蝇头小利。"

说着杨森看一眼老蒋，又用余光扫下林巧，林巧装作没有察觉。

"蒋总，"杨森扭过身子来说，"三十处比邻服务中心土建工程项目，三十处出现用料品牌与协议不一致情况，二十八处超预算 20% 以上，十七处参投竞标单位完全相同。上述情况请问你怎么解释？"

"啊……"老蒋被问得一愣，原本根据林巧报告所准备的应对措辞现在看来已经全部失效。他跟随杨森多年，如今天这般严肃地探讨资金使用问题在他印象中还是第一次，更何况是自己主抓的工作。想到这些，不由得脑门发汗。

"有些工程的竣工时间要求太急，为了加快进度，很多情况我也是睁一只眼闭一只眼，这里我有责任，我检讨。"老蒋以退为进，想要蒙混过去。

"光检讨恐怕不够吧。"杨森接着道,"上周,你约了监理公司的一把手和施工方到海南玩了三天,而施工方的老板,就是你外甥吧?"

"老杨,我……"老蒋一时不知道说什么好,只盼着杨森能够在私下交涉,给自己留点儿面子。

"老蒋,你跟了我很多年,真的,我对你的信任度你应该十分清楚。所以我才把土建这块放心地交给你。俗话说,厨子不偷,五谷不收,更何况工程项目,我从来都没想过和你去细抠,去掰扯那些小事。我在飞机上就想,哪怕你只给我干好一半儿呢!可你是干吗啊?还用我说更难听的话吗?"

老蒋窘迫得一言不发,只掏出纸巾不停擦汗。

"根据公司规定,我现在以公司执行总裁的身份免去你一切职务,你所持 BEIN 股份,我会按照公司章程进行回购。现在,你可以收拾个人物品走了。"

"老杨!"老蒋急得跳起来大叫,"你……你不念兄弟交情!"

"蒋一夫!不看在兄弟的分儿上我就移交司法机关了!你辜负我,也辜负了你自己。带着你该拥有的那份儿和不该有的那份儿,现在,立刻给我滚蛋,回家做个有钱人吧!"

老蒋闭着嘴起身离开会议室,很多人还没反应过来刚刚到底发生了什么。与老车出走不同的是这一次并没有人同情他。

自此,林巧开始取代老蒋成为 BEIN 核心决策层成员,向企业高级管理人员快速靠拢。

处理完老蒋,杨森开展下一步行动。他将当初与金麦合作过程中自己用"对赌协议"套回现金所购买的 BEIN 权益进行抛售,收回七千六百万元,又用这七千六百万元和部分个人资金成立了一家新公司:BEING 电气。这家新公司由杨森个人百分之百持股,企业主要经营项目为半导体设备研发、芯片设计与研发、传感器研发。公司成立当天,BEING 与欧威签署战略合作协议,共同研发新一代 CMOS 芯片。

"自己公司增发的时候偷偷买进增发权益,等到估值上来之后进行抛售,再用套回来的钱成立一家新公司,而这家新公司的目的就是打掉自己刚刚收购回来自己的公司。这一系列操作……"宋先生意味深长地说,"漂亮!"

"杨森办事从来不留任何喘息机会。"刘涛道。

"这小子学什么的?"

"我记着是计算机和工商管理吧。"

"我怎么看像是学金融的呢!"

"他这用完就扔、过河拆桥的毛病,咱们得帮着改改。"

"唉……"宋先生摆摆手,"没什么。商场如战场,不能时刻关注战局,只知道闷头写代码、抬头谈理想的人我瞧不上。我看他那个新公司一时半会儿还成不了什么气候,芯片的设计与研发那是需要资本还有时间的,让他先玩儿着吧。我们眼前更着急解决的是乐施问题。"

"老夏已经顶不住了。"

"他怎么说?"

"很奇怪,"刘涛道,"他什么也没说,就让我给您带回来两瓶龙舌兰。"

"哈哈。"

"他什么意思?"

"好闻、难喝、劲大。行。"

"您决定注资?"

"时机已到。"

"风险方面呢?"

"金融!"宋先生道,"就是让金钱动起来,一潭死水怎么能够融会贯通呢!现在乐施急需资金挽救美国车厂,其他投资人都在观望,只要我们一动,他们就会跟投。"

"您不怕老夏反水吗?根据内线消息,他可是随时都有可能套现跑路。"

"哈哈哈哈。"宋先生大手一挥,"玩的就是心跳!我料定老夏不敢在股价刚刚上涨的时候就开始套现。我要的就是在其他人注资之后、老夏套现之前,快速出手、压线冲刺。"

"明白,我这就去安排。"

宋先生拿起水杯，自言自语道："想拉我下水？夏之行你还嫩点儿。"

4 "有时候只看眼前也走不远。"

随着 BEIN 三十家新比邻社区全线运营，用杨森的话说，"我们算是干成了。"BEIN 前所未有的商业模式借助集万众功能于一身的超级生活服务软件——比邻 APP，更加直观地为用户大幅度降低了日常生活成本。杨森喜悦之情溢于言表，他对大家语重心长地说："兄弟们，看看自己身边的一切。大概十个月前，大家还在为了如何打造出一个标准社区困在自己办公桌前发愁。可现在，我们已经拥有了三十多家比邻中心，并且每个中心的月亏损额度不断下降。"大家听了杨森的话都很欣慰，同时也为自己所做出的成绩感到自豪。

"但我要说的是，"杨森接着说，"环境和条件的变化，要求我们自身也要变。怎么理解呢？直接讲，就是要从微观与宏观两个角度分别适应新形势。微观层面：作为公司员工，我们要调整个人工作方法。过去，大家是多线条平行工作，A 项目做到某个节点，同时开展 B、C、D，这种方式在我们创业初期很好，会增加效率和产出率，多出活儿、多办事。但现在不行，我们现在要追求的是质量而不是数量，所以大家必须调整到直线形工作法，让每一项工作可以回溯流程、减少纰漏、有始有终，要用适当的'慢'，代替无序的'快'。这就是企业规模扩大后对员工工作习惯的客观要求。我再说宏观层面：作为一家企业，维持收支平衡靠管理制度、实现项目盈利靠营销技巧、做大做强靠核心技术。目前，我们处于第二个阶段，我们现在要尽快实现盈利，我讲盈利。并不是想方设法从用户手中赚钱，之后揣在自己兜里。盈利，是为了把利润再次返给用户，凸显产能价值。目的就是让用户钉在比邻、长在比邻，每天都要使用和点击比邻。我无数次和大家说，BEIN 的核心竞争力，一是高质量客户，二是技术专利，我们就是要用眼前的利润换长远的用户。只要有足够多的高质量用户，同时，用户点击我们、使用我们、相信我们，到时候老子随便发个广告就敢要一千万元，赚钱比印钱来得都快！"

在杨森的新要求下，BEIN开始全员调整工作状态，各部门负责人以重点项目为抓手，引导全员建立新的工作习惯。而各个重点项目核心出发点，就是企业盈利。

物流部门找到日本排名第一的供应链管理公司入驻BEIN，全面降低比邻物流成本；采购部门要求比邻商城供应商延长应收货款到期时间，扩大了现金使用弹性；技术部门出租部分人脸识别及人工智能算法的使用权，实现了技术变现。宣传部门的套路就更杨森化了：林巧找到老同学、好朋友罗莎，她已经成为知名广告公司"拾光"里的大拿，林巧让她帮着挖人成立一家新的广告公司，这家新公司初始资金由BEIN负责，条件是承担BEIN全部日常宣传费用，并上交年5%企业净利润，其他由团队自负盈亏。这种原始的承包方式让罗莎高举BEIN唯一广告供应商的招牌四处狂拉客户，收入可观。财务部门建议挪用用户押金池中现金进行投资，但杨森以涉嫌挪用风险资金予以否决。上述内容说到底都是查漏补缺，真正的大头还是业务部门。

业务部门作为BEIN核心机构已经被杨森分成多个独立产品群，整体由胖子负责。这位几乎不消费的"肥宅"可以说是BEIN名副其实的营销天才。比邻保险上线时，胖子策划了一个"第二天堵车险"，即：为庆祝比邻出行险上线，只需一元，如果你明天上班堵车，立即赔你五十块油钱。该策划案使"比邻保险"模块及合作公司一炮走红，并快速获取了大量"首购客户"。胖子还在女性购物网站及电商中的女性栏目链接男士商品广告，理由是当女人花钱的时候，总会有那么一点点的愧疚之心想着顺便给自己男人买点儿什么。他又搞了什么二手商品摇奖活动，假如你有一件闲置物品，定价一百元，设定五十人参与，那么每人付两元即可入场，到时之后系统自动随即抽奖，中奖者获得该物品。总之，胖子的逆向思维总是能够奇怪地抓住用户的购买点，这种敢玩敢干的行为方式让杨森十分喜欢。

从美国归来之后，李丽这段时间心事重重，做什么事都提不起精神，对外说是病了，对林巧和胖微说是"间歇性烦心症"。事实上她的脑袋里一直被"天使""魔鬼"两个声音萦绕着,最终,还是"天使"占据了上风。

按李丽的脾气,她绝不是那种拖泥带水、犹豫不决的人。拿定主意之后,李丽决定好人做到底,送佛送到西,开始撺掇林巧,约杨森、老实,再算上自己和胖微,几个人来一次大型饭局。

"整这么复杂干吗呀?大家都这么忙。"林巧语气中并不积极。

"你傻呀!"李丽瞪着眼睛说,"你和杨森总不能一直这么不明不白的吧,当灵魂伴侣哪?还有那个傻微微,就这么默默无闻地帮着老实照顾孩子?不是咱们市侩,但总得有个名分吧?把各自的朋友们都召集在一起吃个饭,就是要当众宣布:你,林巧,已经是他杨森的女人了!确定地位,懂不懂啊!"

林巧想想也对,还是自己姐妹时刻为自己考虑,那就弄吧。

第二天傍晚7点左右,林巧与杨森先后离开公司,分别乘车到达指定饭店。包厢里其他人都快等不及了,杨森刚一进门李丽就说:"杨总,咱们公司到底是不是你的啊?跟自己女朋友出来吃饭还得分头行动,过分了啊!"

"我罚,我自罚行吧?"

"来来来,酒都醒半天了,赶紧满上。"纪伟主动替杨森倒酒。

纪伟是杨森叫来的,为热闹,也为凑齐大家。饭桌上有了纪伟和李丽自然更加热闹,两个人嘻嘻哈哈把气氛带动得恰到好处。

李丽喝下几杯红酒,看着杨森和老实说:"你们这两个老男人哪,真是艳福不浅了,尤其是老杨!林巧当年可是我们院有名的大美女,追的人海了去了!"

"你也不差啊!"纪伟插话说。

"你别惦记我啊!"李丽指了他一下。

"老杨,你们公司员工嘴都这么厉害吗?"

"怎么,不满哪?"

"哎呀,现在就开始护上啦?"

"这么解释吧,非工作时间,我说话啥也不是。大家都是文明人,饭桌上女士最大不明白吗?"

"听听，都听听，"李丽比画着说，"要么人家老杨当总裁，你就只能在单位里当副总呢，差距，差距呀！"

"做你妹夫是不还行？"杨森也喝多了。

"行，合格，绝对合格。"

高手之间，从来都是点到为止，谈笑间，即心知肚明。

"来，跟你妹夫整一个。"杨森起身同李丽碰杯，纪伟提议大家共同举杯。

"我替微微啊，她不能喝了。"老实关心地说。

"还用你呀，我家微比你强！"林巧和李丽异口同声。

"对，一起干！"胖微小脸蛋儿通红，能看出来，她很幸福。

饭局散了，李丽和纪伟推着林巧上杨森的车。大雷送二人回酒店，他从后视镜里看到杨森轻轻搂着微醺的林巧，抿着嘴笑而不语。

"你乐啥？"杨森问。

"好啊，郎才女貌啊，令人羡慕啊。"

"最近读《成语词典》了？跟我玩成语接龙。"

"哈哈。"

回到房间，林巧差不多已经醒酒了，拎着大包进卫生间准备卸妆洗漱。

"你是不是对李丽太宠爱了？"林巧对着镜子，边摘耳环边问。

"吃醋啦？"

"别扯。我是说她毕竟是公司员工，这样跟你嘻嘻哈哈不怕她恃宠而骄吗？"

"你知道我为什么喜欢你们姐妹三个吗？"杨森走过来扶着卫生间门框。

"年轻漂亮？"

"肤浅。"

"那为什么？"

"是因为你们三个人的价值观都立得住，有自己独立的思想和性格，这样的女孩值得被惯着。"

"太勉强了吧，硬捧啊？"

"你别以为简单，"杨森认真地说，"现在中国大学的教育内容，缺乏最基本的人生教育。这么说吧，一个人，自从娘胎里生出来那一刻起，就已经注定了他有99.9%的概率一生平凡。"

"我觉得高了，成功的概率应该是几万、几十万分之一。"

"你说的数据也不一定错。虽然每个人对成功的定义不同，但从广义上来讲，社会公认的成功标准，只有极少数人能够达到。"杨森继续道，"如果你不知道人为什么活着，人生的意义是什么，那么你的价值观就立不住，你的人生就会左摇右晃。顺风顺水时还行，只要遇见困难，那就是悲观到底，痛不欲生。"

"那和大学教育有什么关系？"

"关系太大了！中国人成熟得晚，这是不争的事实，而现在的大学专注于学生的就业技巧，当然了，专注得也不怎么样。但他们完全忽视了学生的价值观塑造，尤其是本来应该在中小学完成的人生教育。学生只知道就业找工作，不知道自己为什么活着，这不麻烦大了嘛。"

"可惜的是很多大学生刚上班连传真机都不会用，看来技术教得也不怎么样。"

"传真机一分钟就能学会，但正直、善良、独立思考和质疑精神，则受用一生。大学不是企业的入职前培训机构，应该是整个社会的精神智库。"

"那我们仨呢？"

"你们不一样。李丽知道人生需要快乐，需要随性，所以她什么也不在乎，什么话都敢说，什么场合也不怵，这就是她的自信和本事；微微知道她需要被爱，知道她需要拥有一个能够爱护自己、关心自己的男人，她也享受那种平淡又有温情的生活；而你呢，知道要凭着自己的本领吃饭，也能够时常看到自身的不足，总是想要赶上比你强的人。要知道，这些大话和道理听上去容易，但真能以一贯之、找准定位的又有几个！所以说，你们都是当代的优秀女青年。"

"歪理邪说。优秀女青年现在要关门了，起开！"

"干吗呀，你身上哪儿我没见过。"

"烦人呢。"说着林巧伸手从包里掏出个黑色袋子。

"这是啥？"

"我买了一件很特别、很性感、很诱惑的情趣内衣。怎么，不关门吗？"

"你抓紧点儿。"杨森迅速把门带上。

对于今天饭局的发起者，杨森心知肚明一定是李丽，他更明白李丽的目的就是在表明态度：美国那段"意犹未尽"已经一笔勾销，林巧，永远都是自己的好姐妹，不容置疑。杨森非常欣赏她这种干净利索的处理方式，自然、点到即止，尽在不言中。

第二天，刘涛约杨森打球。虽然百般不愿，但杨森觉得刘涛属于自己目前在长石最重要的伙伴和帮手，还是勉强答应。

"老杨啊，让您老移驾也太难了。"

"忙，哪有时间出来休闲。"

"跟你说，没玩过的几天就上瘾，信我。"

"我会一点儿，就是打得不太好。"

刘涛见杨森姿势标准，精确度也不错，只是疏于练习有些不得要领，便对他指导道："盯住脚下，不要总是望着远方。"

"刘总，金句啊。"

"共勉吧。"

"可惜，"杨森大力挥杆，"有时候只看眼前也打不远。"

"不错不错，这杆有进步。"

"你当初怎么认识宋先生的？"杨森边走边问。

"那可是小孩儿没娘——说来话长了。"刘涛活动活动准备开始，"我十八岁那年就到北京打工，当时在清华大学当保安，要不我一直非常感激介绍我去的那位老乡呢。"

"哎，你不是清华毕业的吗？"

"那是之后又回去进修，买的，最早还干了三年保安呢。"刘涛挥杆之后继续道："有一次，宋先生到清华演讲，那时候长石已经很牛了。他和校友们大谈金融、资本运作、国际货币什么的，说什么索罗斯啊，羊群原理啊，巴菲特啊乱七八糟。可你说奇怪不？"

"怎么呢？"

"直到今天我还搞不清楚，我一个小小的保安，怎么会痴迷那些东西。"

"天赋。"

"说大了，"刘涛指导着杨森，"可能就是感兴趣。"

"后来呢？"

"那次之后，我就开始旁听清华金融课。旁听了两年之后自以为学富五车，和清华毕业生已经没什么两样，就到长石应聘。"

"录取了？"

"录取个屁，"刘涛笑道，"你以为长石那么容易进？"

"糊弄不了人家呀！"

"可不呢。不过最终咱还是进去了，只是继续干保安。"

"哈哈，擅长工种。"

"那当然，哈哈。"刘涛道，"可我不甘心呀，对吧？多少懂点儿知识。社会对于你、宋先生、马教父这种拥有大才的企业家很包容，给机会，给尊重，对于你们来说，坚持很重要。但像我这种稍微有一点点能力，又不甘心待在底层的无名之辈，就充满恶意。你看不起穷人，富人又看不起你。对于我们来说，机会很重要。"

"你肯定是得到机会了，大帅哥。"

"是啊。"刘涛感慨道，"有一次我帮宋先生开门，他秘书赶过来送材料不小心掉了一地，我就帮忙捡呗，发现有一页价格小数点标错了，属于细节疏忽。"

"机会到了！"

"哈哈，那当然，如此天赐良机我怎么可能错过呢！"

"之后成为正式员工？"

"从跑腿开始，一直做到今天。"刘涛打出一记好球，杨森忍不住鼓掌道："所以说世事难料，偶然中还有必然，混到这个份儿上谁也不用谦虚，个个都是传奇。"

"关键在于，"刘涛面向杨森，"适当的时候，做事要恰到好处，属于你的那份儿才会找到你。天是大家的，给多少就接多少，心里要有

"其实你应该感谢那个秘书。"

"是啊,所以五年后我们结婚了。"

"哈哈哈哈,人生赢家。不过,"杨森问,"你是怎么知道那个小数点儿点错了呢?"

刘涛笑笑没说话,下意识摸了摸自己左手无名指上的婚戒。

5 "相互帮衬呗。"

周一,乐施股价大跌,掌门人夏之行滞美不归!

看到新闻,杨森立即给自己安插于长石的内线发了条短信。十几分钟过后,内线电话打过来。

"老板,我现在一个人。"

"乐施怎么回事?"

"是这样,长石领投之后,乐施股价攀升,老夏趁机将光华周总拉了进来。长石瞄准时间点突然抛售乐施股票,老夏顶不住了只能提前套现离场,目前周总接盘乐施。"

"套走多少?"

"老夏套走六十多亿元,但包括他前期暗中转移走的各类资产。长石方面大概能赚十二亿元左右。"

"知道了,你忙吧。"

挂掉电话,杨森陷入深思。他既为乐施感到惋惜,又对资本市场上的无情感到恐惧。乐施,这家于八年前成立,历经融资、上市、产业拓展,逐渐成为国内互联网巨头的大型企业,居然如此神速地在数周之内土崩瓦解,杨森摇摇头心中感慨万千。他明白,以长石的手腕,老夏根本无法控制局面,假如不马上套现,那六十亿元股份很可能转瞬之间连六亿元都不值。

杨森叫来李丽。

"去买一盆仙人掌,送到长石刘总那里。"

"我马上办。"

"记住,当面交给他!"

"明白。"

出了杨森办公室,李丽叫上司机去花店,并认真选择了一盆十分美观、刺头甚多的仙人掌,随即马不停蹄赶往长石。刘涛与李丽有过数面之缘,又是杨森亲自指派,所以即便很忙依然爽快地接见了她。

他看着自己办公桌上的奇特礼物,琢磨片刻,问李丽:"知道你们老板为什么送我一盆仙人掌吗?"

"大概能猜到,但不想说。"

"哦?讲讲看。"

"既然您发话,我就直言。"李丽道,"我们老板送您一盆仙人掌,一是佩服您手段高明,二是提醒您别把手段用错地方,到时候扎得自己满手刺!"

刘涛听罢哈哈大笑:"你们公司人才济济啊。"

离开长石,司机问是否回公司。李丽想了想说:"去趟商场吧。"

又过了两个小时,二人回到公司。李丽并没有急着去杨森办公室汇报送礼情况,而是直接拐进一楼的技术车间。

"小毛,你过来!"李丽对着不远处工作台上忙碌中的组员们说。

听到有人叫自己,小毛回头一看,竟然是她,愣了两秒赶紧小步快跑到李丽身边。

"你这孩子呀,裤子都开好几个月了还穿着哪?"

"整天在车间里干活儿,没关系。"

"拿着,"李丽伸手递给小毛,"二十多岁大小伙子穿开裆裤,丢不丢人。"

小毛脑子有点蒙,只听后面同事们"吁——"的起哄声。

"叫个屁呀,干你们活儿得了!"李丽冲他们骂道。

"谢谢丽姐。"小毛恭恭敬敬接过李丽送来的新裤子。

"这么小就来北京打工,身边也没人管。咱们都是外地来的就别客气了,相互帮衬呗。"小毛傻乐着点头。李丽又问,"不过说回来了,你才二十一岁，怎么进的 BEIN 啊？"

"集体面试的时候你没去，"小毛说，"我之前在技校里读大专，学校老师是王总同学，是老师给我介绍来的，让我过来试试。"

"那你技术一定很好了？"

"还行吧。就是和这些高才生比，学什么都有点儿慢。"

"得努力呀。"

"嗯，我每天都睡在车间里，不怕辛苦。昨天王哥已经同意等我把手头上工作完成之后就进实验室。"小毛带点儿骄傲地告诉李丽。

"不错，有进步就是好的。行，你快忙去吧，我上去还有事呢。"

"好的，谢谢丽姐。"

"对了，"李丽回头对小毛说，"别每天早上偷偷帮我烧水了啊，我都怕你给我下药，变态！"

"吁——"，又是一阵嘘声。

直忙到下午 2 点左右李丽才得空，在三楼碰到林巧，正好她也没吃，便拉着好姐妹去阳台用餐。

"听说你给小毛买裤子了？"林巧笑着问。

"都什么人呀，实时汇报情况？"

"我跟你讲啊……"林巧好不容易找着一个能够取笑李丽的话题，"就应了那句话，女人越是美丽漂亮，越怕主动真心！"

"我也不知道怎么回事，"李丽叼着筷子说，"就觉得小毛这孩子挺好玩的。你说女人二十岁左右的时候吧，不怕有钱不怕帅，就怕男人心眼儿坏，这个坏男人对少女的杀伤力太大了，明知道他不行，你还是经不住好奇总想去试试。不过等你过了二十五岁，变了，不怕年轻不怕老，就怕男人对你好。这我就不用解释了吧？"

其实这些话，李丽说给林巧的同时也是在说服自己。此时的她，正努力将生活轨迹向所谓"平庸"的道路上拉扯，而小毛，则像是恰巧在这个时间段出现、用于疗伤的慰问品。

"有一点点道理吧。"林巧歪着头。

"说说，你们家老杨到底对你好不好啊？"

"他那种方式你也知道,跟老师教学生似的,动不动就给你上上课。如果按照他的逻辑,他是在对你好,如果按女人的逻辑,他就是精神病。"

"咱们得理解。"李丽认真地说,"以前不了解,进到公司之后才明白,咱们这个行当,创始人那都已经不是人了,每天脑袋里得想多少事!心里得上多大火!他现在关系着几十号人的前途命运、几十亿元项目的生死存亡,这种情况下再盼望着他每天陪你风花雪月,那可真是有点儿矫情了。"

"嗯,我都明白。"

"所以说啊,什么霸道总裁整天围着你转只能发生在网络小说和电视剧里,对于杨森这种级别的企业家来说,只有他们的事业才是最重要的。"

"是啊。不过他最近总是心事重重的,烦人。"

"还真是。"李丽点点头十分认同,"我也觉得老杨的话越来越少了。"

第二天早晨上班,李丽刚坐到自己椅子上,抬头看见桌上的保温杯已被不明人士刷得干干净净,杯壁还挂着水珠。拧开盖子,里面水是温的。弯腰一看,水壶里也泡好了花茶,热气腾腾。李丽心中泛起了一丝愧疚。

6 "都是命啊!"

林巧她们判断得没错,杨森确实更不爱说话了。

自从"乐施事件"之后,杨森对于创业公司与投资人之间的关系思考了很久,继而延伸至思考整个互联网行业与金融之间的相互作用。

拿BEIN来说,假如一直老老实实地搞游戏、认认真真地做软件,那么,只要优化好产品内容、搞好渠道推广,再加上几分运气,BEIN便会带领杨森和他的团队快速发家致富。但随着企业成长并逐渐走向规模化，它就会像黑洞一样，需要不断地吸收资本完成自己的扩张愿景。而达到这个阶段，企业，便与金融密不可分，也意味着它将难以摆脱成为投资者赚钱工具的命运。那么，BEIN 的未来是什么呢？

公司成长状态的改变，要求企业的经营风格、员工的工作方法都要改变。那么很明显，掌舵人自然要跟着改变，不变就意味着失控。

杨森非常清楚，自己专注且疯狂的管理方式配合员工平行工作法在创业公司初期十分必要，它会增强团队的凝聚力和战斗力。但现在，当他面对越来越多的富豪级员工、越来越复杂的产品线、越来越说不清的利益捆绑，这种方式还能管用吗？还适合吗？中国毕竟不是美国，与其说去尊重少数人的个性，员工更喜欢发动多数人的暴动。同时，中国人对"领导"这一特殊身份，是有着成体系的基因印象和理想认知的。一开始大家围着你、相信你，那是因为他们对成功的强烈渴望，他们甚至能够容忍领导者任何状态下的肆无忌惮。一旦当你带领他们抵达期望点，摆脱掉了物质束缚的时候，依照普遍观念，人们更能接受的是永远猜不透的领导和蕴含城府的无为而治。

他已经开始了。

长石派驻代表以及财务主办会计找到杨森。

"杨总，最近各项成本支出都降下来了，收入也不错，但就是人工成本这儿还是居高不下，您看是不是……"

按照以往脾气，杨森会劈头盖脸地将人才、团队、规模、竞争力等之间的相互关系一股脑儿倒给两个人听，但现在，杨森只淡淡地问了句："我们是什么公司？"

"那个……科技公司啊。"两人面面相觑。

"科技以什么为本呢？"杨森拿起报表开始看，继续追问。

"明白了。那我们先走了。"

两人刚出办公室，眼镜妞拿着文件找杨森签字。杨森一改过去一目十行的习惯，开始逐页细看。翻了几页，眼镜妞插嘴道："杨总。"

"嗯？"

"您下午去送林巧，用不用我提前和大雷打个招呼，他今天下午原本换班。"

"什么？"杨森抬起头，"送林巧，她干什么去？"

"下午她去上海啊，要待两天。"眼镜妞说完连忙捂下嘴，"您不知道？"

"去上海干吗？还需要两天？"杨森放下文件。

"我是不是说错话了？我看你还是自己问她吧。"

"赶紧的！"

"哦。咱们旗下那家广告公司要与金麦上海分公司签署合作协议，上午罗莎就打电话过来让林巧陪她一起去，林巧说是没去过上海，就同意了。"

"哦。"杨森低头继续看，想了想罗莎、林巧、赵峰都是大学同学，过去一趟似乎也没什么不合理。费解的点在于林巧居然没有告诉自己，这让杨森很生气。

"去就去呗。"杨森签好文件扔还给眼镜妞。

"那我走了。"

杨森摆摆手，越想越不是滋味儿。

眼镜妞出了杨森办公室便跑到楼上，凑到林巧办公桌前小声说："你这么整能行吗？"

"让他天天板着个脸，气死他。效果怎么样？"

眼镜妞忍着乐："脸色非常难看！"

"行，干得不错！奖励你一朵小红花。"

"我可没说你几点的飞机啊。"

"不用。"林巧笑笑道，"等他上来的时候我再告诉他。"

眼镜妞走后，林巧靠在椅子上眼巴巴地等着杨森，只要手机一闪就赶紧抓起来看是不是他。不过很可惜，并不是。

杨森的置之不理让林巧午饭也没什么胃口，罗莎拎着李丽过来找她的时候，她仍然是一脸无精打采。

"哎呀，我的大小姐呀，你是啥也没准备啊。"李丽说。

"酒店里不都有嘛，带那么多东西很烦啊。"

"快点儿吧，时间来不及了。"罗莎拉着磨磨蹭蹭的林巧起身就走。

三人乘车抵达机场，林巧是一步十回头，翘首期盼。李丽嘲笑道：

"玩儿大了吧？这男人要是耍起脾气来，比女人心眼儿还小。"罗莎劝着林巧："老杨日理万机的，你又没告诉他登机时间，可能真的忙不过来呗。"

"他要是想送我的话，这点事还能难得住他？"林巧生气地说，"根本就是不在乎我！"

李丽笑着打圆场："小两口吵吵闹闹正常，快去换票吧，别磨蹭了。"

刚要动身，李丽指着入口问林巧："往这儿跑的那个是不是老杨司机大雷啊？"

林巧回头一看，只见大雷背着个大书包满头是汗焦急地四处张望，他发现林巧等人之后连忙飞奔过来。

"可找到你们了！给你，杨总让我送来的！"大雷喘着粗气把背包摘下递给林巧。

"什么啊？"林巧边问边拉开来看。书包里面有小型吹风机、防滑拖鞋、崭新的毛巾、连体泳衣、折叠伞等小物件，并且每个物件上还贴有便笺，便笺上杨森亲笔写着：洗完头发用、别摔了、不要用酒店的毛巾、游泳的话穿这件、明天上海可能有雨……"杨总说了，能用就用，不能用就扔。"大雷假惺惺地说。

"哎哟……"李丽道，"你看她舍不舍得扔呢！"

"他人呢？"林巧挎上背包。

"杨总说懒得理你。"

"告诉他我走了。"说完林巧笑逐颜开，搂着罗莎就跑。

杨森把车窗摇下来瞅着机场大厅自言自语："能不能撵上啊？"过了会儿只见大雷并没把书包背回来，瞬间满脸笑意，却又马上若无其事地坐好假装看书。

大雷关上车门说："时间一点儿不差，刚刚好！"

"哦。"杨森闷头翻书。

"林巧可高兴了。"

"哦。"杨森继续低头翻书。

"咱们回公司？"

"回。"杨森把书一合，随手扔到后座上。

飞机抵达上海，赵峰亲自驾车迎接同窗三姐妹。所以说无论什么年代，同学绝非普通关系，永远比所谓"朋友"要更近一个档次。

"你们是全员出动啊，怎么，BEIN 要倒闭了吗？"赵峰看上去意气风发。

"我和林巧自打上班那天起就没休息过，还不能趁着公务出来玩玩啊？瞅你那小气样儿吧。"李丽损着赵峰。

"我小气？本人给诸位贵宾定的可是全上海最好的酒店，费用全部报销，这还小气呀？"

罗莎接着道："可不呢，不许批评我们赵总啊，赵总现在可是我们公司大客户！"

"今时不同往日啦丽丽。"林巧插嘴道，"现在赵大老板都开始捧名模了，正经的上海滩'小开'，侬晓得啊？"

"晓得晓得。"

四人在一家米其林餐厅吃过饭，又回到酒店套房拿出已经盖好各自公章的合作协议进行最后审阅。赵峰仔细读完各项条款，随即大笔一挥，正事算是基本搞定。为庆祝达成合作，罗莎提议大家到楼下的酒水部小酌一杯。

"唉，咱借着我们巧儿姐的东风总算是上岸了。以后赵总多多帮衬啊。"

"哪儿的话！你要没在'拾光'干成大拿，老杨那势利眼能收留你？"赵峰说。

"你嘴咋这么恶毒呢。"林巧辩解道，"都哪年的老皇历了，还记仇呢？"

"哈哈，开玩笑的。如果不是他，我也不会只身闯这上海滩。"

"都是命啊！"几人异口同声，赵峰笑着按了电梯。

7 "意思意思得了呗。"

几个老同学嘻嘻哈哈地谈论着各自对人生、职场和回忆的不同理解，时间过得特别快。11点刚过，司机准时赶来，赵峰起身看了眼手表道："我明天需要早起，就不陪你们了啊。明天还是他，拉着你们四处转转，好好玩玩。看看你们，都是什么身价的人了，连上海都没来过，怎么话儿说的？正儿八经'土豪'。"

林巧整晚心不在焉，总是掏出手机来看："讨厌的家伙，居然不理我！"

回到房间，三个女人开始长时间的卸妆及护肤流程，李丽用手指捅捅罗莎，扬着下巴说："瞅瞅，慌了吧！"

"还硬挺呢。"罗莎忍着笑。

"你们俩不用在那猥猥琐琐，"林巧忙着涂脸，"咱是谁呀？心里能没底吗？"

"行，你太有底了。哎，脚抖啥啊，紧张啦？"

正忙活着手机响了。她抓过来一看，是杨森！

林巧捧着电话嘴中默数完"一、二、三"赶紧接起来，十分镇定地说："您好。"

"还'您好'，挺客气啊！"杨森在另一头苦笑道。

"请问领导有啥指示？这么晚没啥大事我要休息了。"林巧晃悠着小腿，李丽和罗莎八卦地凑过来偷听。

"没指示。"

"没有指示我挂了啊，忙着呢。"

"等等，"杨森那边道，"有事。"

"说吧。"林巧暗中笑嘻嘻。

"你为什么要坐赵峰的车？"

林巧听了一愣，瞪着眼睛看着李丽和罗莎，两人都摇头表示自己没给杨森报信。

"我坐他的车有问题吗?"

"当然有问题了。"

"我并不觉得有问题。"

"你跟我讲琼瑶阿姨台词哪?我问你,为什么要坐前男友的车?"

林巧听杨森语气似乎比较严肃,但仍然理直气壮地说:"赵峰是甲方,我们是乙方代表,公司在上海又没有分支机构,甲方负责人热情地亲自接机,我们又没有车,怎么,你让我从机场走到酒店吗?"

"行!"杨森听完挂掉了电话,弄得林巧不知所措。

"是不是生气啦?"罗莎担心地问。

"吃飞醋。"李丽扮了个鬼脸儿。

三人再不说话,继续在自己的脸蛋儿上忙活。

第二天上午9点,即便有生物钟强行叫醒身体,但三个女人哼哼唧唧仍然没有起床的意思。这时房间内座机铃声大响,李丽骂骂咧咧地接起电话,听了两句递给林巧说:"找你的!"

"你好。"林巧懒洋洋地道。

"您好林小姐,这里是酒店前台,一楼有一件您的物品需要签收。"

"送上来吧。"林巧很不耐烦。

"对不起林小姐,需要您亲自下来签收。"

"什么东西啊,非让我亲自签?"林巧老大不情愿地穿上衣服,罗莎和李丽怕有什么危险,披头散发陪着林巧一齐下楼。

到达酒店大厅,一位西装革履的男士按着前台服务员指示走到林巧身边。

"您好,请问您是林巧女士吗?"

"是我。"

"麻烦您随我过来一下。"

"上哪儿啊?"林巧警惕地问。

"放心林小姐,东西就在门口。"

林巧看了看罗莎和李丽,三个人疑惑地随着男子穿过酒店旋转门,男子指着门前一台崭新的天蓝色阿斯顿马丁跑车说:"这台 Vanquish

(征服者)的相关手续已经办理完毕,请您检查一下。没有问题的话请您给签个字。"

林巧捂着嘴简直不敢相信,罗莎和李丽跑到车边惊叹地大叫:"也太漂亮了吧!"

"这个是……我的?"

"当然。"男子彬彬有礼,慢声道,"昨晚杨总和我们老板通了电话,说您着急用,这台是我们老板费很大的劲才从朋友那里倒过来的,昨天连夜进行检测,一大早又跑完手续。总之为了能够按时送来,我们老板可是费了不少心,还请林小姐方便的时候能够和杨总提一下。"

"好好,没问题。"林巧蒙着唰唰几笔签好字。

"没有问题我先走了,行驶证在车上,钥匙给您。对了,此处不是停车区,我还是帮您稍微挪一挪,别妨碍其他人进出酒店。"

"行了,不用,我自己来就好。"林巧赶紧接过钥匙,开心得不得了!

三人坐上 Vanquish,李丽和罗莎挤在副驾驶上羡慕地四处摸着:"这车四百多万呢,老杨这是干吗呀?"

"大家都矜持点儿啊,本酒店里住的可都是达官显贵,咱们别丢人现眼啊!"说着林巧踩下油门,只听"轰"的一声,吓了三人一大跳。

停好 Vanquish,三人笑逐颜开地回到酒店。昨天那位司机先生已经赶到,正坐在大厅内休息区的沙发上看杂志、喝咖啡。林巧走过去说:"谢谢您,今天不用麻烦了,我们自己出去就行。"

"赵总吩咐过了,不麻烦。"

"我们自己来就好。"

司机不再坚持,礼貌性致意之后转身离开。

进房间之后,罗莎和李丽也都睡不着了开始梳妆打扮。林巧暗自窃喜地拨通杨森电话,只听那边十分安静,杨森说:"您好。"

"哈哈,你学我!"林巧问,"手头有事?"

"在开会。"

"哦。谁让你买的,那么大个家伙我怎么弄回北京?"

"还坐别人车吗?"

"哎呀，小气样儿吧。"

"喜欢吗？"

"还行吧。"

"挂了。"

杨森按掉电话之后嘿嘿一笑，抬头发现所有人都在盯着自己看，立马正色道："刚才说到哪儿了？"

林巧当晚便飞回北京，虽然有些疲惫，但精神上得到了难得的放松。下了飞机之后，大雷拉着林巧直奔杨森所住酒店。刚按响门铃，她就被杨森一把拉了进去。

云雨过后，林巧像只小猫似的躺在杨森怀里叹了口气埋怨道："我的 Vanquish 啊，也不知道什么时候能开回来。"

"怎么也得明天晚上吧，让人开这种长途车，不好太限定时间，不能催。"

"是。"

"喜欢吗？"

"当然了。不知道你有没有亲眼见过那台车，超级漂亮，比 DB11 还好看。"

"喜欢就行，反正车牌明天才能到手，后天办完手续再上道呗。"

"说实话，你是不是吃醋啦？"

"有点儿不高兴。"

"对了，你怎么知道我和李丽她们上了赵峰的车？"

"商业机密。"

"我就是见你最近心事重重的，想逗逗你。"林巧委屈地说。

"你逗我，我也还是这样。"

"为什么？"林巧不解。

"因为公司大了，"杨森起身为她倒了杯水，"大家现在需要的不再是一个疯狂创始人，而是一位稳重的领路者。"

"那，是不是带有一些表演的痕迹？"

"有一点儿。"杨森自己也喝了一口水，"不过深沉这个东西和环境也有关系。"

"你别太压抑自己个性了。"林巧心疼地说。

"这个不会。"杨森回到床上搂住林巧,感慨道,"以前那种玩命的工作方法确实挺开心。不过现在,我需要把内部工作逐渐交给你们,而我,去面对那些投资人和合作伙伴,和他们打交道激情和努力不顶用。所以即便没有刻意去装,我的状态也需要调整,工作对象不同了啊。"

"他们很难缠?"

"不是难缠,而是很危险!"

第二天杨森早早赶往公司,林巧则睡到自然醒,之后自己打车去园区。刚下出租车,林巧抬头看见李丽正站在停车场指挥工人卸货。

"什么呀?"林巧打量着那些东西,"又要发福利?"

"都是杨总拜访供应商要带的礼品,"李丽伸手道,"把你的 GMC 借我,正好拉它们。"

"怎么给乙方送这么重的礼啊,意思意思得了呗。"林巧把钥匙交给她。

"这就是你家老杨的处事智慧啦。"李丽说,"中国人啊,讲面子的,你越是重视,他才越会用心。可别不在乎这些小事,关键时刻起大作用!"

"哎哟!每一件都不同呢,看来丽姐没少用心啊!做功课了吧?"林巧拿起一件问道。

"给你们两口子打工能不认真嘛,研究老长时间了!"

"哎呀杨总,有失远迎,有失远迎。"

"给您老请安了。"杨森逗着对方。

"不兴这个,您是我财神爷。今儿怎么还特意跑一趟呢?"

"最近没少折磨你们,权当赔罪。哈哈,中午在您这儿吃啊!"

"太赏脸啦,炸酱面啊,别嫌弃。"

"午饭这么亲民,老哥最近手头儿紧啊?"杨森拿出礼品,坐下说,"令堂八十大寿,兄弟明天去深圳,抱歉抱歉。"

"看看，太客气，太客气了。那个谁啊，把杨总大礼收好，这东西可金贵。还有，再给杨总加俩咸菜！"

"李丽呀，"杨森转过身来同样开着玩笑，"回去和财务说一声，把他们公司款项往后压一压。"

"哈哈哈哈。"

8 "去什么去？都是骗人的！"

乐施旗下美国子公司如期达成目标，BEIN 正式完成对"欧威"的整体收购，持股百分之百。杨森随即委托美国方面启动"欧威公司"在纳斯达克退市工作，他绝不会允许这张好不容易才到手的王牌再生任何事端。同时，散布在全国各地的比邻社区陆续传来好消息，盈利对于 BEIN 来说已经不再是一项难题。

"现在就开始，是不是早了点儿？"刘涛在 BEIN 临时股东会议上对杨森说，"那些物业公司马上都得急呀！"

"你要动人家的饭碗，人家肯定不高兴啊，可以理解。"杨森道，"不过，赶马车的妨碍不了汽车厂老板，阻碍建厂的是银行！"

"现在这个阶段就开展的话，优势是企业影响力和品牌，坏处是再没有物业敢让你进小区了。"马教父心腹总结道，"利弊都明摆着，你领头，听你的。"

决策过后，杨森发起了代号"47"的工作计划，指示 BEIN 总部立即申请成立物业公司，并要求各比邻中心向未来社区内全体业主发出一封名为《请投我一票》的公开信。主要内容包括：

1. 比邻物业承诺，只要选择了比邻，小区物业管理费五年内持续下降；

2. 比邻 APP 积分 1:1 抵销当年物业管理费金额，不但如此，前期承诺的抵扣活动仍然有效；

3. 比邻发布了重新拟定的社区管理服务细则，较全国最高标准又提高一大截；

4. 附加居民水、电维修免费服务,不含换件;

5. 比邻社区员工待遇,按当地平均工资三倍或最低工资五倍,就高执行;

6. 恳请业主委员会发起全体业主投票,投票罢免原物业,选择比邻。

此项行动一经开展,当即炸锅。原小区物业公司纷纷大骂杨森白眼儿狼,断人财路,一时间冲突不断。

而这边,长石最高层也受到此番事件影响,宋先生因此特意召见刘涛。

"急是急了些,但对于资本市场来说,'话题'相当重要。杨森这个人很会为自己寻找话题,让大家不得不看到他、谈论他,这对我们有利,你不要扯他的后腿。"

"不过,"刘涛试探性地说,"和我们关系紧密的几家公司怨言很大,我也有压力。"

"不值一提。告诉他们,不要生事,不要参与,不用支持。就这样。"

"好的,我一定把您的十二字方针传达下去。"

"虽然冒进,但杨森的理念是对的,产业需要升级,这是大势所趋!"

另一边,心腹同样向马教父反映了此事。

"我就知道他会忍不住提前走这一步。"马教父自然料事于先。

"杨森这个人从不给你喘息机会。"

"呵,我喜欢。"

"可这回他有麻烦了。"

"眼前这关容易过,他挺得住。"马教父跷着二郎腿说,"杨森瞄准的是中国房地产行业,区区几个物业公司能拦得住他吗?"

"您的意思是……"

"未来是千亿万亿的生意。我真正感兴趣的是这个!"

"您觉得可行吗?"

"当然可行。"马教父笑了笑,"要不我怎么敢说二十年后中国的房子都是白菜价！"

"怎么讲？"

"按照杨森的模式，以后不是老百姓抢着买房子，而是盖房子的抢着找有钱的住户。"

"您就这么相信杨森？"

"我不相信任何人。我相信的是时间！"

目前，分布于全国各地的比邻服务中心正面临建成以来最严峻的一次考验。虽然背后有全体业主的精神支持，但物业公司的频繁骚扰和强烈抵抗令当地员工头疼不已。比如，将自助式恒温箱的弹出门用胶水封死，向"比邻中心"服务大厅里扔死老鼠，员工车胎莫名其妙被扎，社区内路面修补工程无限期停滞等。好在杨森设定的是"一老一少"管理班子，那些具有基层工作经验的管理人员尚能应对。

杨森向全体员工发送邮件写道：越是抵抗，越说明我们打到了痛点；抵抗得越卑鄙，越能证明他们已是死路一条。最可怕的不是那些下作的无耻手段，而是向他们低头。假如我们真的被这些鸡零狗碎骚扰得不敢做事了，那才是真正的贻笑大方。

与此同时，杨森及核心管理层决定，将各中心员工季度奖提高20%，并在一定程度上放宽总部对各基层单元财务申请的审批要求。在"金钱"这支指挥棒的作用下，社区内的团队士气并未损伤太多。

但该来的还是会来，尤其是触动了根本利益，谁都不会善罢甘休。全国各比邻社区的原物业单位相互沟通，组织起来一齐到北京BEIN总部直接找杨森讨说法。

三天后，二十家物业公司的人带着小区保安、保洁员、电工黑压压一片聚集在园区BEIN停车场内，他们打着"无良企业不让我活""杨森卑鄙小人""还我公道"等横幅，喊着口号进行抗议。园区负责人一遍遍给杨森打电话，要求他尽快处理此次纠纷，不要酿成不良后果。

中午时分，李丽为抗议者提供了饮用水及盒饭，并嘱咐大家注意个人安全，不要影响园区交通以及其他单位的正常运营。"我们公司尊重大家的诉求和抗议，但我个人在这里恳请各位，要在合理、合法的范围内正当表达，不要出现过激行为，否则害人害己。谢谢大家。"李丽镇定自若地现场指挥算是暂时稳住局面，这让林巧十分佩服。

下午2点左右，杨森见时机成熟终于现身。人们见到"没良心"的杨老板之后立即围了上来，大声呼喊着抗议口号。待众人发泄完毕，杨森示意自己想说几句话。

"大家好，我就是你们口中的大恶人杨森。大家来找我，应该是想让我给大家一个说法，所以我来了，也希望大伙能够让我说几句话。"

"你说！我看你怎么说！"人群中一位保安模样的中年男子大声喊。

"陶哥，好久不见。"杨森接着他的话，"知道我为什么还认识你吗？因为你是我们比邻第一个标准社区的保安大哥。以前我每次去你那，你都是很热情地接待我，所以我记得。"

"我现在没工作了！白眼儿狼！"陶大哥有些激动。

"陶哥，我也很奇怪，你怎么没有工作了，为什么呢？"

"你废话！你们自己成立了物业公司，还撺掇业主把我们投下去，我还能有活儿干吗？"

"那你为什么不去我们的新公司上班呢？我们欢迎你加入啊。"

"你们能有那么好心？就是变着法儿让我们滚！"

"陶大哥，我问你，你去比邻中心里报过名吗？你知道我们的培训内容吗？"杨森问道。

"去什么去？都是骗人的！"

"我现在就在这里告诉大家，无论你们是受了谁的干扰和蛊惑，你们现在、立刻、马上就可以跟着陶大哥去我们北京的比邻中心，和他一起去，去看看那里的培训要求，有哪一项是难为大家的，哪一项是阻拦大家入职的，如果有，我杨森当场改正！"杨森继续说着，"相信这里有些兄弟姐妹见过我们的招聘启事，那里最后一条就是原小区工作人员优先！我们设定的优先原则，就是为了让大家能够在自己熟悉的社区里和熟悉的人继续工作。而培训的目的，无非因为我们是一家全国性的公司，有很多用语、要求、标准，需要全国统一，我们需要通过培训让大家了解、知道我们公司是啥，是干啥的，从而接受我们的管理，仅此而已。我说句大白话，一个小区保安和保洁员，除了责任心和勤快，我们还能有什么过高的要求呢？这不是选模特，也不是选老师，大家为什么就不能到那里报个名，听几天课，交流交流呢？我们缺保安、保洁和大家的帮助，就像当初大家帮助我们进入你们的社区一样。可大伙为什么就不能稍微积极那么一点点、主动那么一点点，然后拿着比你们现在高出三倍、五倍的工资继续上岗呢？我感到很奇怪啊！"

"是啊。"

"他说的是真话。"

"嗯。"

杨森讲完，人群中有人的立场开始动摇。

"别听他胡说，他就想赶走我们！"人群中一位女士打断道。

"范大姐，"杨森看着她说，"你说对了一半儿。我是要消除一些不合理的东西，但绝对不是他们，而是你们这些物业公司！"

"杨森，你好大口气，有两个臭钱了不起了？姐我拿下小区物业的时候你高中还没念完呢！"

"范姐，你想过没有，你收收物业费，安排人搞搞卫生，修修过道，一年就有上百万元的利润，你这钱赚得不亏心吗？"

"那是我应得的！"

"应得的？笑话！你只是开发商盖房子之后，在没有业主委员会的前提下，业主委托你暂时服务小区的人而已！什么是你应得的？房子卖给了业主，社区是他们的，可你，哪个业主参与了你的引入？说白了，谁同意你进来了？好，我们不说准入的问题，那太复杂，没意义。我就说假如有了更好的选择，业主有没有权利把你换掉？"

"那当然是有权的。"范姐支支吾吾地说。

"当然，那是法律！你们能存在和赚钱的唯一原因就是我们国家的城市管理水平还比较低，很多方面的制度、服务还不够健全，就造成了我们的社区需要物业公司这种商业形式来补充服务。从本质上看，它就是一种过渡性的产物，没有我，也会有别人来取代你们！"杨森讲得虽然有理有据，但毕竟不是大白话，并不具备太大杀伤力。他继续道:"我和你们只说两点。第一点,民意就是天,与民斗,就是与天斗。第二点,再卑鄙的伎俩在资本面前也是螳臂当车。想试试的,我不拦着,但我也不会妥协,因为我会用比你们体量大十倍、百倍的资本去和你耗,因为我有钱,而你们没有!"

第二天,在长石的居中协调下,杨森向每家物业公司支付四十万元现金用以补偿年度内的各类经济损失,此事告一段落。

9 "借钱买钱呗,老套路。"

虽然算是较为妥善地解决了此次事件,但毕竟关系到很多人养家糊口的饭碗,而且他们中间,不乏当初对 BEIN、对比邻社区项目提供过诸多便利与帮助的物业老板和业内同行。这么一闹,杨森心里其实也不舒服。

当天晚上,BEIN 高层管理干部分别前往各地比邻中心慰问当地工作人员。杨森偷个闲,不想找其他人,只约了纪伟到酒店房间喝酒散心。

"接访这类事你属于轻车熟路,以前就没少干,怎么,把人家都打发走了心里不得劲了?"纪伟调侃说。

"没有。"杨森呵呵一笑,"我啊,不是同情别人,而是替自己感到可悲。"

"此话怎讲啊?"

"科技公司!"杨森感叹道,"你说说看,科技公司给人类社会到底能带来什么?"

"便利、税收、就业。"

"厉害呀,"杨森点头道,"六个字分别从人类、国家和公民三个层面给概括了,精练。不过有时候我会想,我现在所做的一切到底有什么意义。"

"你是每当出现难题的时候这么想,还是随时都有这样的想法?"

"出现问题的时候多一些。"

"哈哈，那就是太累了，需要放松和休息。"

"也对，你这么说还真是。"

"就拿比邻和物业公司说吧，"纪伟靠在沙发上，"物业公司，尤其是国内的物业公司，他们的商业模式本来就很原始，并且存在逆商业规律的元素。别的行业是你所雇用的员工越能干、提供的服务越优质，你的收入就越高。可物业公司不是，它是干得越好，赚得越少！物业费就那么多。它是一项纯纯的良心活儿，服务弹性太大，这种不具备延续性的生意迟早要被社会公益或者新的商业模式所取代。"

杨森听了点点头："你说的很对。对于传统的物业公司来说，除了缩减用人成本和偷工减料，实在没有其他的盈利方式。可我想的是，我的模式就更完美吗？眼前看好像是，因为现在的投资市场认可我，即便他们的目的是赚钱，可毕竟是一种可验证的认可。"

"那你还有什么可顾忌的？"

"买卖越来越大，心里没底。真不知道是我选择了他们，还是他们选择了我。"杨森叹了口气。

纪伟帮杨森倒了杯酒，高深地说："佛对阿难说，你坐在房间里看窗外的庭院，房间是内、庭院是外；你站在庭院里看房子，庭院是内，房子是外。房间、庭院，是存在的表象，而内与外，是你的眼和心。所以呀，我想告诉你，谁真谁假、谁对谁错根本不重要，重要的是你站在哪里，是站在未来看现在，还是站在现在看未来。"

"我哪儿都不站。"杨森举杯一饮而尽，"我就是要把'现在'变成'未来'。"

两人边喝边聊直到夜里2点，杨森觉得特别放松。他几次暗示，想让纪伟加盟BEIN，可他要么不接话茬，要么转移话题，杨森知道对方暂时没有改换门庭的意思，便放弃了。

第二天回到公司，杨森安排人打听北京城内最优秀的心理医生的服务价格。他意识到，无论根据BEIN目前的工作强度还是企业未来的发展方向，公司里有一位心理咨询专家坐镇很有必要。

处理完日常事务，杨森坐在电脑前向四散在各地的高级管理人员发布指令：慰问当地员工的同时，寻找、关注、接洽目标社区，随时准

备扩张。可以谈的条件如下:
  1. 原物业公司所有员工及管理人员留用,无条件保持原待遇四十八个月;
  2. 提供社区物业管理费总额 3% 作为补偿,持续三年,按年付清;
  3. 社区内绿化、土建、水、电等相关工程项目,条件一致的情况下,原施工单位优先;
  4. 社区内涉及管道、线路等网络资源一次性回购。
并告诉他们,别被自己业主罢免之后再找我谈。

  刘涛特意过来找杨森一起吃午饭。
  "老杨啊,你把管理人员都派出去,公司好像一下子空了。"
  "是。"杨森琢磨琢磨,"空落落的。"
  "要我说啊,咱们再雇点人,实习生啊、校园招聘什么的,有个大公司的样子嘛。再说了,也能帮帮跟着你摸爬滚打过来的那些老人儿。"
  杨森一边回着邮件一边说:"谷歌今年拿走了全球媒体广告支出中的 14%,差不多八百亿美元,而谷歌负责全球广告业务的员工,你知道有多少人吗?"
  刘涛看着他摇摇头。
  "不到二十人。"
  "这么牛!一个人产值四十亿美元?"
  "那你看。"杨森基本回复完毕,准备出发。
  "人家确实厉害,可毕竟工作内容不同啊。"
  "你说破天去,人家工作量也比咱们大。等时机成熟的时候我会增加员工,你就别操心这个了,研究研究中午吃啥吧。"
  出了公司,刘涛拉着杨森到长安大厦里的"潮好味道"简单用下午餐。
  "其实我还挺喜欢吃粤菜的。"杨森坐下说。
  "外行了。"刘涛道,"潮州菜还真不属于粤菜,各有特色。"
  杨森笑了笑:"我可听说粤有三菜,广、潮、客,到你这儿怎么又不是了呢?"

"这菜和人是一样的。"刘涛摆弄着菜单说,"虽然有很多共同点,但如果打底的味道变了,那就不是一类。"

"话里有话啊,刘总。"杨森低头看着菜单。

"您圣明。"刘涛一边点菜一边说,"你那位上海滩小老弟,静极思动啦。"

"赵峰?他不是正和名模谈恋爱呢嘛,八卦新闻不都报道了。"

"就这几个吧,酒就免了,直接上菜。"刘涛对服务员嘱咐完,对杨森道:"你可别小看赵峰,这小子正研究收购影视公司呢。"

"女友是模特,估计是想转型当演员吧,走而优则演呀。"杨森没在意。

"他要真是想讨女朋友高兴,随便开个公司就得了,为什么要处心积虑收购一个实力不差的新三板影视公司呢?"

"倒也对。可他有那个实力吗?"

"他要有那实力还用找我吗?那家公司市值将近十五亿元,这小子手头上现金最多一亿元,就敢签订提前认购协议,他现在拿着协议四处找钱呢!好笑不?"

"借钱买钱呗,老套路。"杨森嗤之以鼻。

"套路虽老可管用啊,再加上他那个小女友还有些影响力,从演艺界拉了好些个小明星入股,那帮艺人本来就自带传播效应,三下五除二鼓捣得还挺热闹!"

"照你这么说我感觉能成,就怕杠杆率过高,引起证监会注意。"

"他现在哪能顾得了这么多!金麦不帮他,银行不理他,剩下认识的几个富二代,估计都回家找妈妈要钱呢。"

"他找你了?"

"找我了。"刘涛解开领口准备开吃,"说要股权质押。"

"走这条路就是准备套现了呗?"

"套现快啊,就算他现在不想套,等到公司到手,他搞一个号称投资十个亿的大烂片儿,然后再在上映前来个转身离场,那不一回事嘛!"

"小子!是不是咱们让他人生中第一个一亿来得太快了,把孩子给害了?"

"你什么意见?"

"我没意见。"杨森笑笑,"这属于你们公司的正常业务范畴,不需要听取我的建议。"

刘涛斜着眼睛看杨森。

"我们要是参与的话,他下场可能会很惨。"

"那也是你们之间的事,与我无关。"

"还有个事你肯定感兴趣,"刘涛话题一转,"之前从 BEIN 出走的那个老车,现在也在筹钱。"

"知道。"

"你了解这个圈子的特点,虽然现在金麦我们说了算,但被老孙头封杀的创业公司,日子肯定难熬。说到底,老车也是因为你才混到这一步的。"

"我当然清楚。不过他这人比较拧,一直拒绝我的帮助。"

"我一直想不通你为什么要放弃手机游戏,不是很赚钱的吗?"刘涛饶有兴趣地问道。

"游戏产业,"杨森说,"核心在艺术领域,而我是商人,并不是艺术家。所以对于 BEIN 来说,拿游戏续命可以,立命不行。"

"透彻。现在老车找我们啦。"

"那你知道该怎么做了?"杨森意味深长地说。

"有时候真琢磨不透你,哈哈。"刘涛开吃。

"这就是当前中小企业的悲哀。"杨森叹了口气,"银行、金融机构,根本连搭理都不会搭理他。"

"你以为是在美国哪,开个旅店都有银行给你贷款?"

"发财难一点儿,也未见得就是坏事。"

"你是惦记着他带走那几个人吧?"

"当然,易得有价宝,难得有才郎啊。"

"阴险!"

说完两人正式开吃。

"对了,宋先生最近怎么样?"

"挺好的。"刘涛随口答道,但杨森感觉刘涛好像在刻意回避这个话题。

下午6点,老车预定了一间超级包房,将团队所有成员统统叫上,痛痛快快喝了顿大酒。

"车总,当前是有困难,但我相信您能带领我们走出去!"

面对员工敬酒,老车来者不拒,对他们说:"大家放心,有我在,一切没问题!"

"长石那边您得多催催了,"合伙人提醒他,"再拖下去不是办法。"

"没问题,交给我吧!"

"等您好消息。"

"只要咱们的产品上线,万事大吉!来,再喝一个!"

"好,敬车哥一杯!"

酒局一直持续至午夜,两名还算清醒的员工将醉倒的老车搀回家。车太太开门接过丈夫,看着他的样子无比心疼。

"他们走了?"老车躺在沙发上突然醒酒,像是正常人一样。

"走了,干吗喝那么多呀,伤身体,不知道吗?"太太很担心他,却也无奈,"就知道透支自己身体,看你都瘦成什么样儿了。"

"放心吧,一切有我。"老车挣扎着起来。

"还不如回东北,也不用这么累。"

老车喝口水,出神地看着窗外。过了许久说了句:"我有点儿想杨森了。"

对待这个话题,车太太仍然小心翼翼。

"那就去找他啊,怎么说还是兄弟。"

"不找他,就是有点儿想他。"

"让杨森帮着说说话吧,毕竟长石跟他更熟。"

"根本不是一家长石或者拉投资的问题。"老车说,"我终于体会到,他当时代替大家承受了多么大的压力。"

"其实并不是所有人都适合创业,或者当一把手,带公司。"车太太将心中堆积已久的话,像挤牙膏一样慢慢说给老车听,"他或者能在压力中找到快感,而压力对于咱们来说,就只是负能量。"

"所有人都愿意享受结果,谁喜欢承担过程呢?"老车感慨道。

"大家都不容易啊……"

"放心吧,有我呢。"老车抚摸着太太脸颊,"跟着我受苦啦。"

"说啥话呢。扛不住了就去找杨森。你要是抹不开面子,我去请他来家里吃饭。"

"行。你先睡吧,我再工作会儿。"

老车坐到椅子上打开电脑登录银行账户,余额显示还剩三百元。

第 八 章

世界

科技,才能强国。中国企业家的骨气,
现在就让他们看到!

1 "您想研究杨森？"

BEIN 高级管理人员陆续从各地返京，情况汇总之后，达成合作意向的新社区达到二十二个，杨森对这个结果比较满意。

"我还有一个想法，"林巧见上一议题已经结束，继续道，"我觉得目前宣传及美工类的工作，可以集中到罗莎那边，把人员和资源再次整合一下。这样一来，现有美工也可以增加收入和工作量。"

"可以。"王东和邹山几个人也表示同意。

见杨森听过之后认可地点点头，林巧接着道："而本部，我建议增加一个客服部门，把之前外包出去的话务、呼叫服务工作，全部收回来自己做。"

"为什么拿回来自己做？"杨森问道。

"我是这样考虑的。"林巧很有准备，"第一，用户服务外包出去，就变成了第三方公司的一项计件工作，按劳取酬，合作方对于 BEIN 没有附加义务。只有掌握到自己手里，才能认真分析客户诉求，从中发现灵感，让客户意见转化为企业价值。第二呢，拿回来之后，我们就有了一个可以进行拓展的平台。"

"什么平台？具体说下你的想法。"

"拿回来之后，可以分成三个业务板块：一是对用户的话服系统；二是线上的人工智能服务平台；三是对下属各个比邻服务中心、供应商、合作方的对接支撑平台，它的主要功能是免除企业内部沟通、联系、咨询上的复杂流程。"

"非常好！"杨森当即表示同意，其他人也没有反对意见。

"你需要多少人？"

"按照现有和即将建设的比邻社区数量以及服务客户总数来看，五十人起。"

"好，开始招人吧。"

按照林巧所提出的规划，杨森当即成立服务部。林巧也正式完成了由中层向核心层的过渡。她现在头衔为比邻服务部主管、企业管理流程优化小组成员、公司董事、常务副总裁，作为一名不到三十岁的青年女性，林巧在收入和职位两个方面的上升速度堪比火箭。

BEIN 内部管理机构随之逐渐清晰，即四部、两室、两个虚拟小组。四部包括财务部、业务部、服务部、人力及福利保障部；两室包括研发室和基础维护室；两个虚拟小组为投资管理小组和企业管理流程优化小组。总体架构比较精简，员工也比较合理地集中在具体业务单元和技术领域。

同时，BEIN 拥有"欧威""BEING 电气"和"BEIN 广告"三家全资子公司。在股权结构上，杨森持 34%，拥有一票否决权；联合创始人占 17%，马教父占 14%（无投票权），长石 9.5%，金麦 8.3%（部分投票权）。最令杨森担心的还是长石的 9.5%，因为这部分股份拥有一比一投票权，并且只要长石再从小股东手中回购 0.5% 股份，使持股总额达到 10%，便拥有临时会议权、质询调查权等杨森非常不希望长石掌握的权利。

其实早在长石刚刚入驻 BEIN 阶段，杨森便与联合创始人重新签订了新版股东一致性协议，以此保证决定 BEIN 发展方向的大权始终掌握在自己手里。即便如此，面对此类股权问题杨森丝毫不敢马虎，他将自己先前回购的公司权益由宋丁、胖子、林巧分别代持，进一步稳固自身地位。

可问题偏偏就出现在这 0.5% 上。

不得不说，金钱在某种程度上是万能的。就在赵峰面对影视公司收购案一筹莫展之时，向他伸出援手的居然是孙罡。孙罡利用自己在投资圈和金融领域的人脉关系，竟匪夷所思地帮助赵峰实现了这笔高杠杆蛇吞象并购。完成收购之后，赵峰将自己手头未质押股票在高价时迅速卖出，狠狠赚了一笔之后轻松离场。

"孙叔，这次您帮了大忙，您老指个道儿，我照办就是。"

"呵呵。"孙罡冷笑了一声，"算你小子还有点儿良心。"

"您言语。"

"直说吧，据我所知当初杨森为了拉拢你，给了你小子一部分

BEIN 的权益。"

"您想研究杨森？"

"让他长长记性。"孙罡攥着拳头。

"您指示，具体怎么办？"

"你不是认识几个 BEIN 的联合创始人嘛，"孙罡道，"你暗中用套回来的现金高价收购一些他们手中的股份，当然，我也会资助你。BEIN 那帮土包子正急着买豪宅、开豪车呢，从他们手中买少量股份应该不成问题。"

"这个简单。然后呢？"

"你把带着一比一投票权的股份攒到 0.6%，之后全部卖给长石。到那时，长石所持的股份就会达到 10.1%，再加上金麦原有的部分投票权，到关键时刻，我们就能搞他一下！"

"与长石合作？"赵峰不解地问道。

"这个世界上没有永远的敌人，而敌人的敌人就是朋友，就像我，不是也帮了你嘛！"

"那您能得到什么呢？"

"一年前，金麦是宝，BEIN 是草；而今天，反过来啦。"

"明白。"赵峰尴尬地笑了笑，他深刻地体会到，无论自己多么努力地在"成年人"世界里辗转周旋，长袖起舞，到底还是摆脱不掉一颗棋子的命运。

"我回北京立刻办。"

2 "我都做了什么啊？"

杨森最近这段日子，即便回到酒店之后也闲不住，他拿着纸笔不断地在床上写写画画、嘀嘀咕咕，让林巧看着十分不满。

"哥哥呀，忙活一天咱休息会儿好吗。陪我说说话！"

"别闹，研究事情呢。"

"到底什么啊，每次问你都说保密。"林巧凑过来想要看。

"公司机密。"杨森马上把本子合上,看到林巧噘着嘴,只好安慰道,"行了,不弄了。"

"哪个领域总能透露一下吧?"

"可以。不是互联网领域。"

"骗我,咱们是互联网公司,不搞互联网难道要饭去吗?"

"对了,还就不搞它了!"杨森搂着林巧说,"你知道,中国古代,也不说古代了,几百年前吧,一个人想让他的话一夜之间让十万人看到,需要达到什么水平吗?"

林巧摇摇头:"不可能吧!"

"你得达到李白那个水平!'云想衣裳花想容,春风拂槛露华浓'这个级别的文字才能拥有那么巨大的传播量。可你看现在呢,拍餐厅、炫富、标题党、丝袜美女,反正能吸引眼球就行,李白、杜甫、白居易那些人如果知道千年后有互联网这玩意儿肯定感叹,你们发那些干吗啊?你写诗啊!"

"可互联网的作用不就是在于分享生活嘛!"

"那是美国人告诉你的!他们帮你定义过了,所以你这么认为,他们起了个头儿,大家就都把互联网应用于迎合人类最原始、最低级的趣味。现在就是让人越懒惰、越低级、越刺激的产品,越容易获得大量用户,而用户就是钱啊。可真正有价值的东西,往往会淹没在海量的信息当中,这时候就需要资本来拉动,来引导。所以,从某个角度上来看,资本的力量往往就决定了整个互联网产业的导向。"

"这个话题你能说一宿,我不想听。"林巧躺在他怀里撒娇。

"好好好,不说了。"温存片刻,杨森突然道,"赵峰回来了。"

"哦。"林巧心想我可不上钩了,拒绝搭茬。

"不知道这家伙想搞什么。"

"你不是有密探嘛。"

"那是以前。小打小闹的时候安排个无关紧要的内线,提前了解对手动向。我们现在是大公司,任何一丁点儿丑闻都可能把我们打入深渊,密探什么的早放弃了。"

"他一个小小的董事能搅起什么波澜?多虑了吧?"

"那倒是。可我总觉得那小子骨子里透着一股邪劲。"

"哈哈,你是怕他把我抢走吧。"

"是啊,怕死啦。"

第二天,传来了一条让所有人震惊的消息:老车自杀了!

"我让你推迟放款,没让你耗到他走投无路!"杨森抄起电话就骂。

"这两种方式的界限本来就很模糊,你让我怎么把握?我也不知道老车就能自杀啊!"刘涛愧疚地解释道。

"现在人没了!你让我下半辈子怎么面对自己,怎么面对他老婆孩子?"

"本来就是你的主意,你现在怪我?"刘涛也怒了。

说完这句,两个人半天无话。最后,杨森主动说:"对不起,刚才我太激动,你别介意。"

"死者为大,我心里也不好受。不说了,咱们都是罪人。"

挂掉电话之后,杨森瘫在椅子上万念俱灰。他本想让刘涛拖着资金发放时间促使老车屈服,最终向自己投降并带着弟兄们重归 BEIN 旗下,可万万没想到,搞了一辈子技术的老车,竟会选择如此极端的方式摆脱眼前困境,这让杨森内心无比愧疚。

其他人得到消息之后,谁都不敢进他办公室汇报工作,包括林巧。只有李丽第一时间代表 BEIN 前去探望了老车家属,杨森向她交代了几句,随后,她又陪同王东到老车公司见了员工。根据李丽判断,应该没有一个人愿意在这个时候回到 BEIN,日后也难。

第二天,老车葬礼,杨森带着 BEIN 老员工们前去吊唁。不知是刘涛故意放风以减轻自己罪行,还是投资界本没有不透风的墙,杨森隐隐觉得,在场所有人都已经知道他才是逼死老车的幕后真凶。

瞻仰遗容之后,面对老车的遗孀,杨森百感交集。车太太看着眼前这个曾经和自己丈夫关在房间里一聊一整天、像亲弟弟一样的挚友悲痛欲绝,她紧咬着嘴唇狠狠地给了杨森一巴掌,声嘶力竭地喊:"你不是他兄弟,你走!"

回到车上,杨森终于忍不住抱头痛哭:"我这是做了什么啊?"

老车葬礼过后，杨森一周没有上班，公司除林巧和大雷之外没人能见到他。说实话林巧也不知道该如何处理这种事，安慰也不是，开导也不是，只能默默陪伴，看着他像原来一样独自疯狂工作，把草稿贴得满墙都是。

BEIN总部照常运营，每天的营收像雪片一样收入囊中，每天的开支又像大雨一样倾泻而出。人类，只要进入那台由数字和钢铁组成的资本运转机器便根本停不下来，任其摆布。因为，那已经成为生活的核心。

一周之后，杨森拿着他新的方案回来了。

"今天没有外人，那些投资人派驻的代表我一个没叫。我最近有很强烈的预感，随着我们社区的不断壮大，这里面的利润太大、太可观了，我很担忧。大家想一下，不到五十个社区，我们一年的利润就将超过两个亿。中国优质的社区有多少？十几万个！这些巨头能放过这么大一块蛋糕吗？我也很怕，很怕实现中国人不花钱买房的未来社区理想最大的阻力不是市场，而是资本。"杨森讲完，众人无话，都在很平静地等待着他说。可能是因为老车事件，杨森隐约感觉到自己在办公室里威望大幅降低，人到底还是感情动物，隔阂，看来只能通过时间逐渐消除。

"说一下我的想法。"杨森直接摊牌，"我准备造汽车！"

"造车？"

"什么？新能源汽车吗？"

听到杨森的结论大家终于骚动起来，针对众人疑惑，他继续道："比邻未来社区，以实现用户购房免费为最终理想。实现它，我们需要小火慢炖，一步步来。我们目前免物业费，随后会开展积分返利和积分抵偿共享服务，最后才是免费入住，这需要很长的时间，但在这期间，我们必须要做些什么。我考虑了很久，如果从现在开始研发汽车发动机，再干五十年也赶不上丰田、通用、宝马，没有意义。但是我们现在掌握了世界上先进的摄像头技术和人脸识别算法，这就代表我们拥有世界上先进的智能汽车辅助驾驶能力，而它就是我们进入新能源汽车领域的钥匙。"

"老杨,我知道咱们现在还很弱小,需要以攻为守,但这次的步子是不是迈得有点儿大?"王东想要试探一下他的决心。

"其实造车并不难。"宋丁插嘴道,"尤其是纯电动汽车。雇一个世界顶级的设计公司或者汽车设计师,自己写一套行车软件,技术靠特斯拉共享,电池买国外的,生产找国内车厂代工,花点儿钱搞几个4S(汽车销售服务)店,基本上也就可以写PPT准备新车期货上市了。车本身呢,可以用成本价卖给消费者,我们赚新能源补贴就可以了。而车载软件方面那是我们的拿手绝活儿,不像他们还得外包出去。"

"宋大才子一针见血啊!"杨森附和着。

"可我想说的是,"王东接着道,"咱们不能见什么流行就拿来干吧?现在我们每个社区的年净利润在三四百万元,四十家整体收益超过一亿两千万元,收入非常可观。还有,我们供应链完整,上下游把控良好,资金充沛,投资者稳定,估值一路攀升,这个时候挤进新能源汽车领域,是不是有点儿冲动?老杨,我个人的想法是,我们应该把精力放在内部系统优化,拓展小区这两个方面,而且纯电动车的投资太大……"

"我要做的是太阳能汽车!"杨森打断了王东的发言,"往小了说,我只想做中国人拥有关键技术的行业,哪怕是一小部分;往大了说,人类终有一天会登上其他星球,而那时我想他们乘坐的是BEIN造的太阳能汽车!"

"你疯了老杨,太阳能汽车的技术仍处于研讨阶段!"王东不敢相信自己听到了什么。

"不在初始期我还不干呢。我做过深入研究,目前我国的薄膜太阳能电池技术已经是世界领先水平,广东的华能,其研发能力属于业界翘楚,正符合我们核心技术在中国、核心生产在中国的要求。"

"太阳能汽车并不是新闻,奔驰、宝马、丰田都实施过相关计划,也出了概念车,但价格太高,保养成本也太大,最后没有投放市场。"宋丁一听是太阳能汽车也不停摇头道。

"我们可以阶梯形开展,第一代使用混合动力,太阳能和电动的比例在3:7,之后5:5,再往后8:2,最终实现全太阳能!"杨森继续坚持自己意见。

"即便这样成本也很难低于五十万,已经接近奔驰、宝马的价格区间了。"宋丁忧虑地说。

"这个就是逻辑概念的问题了,普通汽车的油料不需要钱吗?按每个月一千元油费估算,一年就是一万二,按八年使用时间,就是九万六。再刨去购置税、车船税等税额补贴,整体价格优势就将近十五万,所以,那五十万,相当于三十五万。只要我们造出一款对标三十五万元的汽车,就有竞争力了。"

"那还有特斯拉呢!"王东有点儿着急,"你干这个都不如搞手机!"

"手机根本就不是科技行业,而是供应链产业。"胖子对手机十分了解,"软件需要开发,芯片、屏幕得进口,各项主要元件不是进口就是采购,而组装和生产,需要大厂代工,说白了现在的手机公司就是一个设计公司和整合供应链的企业。竞争又这么激烈,做它的意义是什么呢?"

大家七嘴八舌地讨论着,但核心结论就是不同意杨森提出的太阳能汽车计划。结果不了了之,杨森并不死心,执意将方案递交董事会讨论。

3 "我走。"

"看来,大家暂时接受不了你的想法。"林巧陪着留在会议室久久不愿离去的杨森。

"这个不重要,"杨森透过玻璃墙看着整个三楼办公区,"他们已经不信任我了。"

"你想多了。"

"想多了?过去大家不会质疑。"

"可能是项目太大了吧。"林巧试着解释。

"呵。"杨森点燃指间香烟,"太大?以前经历的生死关头还少吗?"

"但我们现在状况非常好,所以大家一时间难以理解你的想法也正常。"

"非常好？"杨森反问道，"我现在已经威胁到他们的根本，还傻子似的！"

"可有些东西需要时间消化呀。"

"比如？"

"比如感情。"林巧走过去坐到杨森身边，"人的情感是很微妙的，以前你在大家心目中就是神，可一旦神犯了错，就比人犯错更难弥补。"

"我看是钱太多，麻痹了神经！"说完，杨森把没抽完的半根烟用力按灭。

"杨森是不是疯了，居然拿这种方案让咱们审议？"刘涛对宋先生道。

"高端玩家！"

"您怎么看？"

"他已经发觉了。"宋先生语气里带有一丝没有看错人的欣慰。

"不可能吧？"

"这是个走一步看两步的人，即便没有任何风声，他也能自己闻出来。"

"那我们……"

"当然否决。想把我们拉下水，也太小看长石了。告诉孙罡，做他该做的事！"

董事会审议之前，杨森带着林巧飞往广东，希望可以提前与华能达成一致，以便在董事会上占据更大主动权。但非常遗憾，华能方面只是派出常规工作人员进行礼节性接待，其高层领导始终拒绝与杨森面谈。

当天晚上回到下榻酒店，两人多少有些沮丧。林巧无意中翻到酒店附赠杂志上刊载了新一期内地富豪排行榜，杨森榜上有名。她举着矿泉水瓶"采访"杨森。

"请问杨总，作为新兴富豪，您有什么感想？"

杨森拍了下林巧的脑袋："没有你，我很富有；有你，我真的很富有。"

林巧听了他的话心里其实挺高兴，安慰说："华能高层不见你，也不能完全肯定就是不想合作，咱们冷不丁过来，还不让人家琢磨琢磨？"

"不见我，不是不愿意合作，而是把我当成竞争对手了！"

"怎么讲？"

"参观完华能的产品展厅，再加上他们高层此番态度，基本可以判断华能已经有了造太阳能汽车的具体计划，所以，继续等下去已经没有意义。"

"到底为什么要造车呢？"林巧不解，"我们完全可以在自己的领域里成为霸主。BEIN 目前掌握着终端用户，就连小区物业都是我们的，按照目前的推进进度，BEIN 会一点点吞食掉所有电商巨头的市场份额。"

"所以我很担忧。"

"为什么？"林巧问。

"你以为资本市场和电商巨头们会眼睁睁看着我们一口口将他们吞噬掉吗？"

"任何企业都可能面对市场竞争呀，尤其是面对行业寡头，再说他们也是 BEIN 股东呀！"

"你太天真了。"

"那当初为什么要投资我们呢？"

"因为时间。"杨森意味深长地说。

林巧似懂非懂，但她感觉应该结束这个话题。

"我给宋丁打个电话，你先睡吧。"杨森说。

第二天，杨森和林巧搭京城大佬的专机返回，上车直奔公司。

BEIN 总部内，二人广州之行的结果不胫而走，一种谁都说不清、道不明，但心里清楚的紧张气氛陡然而生。会议室内，金麦代表、长石代表、马教父心腹、联合创始人等董事会成员分别就座。杨森一到，每个人都把手机收好。

"看来大家知道了？"杨森面带微笑边说边坐。

"合作研发这种大事遇到阻碍很正常，别往心里去。"王东安慰道。

"那咱们开始吧。"由于手握股东一致性协议，杨森对此次董事会投票很有底气。

"先等一下，"刘涛打断他，"老杨，你在广州这两天，公司股东之间出现了部分股权转让，这是公司最新的股权架构，你先看看。"说着刘涛将文件推给杨森。

"啥玩意儿？"杨森呵呵一笑，"各轮发售的股份和融资情况都有明确上报，值得在董事会看吗？"

"这是 A 级原始股！"

"什么？"杨森一愣，随即迅速恢复平静。他翻开文件，看完"啪"一声用力合上，冷笑道，"好手段啊，老刘。但你别忘了，我手上有股东一致性协议，掌握着所有联合创始人的投票权，想否定我的项目，你票数够吗？"

刘涛没有理会，只对大家说："根据最新的股权架构，长石持有 BEIN10.1% 股份，拥有质询权。我现在代表长石和金麦，共同向公司执行总裁、董事长杨森先生发起质询！"

"好，我听你怎么说！"杨森强压着心中的怒火，歪坐在椅子上。

"第一，杨总执意启动新能源太阳能动力汽车计划，其原因是什么？是个人意愿还是从公司未来发展角度出发？第二，目前发起该项目，是否有利于公司发展，你有没有考虑到该项目很可能导致公司经营出现巨大风险？请您回答！"

杨森听完胳膊架在桌上，看着刘涛道："去你的吧！"

"这是您的最终答复吗？"

"对。"

"根据杨总的回答，我认为杨森先生已经不再适合担任公司执行总裁一职！"

"噗！"杨森笑，"原来如此，原来你们今天不是来否决提案的，而是想要把我挤走！刘涛，我还是那句话，你票数够吗？"

"老杨!"刘涛胸有成竹,他转过头看着杨森的眼,"随随便便我敢动你吗?"

杨森环顾会议室,除林巧之外,所有人都在躲避着自己的目光。

"我提醒一下杨总,您与联合创始人签署的股东一致性协议里第十七条明确指出:公司遇到重大变革,如涉及公司能否持续运营类的相关决策,联合创始人可以选择保留个人意见。而现在,就是公司生死存亡之际,按照该条款,联合创始人是不是有权不投票?"

杨森利用最后残存的一丝理智,开始逐个打量董事会成员。他终于发现,以目前状况,自己除了林巧、王东、胖子、宋丁,根本没有足够的"铁票"来支持"太阳能汽车方案"。他已经失去了对BEIN的绝对控制权。

"知道为什么狼群里有只羊吗?"杨森突然问起刘涛。

"因为'群'里有个'羊'字。"

"还不傻。"

"讽刺我是那只羊?"

"你连羊都不算,充其量算一条吃剩骨头的野狗。"

"老杨,只要你放弃太阳能汽车计划,我相信兄弟们没人敢反对你!"王东终于发话,他这是在抓住最后的机会拯救杨森。

"是啊,这两件事本来就是一件事。"刘涛道。

杨森带着感谢的目光向王东点点头,继而盯着刘涛道:"还是那句话:去你的!你想搞老子?别忘了,我是公司最大股东,拥有一票否决权!你投吧,你投多少次我否决多少次!"

"有意思吗?"刘涛笑着说,"你都是孤家寡人了,还用那可怜巴巴的否决权来维持权威,大家举手的表决你能否,心里的表决你否一个给我看看!"

听完刘涛的话杨森突然陷入沉默。

"烟。"

林巧听了起身掏出烟给杨森送过去,又帮他点上。

过了许久。

"呼……"杨森重重地吐出一口浓烟,留下两个字,"我走。"

第二天，王东就任 BEIN 执行总裁。

4 "傻眼了？"

"杨老板怎么样了？"李丽坐在阳台的地上问林巧。

"别墅里呢，读什么《楞严经》《庄子》《传习录》。"林巧边吃边说。

"奶奶的，长石那帮人太可恨了，换我，破酒店给他砸了！怎么，老杨新买个别墅？"

"纪伟哥的，安静，周围也没什么邻居。"

"他心情怎么样？"

"怎么说呢，"林巧攥着叉子思考下，"不正常。按说以他的脾气，应该发火甚至发疯，对吧？但这位大哥每天就是收拾收拾房间，看书散步，晚上还做饭，研究川菜，搞得我都有点儿恍惚了。"

"你带着他出国度假呗，散散心。"

"说过，"林巧道，"不同意。让我一定要把情绪和工作分开，先把自己手头事情做好，别掺和他们之间的事。"

"老杨对公司真是有感情。"

"当然了。"林巧感叹道，"和要他半条命没什么区别。自己被罢免了还叮嘱我安抚好胖子呢，让他踏实工作。"

"你真需要安抚下胖哥了，我看他整天垂头丧气的，不愧是老杨铁杆，感情深哪。哎，提这个我想起来，今天上午王东把公司福利又削减了你知道吗？"

"听说了，只要他不在，早晚的事。"

"奇怪了，"李丽道，"以前没感觉，现在那些东西突然没有了贼别扭！"

"他是把员工所有生活问题全都解决掉，让大家只关注工作就行。"

"可不嘛，王东这小子不地道。"李丽愤愤不平。

"别怪他，他决定不了。"

林巧说得没错，在长石和金麦双重压力之下，王东只能执行这些新规定,而这些规定,看起来是那么合理,而事实上又是那么不妥。她终于明白,原来决定到底谁说了算的,不是股权,不是票数,而是坐在这个位子上的人到底是谁。

对于BEIN目前的状况,刘涛和宋先生十分满意。

"无缝过渡。我就说,地球离开谁都照转不误。"刘涛语气中透着得意。

"杨森底子打得不错。"宋先生说。

"是。"

"眼前最重要的就是稳定公司班底。王东、宋丁、邹山,还有那个胖子,必须给我按住,一个不能放。其余骨干也要做好心理疏导工作,毕竟都是杨森挑选出来的爱将,他眼光我还是认可的。"

"明白。"在宋先生面前,刘涛一向谦虚谨慎,几句话之间他已经意识到自己刚才多少有些冒失和飞扬浮躁,于是认真道,"王东一直作为杨森的左右手,能力虽然没问题,但魄力差太多,容易左右;宋丁、胖子是硬件、软件两头儿的主管,算是业内顶级,杨森走之后宋丁比较正常,胖子前些日子有些抵触情绪,不过最近好很多;至于邹山,他对于企业内部管理,尤其是营业现场管理方面堪称一流,标准职业经理人,所以钱到位就好办。您说得没错,只要这四个人在,BEIN日常运营绝对没问题。"

"很好,对BEIN一定要熟悉到这个程度。记住,只有'人'的方面不出现问题,咱们才能拿得稳、搞得定。"宋先生继续道,"话说回来咱们要感谢杨森啊,哈哈,配备了这么完整的人事架构。对了,他还有一个女朋友吧,长得挺漂亮那个,叫什么来着?"

"林巧。"

"对。"宋先生想起来了,"这个女孩儿暂时不要动,甚至不要去激怒她,防止动摇军心。要知道,她的背后是杨森,杨森不可能选一个什么都不懂的花瓶来当伴侣。万不得已的时候可以逼着她自己走,避免正面冲突。"

"完全明白。"

"行了,BEIN方面值得关注的也就这些,聊聊其他项目吧。"

另一边，马教父心腹趁着同乘的机会抓紧时间汇报情况。
"老宋出手，杨森下台。"
"这些年，"马教父惋惜道，"被老宋盯上的人，逃脱的概率很小。"
"您怎么看？"
"从社会总体上讲，谁多赚了几十亿元，谁损失了几十亿元，没什么大不了的。钱到了一定量之后不过是数字而已，对国家有意义，对个人没意义。"
"为我所用岂不是更好？那可是一群饿狼啊。"
"呵呵，BEIN那伙员工才是狼，杨森是狮子。狮子会屈服，但不会被驯服。"
"您对于杨森的评价不低呀。"
"这样也好，老宋是一个什么都可以谈的人。假如BEIN归至我方旗下，可能会有更大的发展。"
"我去找他。"

过了几天，李丽将数件杨森的个人物品收拾妥当，准备给他送去。其实，杨森的办公室至今为他空着，内部陈设纹丝未动，李丽同样可以选择把那些衣服、鞋子交给林巧捎回，但她没有选择那样做。
抵达别墅，杨森出门相迎，并主动从李丽手中接过纸箱搬运，以往这些具体劳动他全都不可能做。
"晚上在家吃吧。"杨森帮她泡茶。
"不了。"李丽说，"谁知道林巧什么时候下班，等不起她。"
"那你先吃，尝尝我手艺。"杨森将杯子递给她。
"别，不像话。"李丽喝了一口，醇香，值得回味。
"状态不错呀，杨大老板。"
"人，总得活着不是。"杨森坐到对面，慢条斯理地品茶。
"到底不是常人，什么不顺心的事都能扛住。"
"最不顺心的事莫过于人太把自己当人，假如将自己看成一台机器，烦恼就会少很多。"杨森说。
"啧。"李丽问他："知道老男人三大爱好吗？"

"啥玩意儿？"

"自夸、说教、热衷感慨。"

"哈哈。"杨森笑着道，"估计我二十四岁那年就占全了。"

"你老得快呗。"

杨森不语。李丽看着他冷不丁来了句："你不是羊，是狮子，不怕野狗。"

"羊被捉住，往往会得到同情；狮子陷入困境，大家都等着看笑话。"杨森说，"这就是人心。"

"我觉得没有人在看你笑话。可能是你太强了，其他人并不认为自己可以给予你安慰。"

"也许吧。"

"你需要吗？"李丽问。

"不需要。"杨森说，"我已经有了。"

从这一刻开始，林巧在杨森心中的地位已经坚固得不可撼动。

下班时间刚过，杨森已早早备好四菜一汤，都是经典川菜。林巧到家之后看看桌上煞有介事的摆盘笑着说："厉害了，开水煮白菜敢弄啦？"

"伺候我的小公主嘛。"杨森替她盛饭。

"怎么不一起？"

"我不饿，尝尝吧。"

林巧夹一筷子放到嘴里，那味道实在难吃得要命。

"不错，有进步！"林巧竖起大拇指并赞许地点点头。

"你先吃着，我去打个电话。"

"嗯。"杨森一转身林巧赶紧回头吐掉嘴里的食物。

用餐完毕，林巧将碗筷收拾妥当准备上二楼卸妆，见杨森已经讲完电话，便对他说："我明天需要去趟南京，后天回来。"

"什么事？现在南京热啊。"

"日常巡检。"

"带人吗？"

"带不带都行，想一个人去，和男性出差你也不放心呀。"

"哈哈。"杨森想了想说,"我陪你去吧。"

"好呀。"

林巧等的就是这句话。

第二天一大早,杨森便提前起床整理好出行物品,林巧躺在床上看着他忙前忙后的样子非常得意。

"帮我把卸妆水拿着。"

"哪个?"

"粉色大瓶。"

杨森放眼望去,达到该标准的少说七八个,根本无从下手。

"哪个呀?"

"哎呀笨死啦,镜子下面。对。"

"原来是它。"

"精华也带上。"

"哪个?"

"黑色小瓶。"

又有无数造型相似的产品!

"没人给你整这玩意儿!"

飞机抵达禄口国际机场,杨森不知从哪儿租了辆奔驰轿跑用来代步,可以敞篷。不过7月的南京,气温已经接近30℃,二人多数时间还是老老实实吹着空调。

趁林巧巡检比邻服务中心的时候,杨森漫步于各个社区中。比邻,这一功能型服务平台为居民带来的便利性实实在在且显而易见。坐在小区长椅上望着来往人群,杨森一时百感交集,难以言表。

"看什么呢?"林巧走过来问。

"人啊。"

"看出什么了?"

"没有。"

"哈哈,走吧。"林巧挎着他胳膊,"带你溜达一整天,生气不?"

"这有啥,别人想当护花使者还没资格。"

"老同志真有觉悟。走,姐姐请你吃饭。"

"天快黑了,我带你去个地方。"

"一个……地方?"林巧笑嘻嘻地问。

杨森驾车飞驰,林巧忙碌一天身体疲惫不堪,闭着眼睛窝在副驾驶座上打着呵欠。

"老同志咱们去哪儿啊?"

"先不说。"

"那我睡会儿啊,到了叫我。"

"好。"

车程不近,杨森凭着对地图的记忆准确驾驶。南京作为六朝古都古迹甚多,公园、景区不胜枚举,奔驰轿跑穿行其中,不知不觉已经驶入山道。

"咱们到哪儿啦?"林巧噘着嘴巴迷迷糊糊地问。

"进山了。"

"哦,山上的酒店吗?"

"睡得咋样?"

"还行。天都黑啦,你慢点儿开。"

又行数里,前方有一山门挡路,看样子像是路过某座庙宇。杨森下车前去交涉,林巧大致扫一眼,头一歪又睡着了……

"醒醒,醒醒。"杨森轻轻摇晃着林巧。

"嗯?"林巧费力睁开眼,又被车内照明灯发出的光亮刺得眯起了眼。

杨森伸手把小灯关了,"就是这里。"

"是吗?"

林巧四处看看,周围除了一条空荡荡的山路外并无他物,两侧树林茂盛,黑漆漆倒有些阴森恐怖。

"这啥呀?酒店呢?"

"你看!"

说着,杨森按下按钮,轿车顶缓缓打开,他随即又把汽车大灯熄灭,二人顿时融入幽暗之中。

"呀！萤火虫！"林巧兴奋地叫着，直接站了起来。

只见四周点点萤火犹如繁星闪耀，又似宝石挂空，那些自带灯火的飞虫像精灵一般穿梭在草木之间，画面仿佛童话中的梦幻仙境。

"太美了。"林巧感叹着，"你看那个！"

"漂亮吧。"

"何止啊，心都快融化了。幸亏带老同志来啦！你快看那儿呀！"

"林巧？"

"嗯？"

"嫁给我。"

"啊？！"

林巧低头一看，杨森手持绒盒，盖子打开，里面的钻戒足有五克拉！林巧顿时全身过电，自己刚刚的兴奋劲还没过去，杨森就突然加码，弄得她一时间根本反应不过来。

"傻眼了？"

"啊，是啊，对啊，这个场面，哪个女的不傻眼！"

"整不整？"

"整！怕你啊。"

"哈哈。开心吗？"

林巧一把接过钻戒，用力地点点头。

"开心就行。我得马上把双闪打开，后面追尾就麻烦了。"

"你给我滚！"

返程途中，林巧将戒指戴了摘、摘了戴，玩得不亦乐乎。

"行不行了？"杨森嘲笑她。

"奇怪，明明知道这其实就是碳元素，咋这么招人喜欢呢？"

"可爱的碳。"

"哈哈。你什么时候谋划的？"林巧问。

"好多年了。"杨森说，"以前在灵谷寺住过一段时间，当时我对住持说，这条小路太美了，以后遇到心爱的女人，一定要带她来这里求婚。"

"你来几次了？"

"猜。"

"懒得理你。我才不会因为与我无关的事破坏这么美好的夜晚。"说完继续美滋滋地笑着。

"聪明人。"

"当然。"

"实话告诉你,"杨森看着她,"你是第一个,也是最后一个。"

当晚二人并未留宿南京,而是连夜返程,回到家已经夜里12点。趁着杨森准备夜宵,林巧捧着手机开始到处显摆自己的大钻戒,虽然求婚消息控制在少数人内,但林巧心中的喜悦并未打折,只要静下来便傻呵呵笑得合不拢嘴。夜宵过后,两个人泡在按摩浴缸里听着音乐放松,感觉十分惬意。

"其实我还挺喜欢现在这样的,你能天天陪我。"林巧摆弄着杨森手指。

"那以后我就在家待着了。"

"哈哈,不行,我还是喜欢你工作时候的样子。"

"呵,女人。"杨森逗她。

"其实你还是公司的董事长,为什么不继续插手日常管理呢?"

"信望这东西其实只有两个数值,一是100%,二是0。我不会在一个勉强能够接受我的组织里领导他们,这对于我来说没有意义。"

"是不是有点儿耍脾气?"

"有这方面的原因,"杨森道,"不过BEIN并非那种航母级的大企业,它经不起内耗,如果我选择跟他们斗,公司很快就会垮掉。"

"也是。"

"所以我那天没有继续争,让他们搞吧,只要BEIN还在往前走就好。"

"气死个人。"

"可不。"说着杨森起身准备刷牙,又对林巧说,"我要去美国一趟。"

"多长时间?"

"一年半载吧。"

"什么?"林巧听了直接坐起来,"干吗那么久?"

"我要开辟新的事业。"

"能不走吗?"林巧知道,一般他决定的事,不会轻易改变。

"不能。"

"能带我走吗?"

"不能。"

"为什么?"

"因为我需要你把 BEIN 看管好。"

"为了钱?"

"是,也不是。反正按现在的活法,钱能花十辈子。"

"那为什么?"

"有些问题我必须找到答案。"

"说!"林巧问,"着急求婚是不是为了拴住我,让我好好给你看家?"

"聪明人。"

两天后,杨森与林巧签署部分股权代持协议,进一步巩固她在公司的地位。随后,杨森赴美。临行之际,只有纪伟、老实、林巧、李丽送行。

"他真走啦?"马教父心腹与宋先生正在办公室喝茶。

"是的,上午的航班。"

"小子,"马教父心腹道,"我还等着他出什么招儿呢。"

"不过杨森走之前将部分股权交给林巧代持。"

"哦,那个小姑娘。绝非容易摆弄的角色。"宋先生如此点评。

"是,留根钉子帮他看家。"

"不影响大局。"

"不影响。"

"我挺喜欢这小子。他怎么骂你来着?啥羊?"

"您笑话我。"

"哈哈哈……"

5 "没有主心骨啊。"

杨森走后，林巧一个人空落落的，虽然经常视频通话，但生活像是忽然暗淡了许多。不久，林巧在纪伟推荐下购置一套三百平方米左右的房产，算是在北京扎了根。房子装修加上公司的事情，种种乱忙算是填补内心空虚。

BEIN总部陆续加入新人，分工越来越细，作息时间同时进行更改，不再采取全天候作业模式。总之，一切向正规化推进，向着杨森所摒弃的模式逐步演变。

而杨森，就像中国数不清的互联网创业者一样，远离他所创建和为之奋斗的事业，远离舞台中央，拿着大把的钞票逐渐消失于投资者和公众视野之外逍遥快活。李丽从国外视频网站上找到一则关于杨森的新闻，内容是当地华人媒体报道杨森收购美国东部一家知名内衣品牌。

视频中女记者问："你是中国著名的互联网公司创始人之一，为什么在投资界普遍看好BEIN前景的情况下选择离开，到美国收购一家女士内衣品牌呢？"

杨森站在名模堆中得意答道："我的很多朋友也问过我同样的问题，你一个搞互联网的为什么要收购一家内衣公司呢？拜托，请大家回头看看，每天可以欣赏这些地球上最美的女人和最性感的身体，简直就是天堂啊，赚那么多钱为什么呀？"

"听说您此次收购资金中，有来自滞留美国的中国籍商人的资金支持。"

"没有根据的谣言。"

"老色鬼！"林巧看完啪一下扣上电脑。

两个月后，新房收拾完毕，林家父母从东北老家赶来探亲。谁让现在的年轻人更忙呢。

"装修这么大的事,也不提前告诉我。"林爸爸看着自己女儿吃饭。

"就怕你们知道着急过来。"林巧夹起爸爸的拿手菜。

"不懂事。"

"怕你辛苦啊。"

林巧放下筷子,靠到爸爸肩膀上撒娇。

"厨房管道有问题,卫生间排气有问题。你也不差钱,不愿意找我你可以买一套精装修的啊,小孩子懂啥呀,净被人骗。"

"知道啦。"

"地板选得倒挺方便,根本看不出脏净。"

"我错啦。"

"不是批评你,关键是你不懂。"

"我懂。"林巧搂着爸爸胳膊,"我很需要你和妈妈,无论什么时候,我都需要你们。"

"赚那么多钱有啥用。"林父拍拍她脑袋,"晚上11点才回家吃饭,身体早晚祸害完。"

"我会好好照顾自己的。"

林父不再责怪她,转头问:"那个人,他对你好吗?"

"除了我,那个人对谁都不好。"林巧说。

"马马虎虎。你喜欢他吗?"

"喜欢。"

"那就行。"说完,老爷子拿起一根香烟。

"你们男人怎么回事,睡觉之前非得抽吗?"

"嗯?"林父想想觉得不对,"你说什么?谁?什么之前?"

"啊!哎呀好累,洗澡去了啊。"

"你回来!"

林父、林母原来是中学教师,现已赋闲,有了家人的陪伴使得生活不再那么寂寞,同时生活也更加规律、健康。李丽经常去林巧家吃正宗东北菜,她总是说:"咱东北菜老实讲不入流,可就是好吃,没招儿!"老实儿子逐渐接受胖微,家庭美满,而她自己也顺利成为一名小学美术老师，工作稳定。总之，没有杨森，这个世界上的一切仿佛全部回归到正轨，井井有条，一点儿不疯狂，一点儿不折腾，静静的，像河水淌过山谷，又像微风带走白云。可能生活的本来面目就是如此。

"走吧，林副总裁，11点半了。"赵峰象征性地敲敲林巧办公室门。

"你去吧。"林巧眼皮儿也没动一下，"我还不习惯到点儿吃饭。"

"快来吧，身体是革命本钱。"

"刘涛把你弄回来就是为了督促员工用餐吗？"林巧起身看他一眼，"价格有点儿高啊。"

"继续讽刺。"赵峰无所谓道，"我这个人力主管就是主管人的劳动能力。"

"还是先提升下你自己的能力吧。"林巧领头走着。

"说吧，反正我脸皮厚。坐你的阿斯顿马丁啊，拿钥匙。"

林巧穿过工作区的时候愣了一秒——中午下班时间仅仅过去五分钟，办公室里已然是空空荡荡的。

当天晚上，李丽接受小毛的用餐邀请，如约抵达餐厅。

"开工资啦？有良心，知道请你姐姐。"李丽坐好，拿着菜单翻看。

"都没想到你能答应。"小毛紧张地说。

"我又不是什么达官显贵，哪儿那么难叫？再说了，喝半年多白开水，你不该请我喝点儿好的？"

"是。"小毛拘谨地笑笑，看着桌面支吾，"那以后……就不用白开水烦你了。"

"怎么，有女朋友了？"李丽逗他。

"不是。"

"升组长之后有官威啦？理解，没事。"

"更不是了……"小毛搓着自己双手，"我……我不想干了。"

"为什么？"李丽放下菜单问。

"总觉得自己和别人的差距很大，很想接受系统教育。我打算考工业大学本科，之后继续念书，像人家一样至少有个硕士学历。"

"考虑多久啦？"

"有段时间了。"小毛喝了口水接着说，"杨总离开公司之后，其实我想了很多。目前公司各方面也很好，但就是感觉不一样。"

"换了老板当然不一样，慢慢适应就好。不过杨总还没有那么大的魅力吧，能让你直接想要辞职？"李丽很好奇。

"你说得对，杨总只是原因之一。我是这样想，那些老人，他们都是亿万富翁，他们有自己的生活，今天想干这个就能干起来，明天不高兴就把公司解散。可我这样的小角色呢，如果有一天公司不再需要我，除了工资和短短的工作经验之外，我还是得拿着原来的专科文凭继续找工作，对不对？之前公司待遇好，来北京这段时间我基本上没花过什么钱，攒下来正好读书，算是为以后打算吧。"

"你考虑的还挺多。"李丽突然觉得这个孩子还挺成熟。

"丽姐，其实很感谢你，一直都那么照顾我。"小毛真诚地说。

"你对我也很好啊。"

"嘿嘿。"小毛笑了笑，"其实一楼所有人都很羡慕我，因为他们都在你那儿碰过钉子。"

"那帮讨厌鬼。"李丽不在意道。

"其实我知道我们不可能，我怎么配得上你。就算一个美好的回忆吧。"小毛说。

吃过晚饭，小毛将李丽送到楼下，四周高楼大厦灯火辉煌，闪耀得两个孤独身影是那么的单薄与无力。

"那我走了，丽姐你早点休息。"小毛手插口袋，低着头说。

"其实……"李丽对他说，"我并不是没有想过和你的事。"

"是吗？"

"我也那样认为过，找一个爱自己的好人，稳稳当当过一辈子。"

"听上去挺好的。"

"是啊。"李丽微笑道，"可男人对女人好，什么时候是个头呢？要知道接受的一方是没有上限的，你对我越好，我的要求和对于'好'的标准就越高，我不可能对你说'你已经对我太好了，就现在这样吧，不准继续了'，这话不现实。这样的话，只要当你收敛、下降的时候，我就会生气，对吧？久而久之，我和你发生矛盾的点就会越来越多，且琐碎，当你习惯了拥有我之后，你迟早会爆发，到那时什么美好都会消失殆尽。"

小毛听了之后思考良久，说："可能这就是爱情和感情的区别。"

"也许吧。"

"祝你幸福。"失败者的常用结束语。

李丽走近前去抱住小毛，把脸贴在他的肩膀上，温柔地说："去做你想做的事，我支持你。"

第二天，小毛离开 BEIN。

美国，加州，洛杉矶。杨森找到滞留美国的那位乐施创始人夏之行。

"夏哥，你选得地方还真偏僻，不过花园和游泳池不错，有专人保养吧？"

"尝尝这个，据我所知你也是酒国英雄啊！"

"嗯，好。"杨森接过来嘬了一口赞许，"绝对带劲，再来点儿。"

"美利坚就一个好处，清静。"老夏跷着二郎腿，"怎么样，那房子还不错吧？"

"真不赖，幸亏下手早。"

"当然。要不是你上次来美国时听我劝，那么带劲的房子还能轮到你？"

"我也没想到这么快就住上了，哈哈。"

"哈哈。"

两个沦落异乡的失败企业家开始把酒言欢，将各自经历、磨难和一肚子苦水倾泻而出，好不痛快！

"夏哥，其实我很佩服你。"杨森眼皮都喝硬了，拍着对方大腿道，"真的！顶着那么大骂名，自己还过得如此逍遥快活，你是狠人！绝对狠人！"

"用你们东北话说——你给我滚犊子！"

"知道吗，"杨森感慨道，"我当初想投资太阳能汽车，就是要把公司摊子搞大，把那帮浑蛋都拉下水，让他们不敢轻易对我下手。只要我产业够大，并且有未来、有目标、有时间点，那么资本市场就会非常稳定，资本市场稳定，我的股权会增值，公司也就安全了！对不对？"

"你思路和我一样！"老夏搂着杨森脖子说，"不过很可惜，我们下场也一样！"

"哈哈哈哈！"杨森大笑，"为我们都打不过那帮浑蛋干一杯！"

"干一杯！"

两人喝得酩酊大醉，四肢瘫软地躺在沙发上抽着雪茄，老夏哼唧："听说ICE（美国移民与海关执法局）联系你了？同意吧。"

"我不。你咋不移民呢？"杨森反问道。

"哈哈哈哈，我也不。"

"与人斗，其乐无穷啊！"

"看来你没醉，再来瓶龙舌兰！"

"龙舌兰？"杨森有些语无伦次，"龙舌兰我不和你喝，我有专属人员陪我喝。"

"舔人家脖子呀？"

"你怎么知道？"

"我就是知道得太多，才落得如此下场。"

"还没结束呢，胜负犹未可知。"

"杨森啊，你说咱们这样能行吗？"

"行……你就听我的吧……"杨森不知自己是在梦里，还是已经神游到了林巧身边。

中国，月底，星期六，胖微与老实婚礼。

胖微父母一开始并不赞成这门婚事，此时，早前胖微对老实儿子的付出起到关键作用，小石头与她之间的亲密关系打消了双方父母的顾虑。毕竟，21世纪感情是最难得的。

看着台上身披婚纱、幸福无比的胖微，林巧和李丽热泪盈眶。都说俗套，可只要是女人，谁又不期待这一天呢？

"微微也不搞个伴娘团什么的，没劲。"李丽边擦眼泪边抱怨。

"一家有一家规矩,他们不喜欢就不弄呗。"林巧觉得无妨。

"上学的时候都说胖微肯定最后一个嫁出去,想不到她最快。"

"还真是,当初越口口声声说自己肯定晚婚的,全早早嫁出去啦。"罗莎说。

"唉。"林巧感叹道,"当身边单身男性越来越少的时候,就说明姐妹们开始认真啦。"

"你急什么啊!"罗莎噘着嘴,"老杨把公司都留给你啦,还怕他不回来呀?"

"都掉模特堆里了,别跟我提他。"

"最近你们怎么样?"李丽关心地问。

"好几天没视频了,一问干什么呢,就说忙。"

"你看紧点儿!"

"算了,看开了。"林巧释然道,"野去吧,让老同志好好享受一下资本主义毒害,等他那副腐朽的身体被彻底掏空之后,就体会到社会主义优越性了。"

"来来来,我们两口子敬大家一杯。你们桌不准用饮料啊!"新婚夫妇开始逐个敬酒,轮到林巧的时候她没有着急喝,先从包里掏出个东西。

"老杨同志让我把这个信封给你。"

"什么呀,还搞个信封?拆开看看。"李丽好奇道。

老实和胖微打开信封,里面装着一张银行卡。

"杨大老板说,密码你知道。"

老实拿着银行卡琢磨片刻,突然想起什么,扭头哭了。

"怎么啦?"新娘子十分诧异,旁边亲友都围过来以为发生了什么意外。

老实强忍着泪水,揉着眼睛不住摇头。

"到底怎么啦,老公?"

老实呜咽着对大家解释道:"上大学的时候老杨说过,等他发财了,我们几个结婚他要随礼一百万元,密码就用我们寝室门牌号!"

听到他的话,所有人无不震惊,齐刷刷看向林巧。

"我们家老杨说到做到。"

度过一个愉快的周末,林巧返回忙碌世界。

"王东哥,咱们新建社区的资金怎么还没批下来?"林巧对进度非常不满,直接冲到王东办公室。

"咱们那位'财政大臣'还在英国度假没回来呢,根据新财务制度,需要她签字。"

"怎么偏偏挑这个时候迟迟不归,我总觉得有点不对劲。"

"同感。"

"这些人耍什么把戏。"

"唉。"王东深深地叹了口气,"没有主心骨啊。"

6 "这酒劲可大。"

世界上从未有过纯粹的巧合,尤其在商界,99%的巧合都是阴谋前兆。周二,林巧作为执行副总裁,召开联合创始人紧急决策会议。

"想必大家都已经看过了今天的新闻。"林巧率先发言。

"狐狸尾巴终于露出来了!"王东语气非常愤慨。

"一个星期之内,国内最大的两家互联网巨头企业同时开展社区类业务,与我们的商业模式几乎一模一样!这是什么?这是明目张胆地抄袭!他们是突然想到的吗?没有充足的前期准备工作,智能社区就能立即投产?"林巧拍桌子继续道,"门禁方面,硬件全部来自我们的代工厂家;APP内入驻商户,我们供应商一个没落;新建社区补贴模式更是直接照搬。他们到底是想干什么?把我们当成傻子一样摆弄吗?"

"昨天晚上我想起老杨之前对我说过的话。"王东道。

"什么?"

"老杨对我说,那些大企业注资我们,就是先让我们去打头阵,利用我们初创公司的拼劲把市场打开,让客户接受新事物,扩散舆论,磨合商业模式,等到各方面条件都成熟之后,他们就会利用自己的客户黏性和资本优势直接进入！"

宋丁插嘴道："这就清晰了。投资我们，失败的损耗对于他们来说很小，万不得已还能炒作一番再圈钱，但只要我们成功，他们就会坐享创新成果，掏出资本来重新垄断市场！"

"我们被人耍了，还挤走了创始人。"林巧无力地靠着椅子。

"太可笑了。"胖子嘟囔一句。

"之后会怎样？"林巧问王东。

"无非先和他们正面竞争，之后打价格战，最终被他们收购，老套路。"

"关键他们手上有钱。"胖子又补充道。

"不行！"林巧猛然起身，"BEIN 是大家的心血，不能就这样任人宰割！"

"你有什么办法？"

"我去把杨森找回来，那家伙在美国也该玩够了！"

首次出国，首次赴美，首次想要立刻见到一个人。临行前，胖子吵着要跟林巧一起去。林巧问："你不是最怕他吗？"胖子说："我更怕他不回来。"最终王东拍板，还是人少比较好，因为除了林巧，谁也摸不准那位的脾气。

刚下飞机，林巧手机里便收到胖子发来的杨森的位置信息。这家伙自从听说要把杨老板找回来，别提多积极了，把身上那点儿小聪明一股脑儿全用起来了。

"一杯龙舌兰。"日常用语林巧不在话下。

"这酒劲可大。"

"不知道吗？我东北的，烧刀子闷倒驴都喝过，墨西哥白酒算啥啊？"

"行，还知道墨西哥。"

"小看人吧？"

"了解它的喝法吗？"

"嗯，以前有个人教过我。"

"谁啊？"

"我男人。"

"他在哪儿呢？"

"不知道。不过我知道三个小时之后，他会同我坐在飞往中国的航班上。"

"仨小时？你是人吗？"

"杨森肯定会回归的，不值得大惊小怪。关键是他回来也没用，我们已经完成布局。"宋先生一副大佬做派。

"这个人很会管理公司。"刘涛与万小姐等人一旁聆听着宋先生教诲。

"那些都是技术手段。要说干企业，杨森这小子是把好手，但面对绝对的资本优势，他那点儿手段还太单薄。"宋先生继续道，"他不是马教父的对手，我们只需要坐山观虎斗，等到杨森被打服之后，再把我们手上的股份按照约定价格卖给马教父就可以了。我简单算了一下，BEIN 这个项目，到最后我们的整体净收益在三十亿元左右，算是很成功的案例，你们功劳不小啊。好，不提 BEIN 的事了，单车那个项目怎么样了？"

长石会议继续，刘涛却忧心忡忡，他当然希望杨森永远在美国享受人生，并与其老死不相往来，谁愿意招惹这种家伙。而另一边，同样进行着类似对话。

"听说杨森回来了？"马教父于百忙之中特别约见心腹。

"是的，那几个联合创始人把他找回来的，又推举他坐总裁的位置。"

"都是聪明人，时间问题。"

"对。"

"杨森的团队我非常喜欢。这些人手中握着价值数亿的公司股权，却依然对事业和理想如此执着，完全可以功成身退却要奋力一搏，我挺中意他们。"马教父的爱才之心溢于言表。

"而且年纪轻轻。"

"是啊,可怕的是这样的年轻人不是一个两个,而是一群,足见杨森的个人魅力。"

"那我们怎么办?"

"怎么办?谈是谈不出什么的,归根结底,商人的战场还是在市场上,一切拿市场说话!"

"那 BEIN 内部的决策方面,我们是不是联合长石给杨森制造点儿麻烦?"

"大可不必。"马教父摆摆手,"第一,没有意义;第二,没有风度;第三,我也很想看看杨森到底会出什么招和我打,我很期待。"

楼还是那栋楼,人还是那些人,而这里的一切,都因为一个名字瞬间改变。杨森所乘班机 11 点抵达北京,预计下午 1 点前到达 BEIN 总部参加会议。中午,全公司上下没有一个人敢张罗下班吃饭,时间像被一只无形的大手一下子拨回很久之前。

林巧、王东、李丽跟在杨森身后走进他再熟悉不过的 BEIN 小楼,三层过道中挤满了欢迎人群,水泄不通。杨森笑嘻嘻地对大伙说:"胖了啊,伙食看来不错。行啦,都闲着没事吗?赶紧回去干活儿!"

"杨老师,想你!"

"杨总,我买你内衣啦。"

"滚蛋!"

杨森一屁股坐回会议室他原来的沙发椅上,掏出烟。胖子赶紧过去帮他点燃,又伸手把身后"禁止吸烟"的牌子给摘了。

"说说吧。"杨森还在倒时差,头疼得要命。

"最新情况,两家巨头一共开通了十八处智能社区,其经营模式照抄比邻,功能上更是一个不落,只是对待供应商,他们的补贴力度更大!"王东向杨森汇报当前形势。

"讲一下!"杨森揉完太阳穴开始部署工作,"我们现在最需要的就是话题。话题代表着名气,有了名气就会有钱,有了钱就能新建社区,新建了社区,资本市场就会重拾对我们的信心,估值就会攀升,我们也就活了。胖子,我在美国已经收购了一家内衣公司、一家孕婴公司,搞什么花样就看你的了,别给我丢脸;邹山,我回来之前已经在美国与门道谈好,他们旗下的创业公司会和我们合作,立即上线共享汽车模块,替我们造造势;宋丁,那帮白眼狼租我们的技术专利时间也够长了吧,以参与不正当竞争为由全部收回,上法院告他们,走司法程序拖死这帮混蛋;夏先生在资金极其短缺的情况下,通过海外投资公司支持我们五亿元,林巧,这笔钱由你调配,立即把手头上的新建社区以最快速度达产!我在这儿对大家说,任何人也阻拦不了比邻社区的扩张计划!"

"明白!"一瞬间,大伙的活力又回来了!

"想搞死BEIN,他们还缺副好牙口!"杨森又说出两个字,"开工!"

经过杨森地部署,BEIN开始与两家互联网巨头全线竞争。此时,杨森与供应商之间的良好关系开始发挥重要作用,多家供应商以各种名义,联合BEIN阻挠巨头推广业务,往往是比邻这边已经开展活动,而那边仍未上架。虽然都是些小打小闹,但对于当前的国内情况实属难得。促成他们敢于和巨头叫板的一部分原因,来自对杨森的同情,另一部分,也有弱小乙方对强势甲方无声对抗的因素。

营销方面,即便杨森与胖子利用完整的供应链体系和海外自营产品等优势全力进攻,但巨头毕竟资金雄厚,折扣力度毫不手软,双方算是打个平手。智能门禁方面,由于BEIN掌握核心数据和"欧威"这张王牌,占据了较大优势,以7:3领先。不过就如宋先生所说,商界技术层面的竞争还只是停留在表层,决定不了整个战役的胜负。

杨森又到资本市场放了两把火。

首先,夏先生于美国宣布,自己与BEIN合资成立新能源汽车公司,共同开发纯电动、混合动力及太阳能汽车。虽然属于"弱弱联手",但仍为当前不温不火的投资圈打了一针强心剂。不久,"欧威"正式推出新一代CMOS芯片并投向市场,凭借着国产血统和极强的性价比,一夜之间垄断了大陆手机摄像头市场。两把火过后,BEIN估值一路攀升,重新获得资本市场青睐。杨森趁热打铁,进行E轮融资再次增发,狂揽二十亿元资金，彻底盘活BEIN资金链，巨头们终于扛不住了。

刘涛作为中间人，单独约见杨森。

"老杨啊，大家坐下来谈一谈。过去的事情你就不要再记仇啦。"

"当然。"杨森不无得意道，"商人、商人，就是一切都可以商量的人。"

"这就对了。"刘涛语重心长地对他说，"收手吧老弟，不要再继续这种无底线的恶性竞争了，给他们两家供货的厂家，双方现在已经势同水火。提供门禁解决方案的公司正跟你打官司，取证就得半年多。你收的那个内衣品牌，目前比邻平台上打到三折，你是连数十年的牌子都不要了啊！还有你现在放纵手下四处攻城略地地抢山头，你那帮员工跟蝗虫似的可劲儿乱飞，把人家几乎谈妥的社区都给搅和动摇了。哥们儿，用你们东北话说——玩儿得有点埋汰了。"

"长石是BEIN的股东，你应该高兴啊！"杨森笑道。

"马教父亲口对我说，只要你同意私下和解，以后社区市场这块蛋糕，他占一半儿，你和另一家占一半儿。人家已经让步了，你是后辈，给个台阶就下了吧。"

杨森听后站起来就走，留下一句："他现在没资格和我说这样的话！"

最终，杨森亮出底牌——BEING电气。宋丁和他的团队研发出世界顶级的矩力传感器并正式向公众发布，在媒体的鼓动下，这个国内罕见的高科技领域技术突破大放异彩，全球智能单车生产企业的购货订单纷至沓来，BEIN，已经渐渐成为一张国家名片。

7 "他搞野路子。"

"拿着自己收购的内衣公司和我们打竞品战，子公司推出新产品快速提高估值，用收回的资金新建社区。最可恨的是他让宋丁与欧威成立的那个联合实验室，他们根本就没有研发摄像头芯片，而是偷偷搞传感器！老大，我们恐怕得想想办法了！"

"已经没有坚持下去的意义了。"马教父心态平和地说。

"就这么简单？"

"就这么简单。商场上的胜负就在转瞬之间，他已经处于滚雪球状态，新建社区越多、估值越高、越有资金支持。还有，BEING 电气现在成了民族骄傲，与它们斗，舆论于我不利。所以，没有继续下去的意义了。找他，告诉他，我们出四十亿元收购 BEING 电气 10% 的股份吧，象征性要一些。再将已投产的社区中心全部移交给 BEIN，条件是五年之内比邻社区全国总数不得超过两百家！"

"我们手里那些好地段的中转站怎么办？"

"中转站不能给他，把那些中转站向生鲜零售领域偏移，搞不掉也得分一杯羹嘛。"

"明白。"

"输就输在我们没有厂家可以出牌啊。"马教父感慨道，"杨森啊杨森，恨不能为我所用。"

另一边，长石投资总部。

"真没想到啊，"宋先生哭笑不得，"死灰也能复燃。"

"他搞野路子。"刘涛道。

"矩力传感器，这么小的领域也能帮他翻身。"

"现在也真是没什么好炒的。"

"打包好的四十亿元让杨森那小子给夺去了！"宋先生很生气。

"毕竟谈不上损失，股权还在。"

"你糊涂！"宋先生怒道，"杨森与马老板的协议，事实上就已经锁定了 BEIN 未来五年预期收益，我们还搞什么？"

"咱们不能寄希望于对手弱呀，对不对？"

"是啊，"宋先生感叹，"从商业角度，他害得我们只能放长线，可恨；但从个人角度，我很庆幸中国还有一个杨森，这小子有骨气。"

与马教父一役，BEIN 顺利完成自身产业布局，行业地位不可动摇。杨森再次调整企业内部管理及工作要求，向全体员工及管理岗位推广平行、直线交替工作法，并确定企业 SLOGAN（标语）：不变于改变。翻译成英文则更为直观反映出 BEIN 对于未来的野心：No change for change the world。

国内知名媒体如此总结 BEIN 的特点：产业很多、员工很少；规模很大、体积很小；人才很多、规矩很少；目标很大、着眼很小。

杨森凭借自身独特的经营哲学，成功摆脱掉大企业一定是大公司的常态规律，他用精干的智囊团队解决 BEIN99% 的思考性工作，最大限度削减管理层级，以此实现全员高素质、高福利、高效率。面对外界"过劳""压力大"等质疑，杨森反驳：你让小学生去解高等数学题，那叫"过劳"；做题过程中不给加班费，那叫"违法"；解不出来扣工资，那叫"无耻"；算错还怪员工，那就"连脸都不要了"。

一次杨森参加某访谈节目，他面对观众侃侃而谈："成功属于相对指标，因人而异。但要获得社会普遍认可的那种成功，即便不承认，也一定是靠运气。而运气往往源自选择，选择错了，变数就会朝着负面发展，运气自然差。人的能力，只能提高选择的正确率，决定不了运气什么时候能够降临。所以，人生重要关头，先获取大量信息，再经过大脑仔细加工，最终确定出相对明智的选择，这一点我觉得对于年轻人来说相当重要。"

所以，只要你成功了，说什么都是对的，因为，没人愿意和有钱人抬杠。

林巧的堂姐夫妇到北京探望林家父母，杨森主动提出借此机会拜访二老。林巧嘴上不说什么，心里却乐开了花。

"你就不能让我也开开吗？"杨森坐到副驾驶上系好安全带。

"不可以。"林巧骄傲地说，"这台车只能我自己开，谁也不准动！"

"小气样儿吧。坐着不是很舒服。"杨森扭动着身体。

"跟美国车比怎么样？"林巧明显话里有话。

"那自然是强得多啊！"

杨森随着林巧进家门，李丽早就到了，正在厨房帮忙。林父林母、堂姐夫妇对于杨森精心准备的礼物并不是很感兴趣，毕竟所有人都经历过不久前的新年贺礼的冲击。

因为大家都是东北人，拥有数不清的共同话题，几杯酒下肚，更是打开话匣子，相谈甚欢。林巧发觉杨森并没有像往常一样高谈阔论，而是对每人所说的话都表现出浓厚兴趣，之后点到为止进行提问，带动话题。这一点，让林巧心中十分感激。

"你知道教育的核心是什么吗？"林父问杨森。

此类话题其实杨森可以谈上一整天，可林巧见他眼神颇为真诚地看着林父道："您说。"

"所谓教育，就是教授知识，培育道德。只有拥有这些的人，才能成为一名合格教师！小杨，你说我讲得对不对？"

"精辟！"杨森多少有点儿假地竖起大拇指，"来，为了叔这句话，我干一杯！"

"今天呢，是我第一次见叔、婶儿，还有大姐、大姐夫，太开心了。北京这座城市，流动人口就超过一千万，人海茫茫我和林巧能够相遇，感谢的是缘分，也多亏叔给林巧起的这名字，'巧'，就是巧！她别的优点我不敢说，但选男人眼光，那绝对是好，对不对？来，喝一杯！"

大伙被杨森的变相自夸逗得哈哈大笑，觥筹交错间关系又拉近不少。酒过三巡，菜过五味，堂姐夫提议大伙打几圈麻将。林巧晓得他属于专业选手，碰见杨森这个未过门女婿自然不肯放过。

"长这么大没打过几次麻将，"杨森说，"咋玩都忘啦。"

堂姐夫听罢更高兴了："东北打法，简单，边玩边教你！"

"是为了赢我们家老杨钱吧，"林巧护短，"谁能打过你呀！"

"哈哈，放心，十天十夜也赢不完他的钱啊，来吧！"姐夫已经开始支桌子。林巧看杨森欣然同意便不再阻拦，这种难得的天伦之乐对于二人过去两年的忙碌生活来说，是极大的奢侈。

多喝几杯感觉有些困倦，林巧嘱咐李丽帮忙收拾之后便回屋小憩。没想到睡了没多久便被李丽摇醒。

"姐姐，别睡啦，快去看看吧，杨老板大杀四方连坐十多庄，把你姐夫眼珠子都快打绿啦！"

"啥？我们家老杨不会玩麻将啊。"

"他那脑袋十分钟不就学会了嘛！"

林巧迷迷糊糊，趿拉着拖鞋过去一看，爸爸、堂姐、姐夫满面愁容，苦笑连连，只有杨森意气风发，毫不自知地高度亢奋。

"哈哈，七小对儿，又和了！真好玩儿！"

"新人就是手气旺呀。"姐夫只能如此安慰自己。

林巧赶紧溜到杨森身后捅了他一下："森哥，陪我出去买点儿东西呗？"

"你去吧，"杨森玩儿得兴起，摆摆手笑嘻嘻地说，"开心时刻呢别打扰我。"

"你陪我呗。"林巧说着偷偷在桌子底下踢了杨森一脚。

"啊？"杨森看她正给自己使眼色，只好恋恋不舍地离开牌桌，顺手拿走了自己刚刚赢来的大把钞票。

林巧哭笑不得，大声说："还敢动我们娘家人钱，你个大傻子！"

8 "我考虑一下吧。"

几周后，一个操着地道北京口音的美国人来到 BEIN 总部，单独见了杨森。

"杨总，气色不错啊。"亨特接过杨森扔过来的雪茄自己点燃。

"还没来得及好好感谢你呢，一直帮着我和夏哥周转资金。"

"哪儿的话，哥们儿嘛。"亨特得意道。

"夏哥那边怎么样？"

"国内的、中东的、美国的、东南亚的，你俩合作，钱都不是事。"

"那就好，他快翻身了。"杨森欣慰地说。

"说说你吧。"亨特道，"BEIN 准备在纳斯达克上市？"

"备选之一。"杨森讲话依然谨慎。

"还蒙我？"亨特认真道，"上市又不是什么见不得人的事。实话告诉你吧，我 BOSS 对 BEIN 非常感兴趣，希望能在上市之前高价买进 BEIN 股份。你知道，有了美国的资金背景，审核和操作就更方便了，对不对？"

"但是纳斯达克要求申请上市企业持股人数必须超过四百，我们差得远呢。"

"都是可以运作的。再说了,一半儿中国人一半儿美国人岂不是更好?还有什么离岸公司、法律认可、路演定价之类的,全都由我来做,保证你一帆风顺!"

北京金融圈,亨特人送外号"黄金手指",杨森知道他说话的分量。

"我考虑一下吧。"

"你和马教父把BEIN发展量都协定好了,别人投你也捞不到短线!五年之内BEIN的未来在美国,你知道的,美国人最喜欢新鲜事物。"

"我再考虑考虑。"

"这么好的事,有啥考虑的?"

杨森听他的语气更像是你根本没得选择。

亨特被婉拒之后当即出手,他开始亲自拜访包括长石、金麦、门道在内的所有大股东,又派人积极与联合创始人、中小股东洽谈,全方位收购BEIN原始股,一时间使得杨森有些措手不及。

"刘涛,你那儿什么情况?"杨森电话里问。

"得听宋先生的。"

"我能得到保证吗?"

"哈哈,老杨,你拿走马教父本应该支付给长石的四十亿元的大蛋糕,还希望我们对你保持忠诚吗?"

"有没有余地?"

"得听宋先生的。"

挂断电话之后杨森忧心忡忡,胸中已知金麦和其他家态度。林巧关切地问:"我们是不是有些反应过度了?"

"千万不要小看亨特。"杨森道,"他背后是美国四大投行,资金实力买几个小国都富余。这些人只要有动作,就不可能是随随便便的。"

"其实我一直很想问你,一家国际型公司或者上市企业,拥有海外资金不是很正常嘛,为什么如此拒绝亨特呢?"

"三点。"杨森语重心长道,"第一,亨特是资本市场老手,即便他现在规规矩矩,但未来如何犹未可知,拉进来就是养虎为患。第二,我们现在业务线条清晰,盈利表现优异,公司的市值、股价在上市之后必定攀升，资金根本不是问题，我为什么要帮美国人赚钱呢？第三，过多的国际资本进入之后，我们就会沦为他们的生财工具，到时一切以股价为核心，会有很多的利益冲突，我们很多想做的事或将无法进行。"

林巧想了想道："关于第一个问题，亨特也可能只是一名普通股东，不搞动作，有这个可能吧？第二，大公司资金来源越丰富，财务稳定性就越高，不是吗？第三，我们占据着董事会票数优势，最终话语权还在自己手里呀。"

"重要的不是他们会不会，而是人家能不能。"杨森解释道，"我们不能寄希望于对方达到了某种程度，或者拥有了某种能力之后，仍然按照我们的期望行事，我需要完全控制风险，不让危机发生。至于你所说的后两个情况，以亨特的手段，我不知道他进来之后能做什么，我也不愿意把精力放在和他斗上。还有，一家大公司与伟大的公司区别就是你的核心目的是赚钱，但不仅仅为了赚钱。"

林巧一知半解，杨森继续道："国际资本在每一家企业里的具体操作手段不同，但属性一致，就是利用你替自己获利。或长期，或短线，并以短线为主。他们拥有强大的资金后盾，嘉庆年间华尔街就已经开始玩金融，这方面他们的手段有无数种，说害怕不确切，我更想认认真真干事，不愿意掺和，没劲。"

"可长石那帮浑蛋对亨特的提议好像很感兴趣。"

"因为人都被我得罪光了。"杨森深叹一口气，"不好弄啊！"

很快，亨特便以高价收购了不少中小股东手中的 BEIN 股权，开始主攻长石、金麦等大股东。杨森感觉情况十分不妙，他需要立即确定应对方案。

9 "这是 BEIN 的骨气，也是我的梦想！"

"我们不会卖，但也不会去说服其他人。"马教父心腹对杨森道。

"我知道马老板目前不宜出面。"

"能理解最好,敏感时期。"

"只要他说句话。"杨森仍未放弃。

"他随便一句都有影响力。但说到底,人还是需要靠自己。"

"可我手上已经没牌了。"

"知道我们当初为什么选择你吗?"马教父心腹看着杨森说,"因为你做事肆无忌惮。"

"怎么讲?"

"只有强者才敢肆无忌惮,弱者向来畏首畏尾,并能自圆其说。"

"我听不懂。"

"手上没牌当然赢不了,就看大家玩的是什么游戏。"

"除此之外,我还有别的选择吗?"

"哈哈。所以说,最后还是看你自己。"马教父心腹起身拍拍杨森肩膀,"年轻人,路还长着呢。"

告别马教父心腹,杨森很不甘心。每个人都在提醒自己亨特之于BEIN 的一系列操作属于正常商业行为,但自己偏偏不愿屈服。其实杨森也动摇过无数次,甚至夜里突然拿起电话就要打给亨特同意他所提出的条件,随即又将手机摔得稀烂。归根结底,他还是过不了心里那道坎。

五年前,杨森被原单位派往沃达丰南非分公司参加企业交流计划,为期六十天,中方需要为每个学员支付十二万美元,折合每人每日两千美元的培训费用。即便以今天的经济水平,价格仍属不菲。杨森与来自全国各地各单位的中方青年才俊们非常珍惜这次学习机会,临行前兴致勃勃、士气高昂,很想拿些真东西带回去。但抵达实地机房之后大家都傻眼了,你学不会,更拿不走。为什么呢?因为人家使用的设备领先国内至少三代,所有的操作流程、运营模式、数据监控、系统维护他们根本连看也看不懂。学习?学什么?

"我们到底来干吗来了?"北京分公司一哥们儿如此感慨。

杨森也沮丧过,但他并不信邪,他相信"知识"绝不会浪费,现在搞不明白就先记录下来能用则用。他每天往各机房、监控室、维护中心跑，不打扰人家，只是躲在角落里默默抄写。内容主要包括三点：工作流程；岗位设置；故障处理。回到中国后，杨森根据小本子所记录的关键点并结合自身情况，整理出一套新的管理办法。但当他信心满满地向当地分公司领导递交方案之后，却只得到一个"想法超前，值得肯定"的八字答复，最终石沉大海。不是领导没眼光，而是脱离实际装备讨论作战方案，有用吗？

两年后，国内运营商大批量采购国产新型设备，逐步摆脱进口依赖，杨森找到当初方案，并根据新设备的功能特点重新设计了工作流程、岗位设定及故障应急处理办法，很快实现新旧设备交替无缝对接。供应商工程师钦佩地说："全国走了这么多地方，杨主任接受最快，东西好不好关键还得看谁在用。您同意的话，我想把您的这套方法带回去推广。"

"我更期盼外国人用咱们设备，学习咱们操作的那一天早日到来。"杨森这样说。

毫无疑问，无论是做员工还是当领导，或是成为企业家，杨森始终拥有一颗技术报国的赤子之心。

华隆大厦内，私密会客室。

"没想到你会来找我们。"

"我其实也不想麻烦您，只是……"杨森有些尴尬，"只是有点儿搞不定。"

"没办法。"

"你清楚与我们合作之后，自己所面临的压力吗？"对方很替杨森担忧。

"当然。"

"我们肯定欢迎，但我想问一句'为什么'。动机不纯，我们也不喜欢。"

"按理说，小孩子打架无论谁对谁错，最好都不要找家长，要不以后谁还陪你玩儿呢？可现在的情况是，我想打他们家长。"

"哈哈，杨森，名不虚传。好，需要的话随时找我。"

与华隆高管分开后,杨森心事重重。

华隆,资本领域中的国家队,肩负着稳定中国大陆金融秩序的重任,与它合作,相当于杨森在资本市场获得了一张免死金牌。但同时,也意味着他与 BEIN 未来将面对过去从未遇到过的顽强抵抗。由于西方国家与中国大陆之间仍然残留意识形态差异,拥有国家资本属性的中国跨国企业在国际市场的开发上将会遇到重重阻碍。所以,不到万不得已,极少有互联网公司会主动寻求国有资本的支持或帮助,尤其是对全球市场踌躇满志的 BEIN。

"老杨,你这样搞下去,大家还怎么玩儿?"

"你们可以选择不卖。"

"耍流氓,是不是?"

"其实主动权并不在我。"

"行了,股东会上见吧。"刘涛狠狠挂掉电话。

不得不说,杨森这一手,事实上已经触犯众怒。傍晚,林巧爸爸特意要求他俩回家吃饭,杨森兴致不高但仍勉强同意。饭后,林父邀请他一起到阳台抽烟。

"林巧这孩子,我和她妈妈管教不多。"林父说。

"她很好。"杨森答。

"出生那天,恰好是我和你阿姨的结婚纪念日,所以给这孩子起名叫'巧'。"林父抽着烟回忆道,"我和你阿姨当了将近四十年教师,其实大部分的时间和精力都放在别人家的孩子身上。记得有一年,你阿姨带毕业班,我去一个学生家里做家访,回到家已经晚上 9 点多了。大冬天,你知道咱们那儿,我进屋就找孩子呀,可怎么也找不到,给我急的啊!上哪儿去了呢?最后我才发现林巧躲在沙发角的空隙里睡着了,就像小猫小狗似的蜷缩着,那年她才六岁。"

"老师是个良心活儿,做好功德无量。您放心,我一定会对林巧好。"杨森诚恳地说。

"我当然相信。我也相信只要你愿意,任何事情都会做得很出色。"林父拍拍他的肩膀,继续道:"我想和你说的是,人活在世上,想要'做对'很难,'做好'更难,而做到所有人都满意,却是不可能的。孩子啊,你俩最近一直愁眉苦脸,想必是遇到了什么难事。我不知道具体原因,你告诉我我也不懂,可叔叔相信以你的能力肯定会找到办法,只是记住一条:做好事,做对的事,即使结果很差,甚至不被人理解,那至少还对得起自己,对得起良知,况且咱们背后还有家人。叔说的你明白吗?"

杨森掐灭烟头,感激地说:"完全明白。"

两天后临时股东会议,长石宋先生、刘涛,门道负责人,金麦BEIN项目负责人、孙罡,马教父心腹等董事统统到场,算是给足了杨森面子。林巧看着众大佬谈笑风生心中更加没谱,她从未见过杨森像今天这样紧张。

"能行吗?"

"试试。"

"输了呢?"

"找华隆呗。"

"那可一个朋友都没有了。"

"不是还有你嘛。"

"你今天很帅。"

"你也不差,还戴上第一天来 BEIN 我送你的眼镜。"

"好看吗?"

"不好看,大学毕业老实送我的,土死了。"

"我感觉挺好。"

"手表呢?"

"这可是你送我的,从我妈那儿要回来了。"

"小气样儿吧。"

"我们走?"

"走。"

进入会议室,杨森大致扫了一圈却并没有与众人寒暄,开门见山,讲话直奔主题。

"我知道,在座的很多人都恨透了我。说实话,我也不是很喜欢你们。"

"干革命不是请客吃饭,大家彼此彼此。"孙罡不屑道。

"好,孙总讲话透彻。对,今天我们坐在一起,不是为了打嘴仗,也不是分出谁对谁错,我想要说的是,即便商人的目标99%是赚钱,但也要有一分爱国之心!"

"不就是个私营公司嘛,别动不动就往国家上靠。国家还用不上你!"刘涛立刻给杨森泼了盆冷水。

"是的,国家那么大,我们充其量也就算个细胞,但即便是小小的细胞,病变的话也可能会伤害到肢体吧?"杨森继续说,"我很清楚,大家最近收到了美国人的条件,很丰厚,很实惠,有的价格比预计上市之后的股价还要高一些。真可笑,没想到一百多年过去了,外国人还在玩以华制华的把戏。众所周知,我已经与马老板达成协议,五年之内比邻未来社区的发展总量不超过两百家,所以近些年,BEIN 的估值可能会比较平稳,大家从中赚不到什么大钱,也正因为如此,很多人都想借这个机会将股权转手卖个好价钱。其实我应该高兴,因为美国人的收购会拉升 BEIN 估值,我也可以偷偷出售一部分,买艘游艇,买套房子,我在北京还没房子呢,谁和钱有仇呢!但我不想那么做,同时也不希望大家这么做。"

杨森慷慨道:"BEIN 刚到北京的时候,十八张桌子,十五个人,二十台电脑。可就是靠着这几十条破枪,我们写出了'西游消消乐'、比邻 APP、比邻 ERP 企管系统、BEIN-OA 自动化企业管理平台、BEIN-AI-FACEU 面部核心算法、BEIN 智能门禁系统、BEIN-AUTO 辅助驾驶系统等自主产品;建设比邻社区五十家,服务三十万社区业主。BEIN 目前旗下八家子公司,涉及内衣、孕婴产品、广告、投资、未来社区、芯片制造、传感器研发、新能源汽车,总体市值超过一百五十亿元!这一切,就发生在大家所在的这幢小楼里,就是门外那些坐在电脑面前打字的人,拿键盘一下一下敲出来了 BEIN 的今天!"

杨森越说越激动:"亨特那浑蛋,仗着四大投行的背景,揣着大把美元,他硬气,可我杨森也不是任人宰割的主儿。他要是单纯通过正常融资渠道入股 BEIN 我不拒绝,但他是什么样的人你们比我清楚,他的目标就是拿下 BEIN，让我杨森给他们美国人打工！"

"说句实在话，搞金融资本，我不是他的对手，也弄不过他。可我要说的是，BEIN 从成立那天起，它的目标就是成为一家让人尊敬的公司。实现这一点，员工要能干、管理人员要睿智、我们的股东更要团结。即便不是朋友，也要有相同的立场，即便立场相左，也要有同样的共识。不能让资本毁掉科技创新！各位商界前辈、大哥、兄弟，我们 BEIN，乃至我们整个国家的高新技术行业太脆弱了，它们经不起资本折腾，它们太需要稳定资金投入，太需要足够的时间让自己赶快壮大起来，只有历经磨难，我们才能让有价值的专利帮助中国创造在世界上站稳脚跟！所以，我在这里恳请大家，给我时间，也再给 BEIN 所有员工一些时间，让我们在所能接触到的技术领域埋头苦干，到那些老外占山为王的行业中拔掉几个山头。届时，如果有谁还想再战，我杨森认为与人斗其乐无穷，愿随时奉陪！"

"除此之外，我还想提三个字，就是责任感。"杨森停顿数秒继续道，"我那天找到华隆，华隆领导鼓励我们民营企业做大做强，更希望我们凭借自己能力应对市场竞争、应对国际资本。可人家说了，只要有困难他们愿意随时顶上，这就是中国人的责任感！我当时听着恨不得找个地缝钻进去！我们还在这儿盘算，怕人家妨碍自己赚钱！怕因为人家被外国人审计！怕自己被别国政府扣上'国有'的帽子！我真不明白，我花自己父母的钱怎么就踩着洋人尾巴了？难道中国企业家就那么没有骨气，就心甘情愿被人利用，在窝里斗？"

杨森一番至真至诚的演讲之后，所有人无话可说。最后，杨森总结道："我今天把所有人请来，就是想邀请大家一起做好事，做对的事。什么是好事？能够获得财富，又能让更多的人受益的就是好事。什么是对的事？让中国企业走出国门，在老外一手遮天的领域同他们拼个你死我活就是对的事！这是 BEIN 的骨气，也是我的梦想，谁拦我，给我使绊子，我就跟谁斗到底！"

林巧、王东、胖子、宋丁那些跟着杨森摸爬滚打过来的 BEIN 联合创始人心潮澎湃，体内的拼搏精神和民族气节瞬间得到激发。没错，人，必须通过历练才能在社会上实现自身价值，但更重要的是到达顶点之后，是否敢于朝着波澜壮阔继续前行，这才是人生的高度。此刻林巧已然下定决心，即便没有爱情，她也愿追随杨森一路到死。

过了几分钟，还是赵峰率先打破短暂的宁静："杨哥，我这人胆子小，又没钱，您可千万别怪我无情啊。"

杨森低头苦笑，林巧和 BEIN 联合创始人们鄙视地看向赵峰，真是羞于与其为伍。

没想到他突然话锋一转，对杨森说："您必须得给我一个口头承诺，五年之内，不许华隆进入，更不许搞我的股份，并且同意我继续留在 BEIN 上班。您同意，我第一个不卖！"

"我不但得有口头承诺，"孙罡接着道，"还得落在纸面上，金麦权益不准动。"

"马老板说过，亨特这老小子买多少，我们 1.2 倍收多少！"马教父心腹找准时机敲边鼓。

"好啦，忙活两年多，不就是为了用户点击嘛，咱们总不能让中国人每天点的都是美国货吧。"宋先生做最后发言。

"谢谢！谢谢大家！"林巧热泪盈眶，带头鼓掌。

"行啦，赚钱总有到头的时候，但是让杨大老板瞧不起可就严重了，判你汉奸罪呀，对不对？"刘涛见大局已定，开始逗杨森。

"对，不帮我你就是叛徒。"杨森笑道，"各位放心，这几年我拼老命也会替大伙多赚银子，不负大家一片赤子之心。"

"得，说那么远，今天晚上你请啊，把你们北京走秀的内衣模特叫几个助助兴，这多实际！"刘涛回头对赵峰说，"有俩是真好看，比你那小女朋友强！"

"瞎扯，给你来个周一见。"

"哈哈哈哈！"

北京，某旅馆，地下室。

"准备好了吗？"一个满脸油腻的小伙子心情激动。

"来，咱俩一起。"另一个戴着厚厚的镜片死死盯着显示器，头也不回地招呼他赶紧过来。

"三、二、一！"两个人一齐倒数，喊到一的时候共同按下了鼠标左键。

"上线啦！"眼镜男摩拳擦掌，斗志昂扬，"现在就等用户点击啦，哈哈！"

"有人点了！有人点了！"

"你看，我就说起这个名没错儿吧。"

"还是你高。哎呀，照这个速度不出一年我们就能上市啦。"

"到时候我送你台阿斯顿马丁。"

"用你送吗？老子自己买！"

改革开放四十年，中国经济飞速发展，成就举世瞩目。自 1993 中国互联网元年至今，中国网民已达八亿，居世界第一。中国内地互联网从业者一千七百万，共计创造千万富翁六十万人，亿万富翁七万人，市值三百亿以上民营互联网企业三十五家。在这座人类精神文明及物质文明的宝藏之中，每一天都发生着各自精彩的造富传奇。科技创新脚步永远不会停歇，下一个站到顶点的人，可能就是坐在电脑桌前的你。

向所有中国互联网创业者致敬！